EINE FAMILIE FÜR DEACON

LILI VALENTE

EINE FAMILIE FÜR DEACON

(Die Hunter-Brüder, Buch 4)

von Lili Valente

Copyright © 2019 Lili Valente

Englischer Originaltitel: »The Panty Melter (The Hunter Brothers Book 4)«
Deutsche Übersetzung: Martina Risse für Daniela Mansfield Translations 2019

Alle Rechte vorbehalten. Dies ist ein Werk der Fiktion. Namen, Darsteller, Orte und Handlung entspringen entweder der Fantasie der Autorin oder werden fiktiv eingesetzt. Jegliche Ähnlichkeit mit tatsächlichen Vorkommnissen, Schauplätzen oder Personen, lebend oder verstorben, ist rein zufällig.
Dieses Buch darf ohne die ausdrückliche schriftliche Genehmigung der Autorin weder in seiner Gesamtheit noch in Auszügen auf keinerlei Art mithilfe von elektronischen oder mechanischen Mitteln vervielfältigt oder weitergegeben werden.

ISBN eBook: 978-1-940848-77-8
ISBN Taschenbuch: 978-1-940848-78-5

Besuchen Sie Lili im Netz!
www.lilivalente.com
facebook.com/AuthorLiliValente
twitter.com/lili_valente_ro

❊ Erstellt mit Vellum

EBENFALLS VON LILI VALENTE

Ebenfalls von Lili Valente
Die Hunter-Brüder:
Ein Baby für Dylan (Buch 1)
Eine Chance für Rafe (Buch 2)
Eine Braut für Tristan (Buch 3)
Eine Familie für Deacon (Buch 4)

PROLOG

DER FRAUENHELD

*E*inen einzigen Versuch.
Mehr bekommst du nicht.
Eine einzige Chance auf eine dauerhafte Liebe.

Vielleicht auch zwei, falls du wirklich Glück hast oder wirklich dumm bist oder wirklich gut darin zu vergessen, wie übel dir die Liebe beim ersten Mal mitgespielt hat.

Ich selbst? Ich verfüge über ein Gedächtnis wie ein Elefant. Mein Herz vergisst niemals. Jeder einzige unglückliche Augenblick meines gescheiterten ersten Versuchs in der Liebe hat sich in meine Seele eingebrannt und sich so tief in den Winkeln meines Gehirns eingenistet, dass ich sie nicht mehr zu Tage fördern könnte, selbst wenn ich es versuchen würde.

Aber warum sollte ich das auch tun?

Ich lerne gern aus meinen Fehlern und deshalb muss ich mich auch an sie erinnern. Es gibt dieses schöne Sprichwort – wer zweimal auf den gleichen Trick hereinfällt, ist selber schuld ...

Ich lasse mich von niemandem zum Narren machen, besonders nicht von der Liebe. Daher lasse ich mich auch niemals zu tief auf etwas ein, sondern bleibe auf der körperlichen Ebene. Ich bringe dich so heftig zum Kommen, dass du deinen eigenen Namen vergisst, aber ich werde niemals deiner Familie einen Besuch abstatten. Mit meiner eigenen verrückten Familie habe ich bereits genug zu tun; auf zusätzliche Verrücktheiten seitens deiner Verwandtschaft kann ich gern verzichten.

Besonders wenn wir beide wissen, dass es doch nicht lange halten wird.

Die sexuelle Chemie verpufft, die Liebe schwindet und ein glückliches Zusammenleben bis ans Lebensende gibt es nur im Märchen. Das Einzige, auf das man zählen kann, ist der Augenblick, dieser Atemzug, die Chance, statt Schmerz die Lust zu wählen, miteinander zu schlafen, anstatt unangebrachte, romantische Erklärungen abzugeben, die man bereut, wenn die Hormonausschüttung abnimmt.

Ich weiß, dass dies Wahrheiten sind.

Ich könnte sie mir ebenso gut neben das Pin-up-Girl tätowieren lassen, das ich mir während meines ersten Einsatzes auf meiner Schulter habe eingravieren lassen.

Doch als ich auf der alljährlichen Halloween-Party der Mortons Violet Boden auf den staubigen Dachboden ziehe – unsere Lippen miteinander verschmolzen, heftig atmend, meine Hände überall, alles gleichzeitig – bin ich besessen von der Vorstellung, dass sich alles ändern wird. Es liegt so etwas in der Luft, in dem Geißblatt- und Salbeiduft ihres Parfums, in der

Art, wie sie ihre Finger in mein Haar wühlt und sich daran festklammert, als ginge es ums nackte Überleben, während ich sie mit meinem Mund zum Kommen bringe.

Noch einmal.

Und noch einmal.

Und dann noch einmal, weil ich nicht genug bekommen kann von den sexy Geräuschen, die sie von sich gibt, und dem süßen Geschmack ihres Körpers und dem warmen Rausch ihrer Lust, der mir durch alle Poren bis in die Knochen dringt. Es fühlt sich einfach so gut an, so verdammt richtig, dass ich am liebsten für immer mit ihr auf diesem Dachboden bleiben würde, bis wir schließlich während eines Orgasmus sterben und als hedonistische Geister unser Unwesen treiben würden.

Solange ich mich erinnern kann bin ich ein Frauenheld gewesen – ich weiß genau, was ich im Bett tue, und hatte niemals Schwierigkeiten, eine Frau aus ihren Kleidern heraus und in mein Bett zu bekommen –, doch normalerweise bin ich stets bereit zu flüchten, sobald eine Affäre ernstere Formen anzunehmen droht.

Doch als mich Violet mit Tränen in den Augen küsst, sich ihr ganz persönlicher Geschmack mit dem von Rum und Cola mischt, der noch auf ihren Lippen hängt, und sie sagt: »Danke, sexy Fremder. Ich hätte nicht gedacht, dass ich noch einmal so etwas fühlen würde. Es ist schon so lange her«, verspüre ich nicht den geringsten Drang wegzulaufen. Im Gegenteil, ich will bleiben, ihr die Tränen wegküssen und sie noch einmal glücklich machen – diesmal jedoch mit meinem Schwanz anstelle meines Mundes.

»Ich habe kein Kondom, aber ich schieße mit Platzpatronen, denn ich bin sterilisiert und ich bin gesund.« Ich umfasse eine ihrer Brüste mit der Hand und rolle ihre perfekte Brustwarze zwischen Daumen und Zeigefinger. »Und ich würde wirklich gern in dir sein.«

»Ja«, keucht sie und reibt meine Erektion durch den dünnen Stoff meiner Kostümhose. Ich habe mich bereits im vierten Jahr als Westley aus *Die Braut des Prinzen* verkleidet, zu dem auch ein Degen gehört, den ich bereits vor gut zwanzig Minuten beiseitegeworfen habe.

Im Augenblick habe ich nur einen ganz bestimmten Degen im Sinn…

»Aber ich will dich sehen«, fährt Violet fort und greift nach dem Knoten, der meine Maske sichert.

Und ja, ich trage eine Maske.

Und ja, sie verdeckt mein Haar vollkommen und mein Gesicht zur Hälfte.

Und ja, Violet und ich sind relativ flüchtig miteinander bekannt. Vor dieser Party sind wir uns nur einmal begegnet, und zwar als ich am Tierheim, in dem sie arbeitet, angehalten habe, um meinem Bruder, ihrem Boss, mitzuteilen, dass seine geliebte Kuh trächtig ist.

Daher ist es nicht so schwer zu verstehen, warum sie mich für jemand anderes hat halten können. Doch als sie mir die Maske vom Gesicht zieht und ihr langsam dämmert, wer ich bin, weiten sich ihre Augen vor Entsetzen und ich bin zutiefst bestürzt.

»Deacon? Oh mein Gott.« Sie kriecht rückwärts

über die staubigen Dielen und sucht mit zitternden Händen panisch nach der zuvor abgelegten Hose ihres Flaschengeistkostüms. »Oh mein Gott.«

»Stimmt etwas nicht?«, erkundige ich mich, als ich meinen ebenso verwirrten Schwanz auf seinen Platz verweise.

»Du. Das hier. Ich.« Sie schüttelt den Kopf, während sie erst einen und dann den anderen Fuß in je ein Hosenbein schiebt und die Hose dann keuchend bis zur Hüfte hochzieht. »Das können wir nicht tun. Auf keinen Fall. Wenn ich gewusst hätte, wer du bist, hätte ich niemals –« Sie bricht mit einem Lachen ab, das mir einen Stich versetzt. »Oh mein Gott, das ist verrückt.«

»Du hast wirklich nicht gewusst, wer ich bin?«

Ihre Augen weiten sich erneut. »Warum glaubst du, habe ich dich ständig sexy Fremder genannt?«

»Ein Rollenspiel? Aus Spaß?«

Sie wird wütend. »Wenn ich mich zum ersten Mal mit jemandem treffe, mache ich keine Rollenspiele. Oder beim ersten Knutschen. Oder was auch immer das hier war.« Sie zuckt zusammen. »Eigentlich tue ich so etwas überhaupt nicht. Niemals. Ich muss den Verstand verloren haben.« Sie zieht sich mit schlenkernden Armen zurück. »Es tut mir leid. Bitte, lass uns einfach vergessen, was geschehen ist! Okay? Danke. Entschuldige. Auf. Wiedersehen.«

Bevor ich noch etwas sagen kann, läuft sie durch den zugigen Raum und verschwindet die geheime Treppe hinunter. Ich bleibe zurück, mit meinem Degen in der Hand, und fühle mich wie ein Idiot, weil ich den

Gedanken in meinem Schädel habe herumspuken lassen, dies könnte etwas Besonderes sein.

Der heutige Abend war nichts Besonderes und nichts wird sich ändern. Ganz offensichtlich mag mich Violet Boden ebenso wenig wie eine Rasierklinge in Halloween-Süßigkeiten, und ich kann im Augenblick auch nicht gerade behaupten, allzu versessen auf sie zu sein.

Doch nachdem ich mich wieder zu den Partygästen gesellt habe, muss ich stets daran denken, wie sie riecht, wie sie schmeckt und wie sie sich anfühlt.

Ich gehe nach Hause, lege mich allein in mein Bett und befriedige mich selbst, während ich in Erinnerungen schwelge, wie sie sich unter mir gewunden hat. Doch es hilft alles nichts. Ich verbringe eine ruhelose Nacht, geplagt von erotischen Träumen über Miss Boden, bis mich am nächsten Morgen ein Anruf meines jüngsten Bruders Tristan aufweckt. Er teilt mir mit, er hätte sich entschlossen, in seinem Garten zu heiraten.

Heute. Auf der Stelle.

Und rate mal, wer die Trauung vollzieht?

Ja, genau – Violet, die ein knappes Sommerkleid trägt, ohne BH, und sich so benimmt, als wäre nichts zwischen uns beiden geschehen.

Sie ist kühl, distanziert und so verdammt sexy, dass ich meinen Blick nicht von ihr abwenden kann.

Während der Zeremonie verberge ich meinen halben Ständer hinter meinen verschränkten Armen und schlechter Laune. Und während der anschließenden Feier halte ich mich so weit wie möglich von dem Objekt meiner sexuellen Frustration entfernt.

Schon früh verlasse ich die Party und steuere eine Kneipe an, wo ich die Gedanken an die unerträgliche Frau in Alkohol ertränke.

Allerdings bin ich mir nicht sicher, ob es genügend Whisky auf der Welt gibt, um die Wunde zu betäuben, die sie mir heute mit ihrer kalten Schulter beigebracht hat – oder auch die Tatsache, dass ich sie trotz alledem heftig begehre.

KAPITEL EINS

VIOLET

Was könnte schlimmer sein, als vor den Augen deiner beiden engsten Freundinnen von deiner allerersten Verabredung, die du über eine App ergattert hast, versetzt zu werden?

Vor den Augen deiner Freunde versetzt zu werden, nachdem du den vorherigen Abend damit zugebracht hast, eine fehlgeleitete Knutsch-Orgie zu bereuen, und den vorhergehenden Tag mit der romantischsten Eheschließung überhaupt.

Ich habe soeben zwei Menschen getraut, die sich gerade voller Freude in der Art von Liebe sonnen, die ich niemals mehr haben werde. Die Art von Liebe, die ich wahrscheinlich noch niemals hatte. Denn wenn unsere Liebe echt gewesen wäre, wäre mein Ehemann sicher nicht mit seiner Sekretärin durchgebrannt, um mich mit drei Kindern zurückzulassen, die ich allein aufziehen musste.

Und ja, Grant bezahlt Unterhalt.

Und ja, er taucht jedes zweite Wochenende auf, um seine Kinder zu besuchen.

Und ja, er ist ein anständiger Mensch und eigentlich kann ich uns als Freunde und funktionierende Elternteile bezeichnen, die sich im Guten getrennt haben und sich gut verstehen.

Aber heute würde ich am liebsten meine Hände um Grants muskulösen Hals legen und so fest zudrücken, dass seine dumme Zunge hervortreten würde. Heute empfinde ich den Verlust noch einmal ebenso stark – ich fühle mich verletzlich und traurig und hundeelend.

Selbst nach zwei Jahren der neuen Normalität tut es manchmal noch so weh. Wenn ich mich daran erinnere, wie geborgen und geliebt ich mich gefühlt habe! Und wie sicher ich gewesen bin, bis zu meinem Lebensende glücklich und zufrieden zu sein. Ich war mir so sicher, dass die liebevolle Familie, die Grant und ich mit unseren Töchtern aufgebaut hatten, das Einzige war, auf das ich in dieser verrückten, aus den Fugen geratenen Welt zählen konnte.

Und dann war all diese Geborgenheit plötzlich dahin, nämlich genau in dem Augenblick zwischen Grants gequältem »Da gibt es etwas, das ich dir sagen muss, Violet« und dem Moment, in dem die Bombe explodierte.

So habe ich sie zuerst genannt.

Die Bombe.

Das passt. Tracey mag vielleicht ein Schwachkopf mit einem Hirn von der Größe einer getrockneten Dattel sein, aber sie ist hochexplosiv. Makellos. Perfekt, angefangen bei dem Heiligenschein blonder Locken und den kristallklaren blauen Augen bis zu den lächerlich kleinen Füßen, die die ganzen ein Meter und fünfundfünfzig Zentimeter ihrer gertenschlanken, aber mit unmöglich großen Brüsten ausgestatteten Figur tragen.

Und die Titten sind echt. Was noch schlimmer ist, oder? Irgendwie ungerechter, als wenn sie in der Praxis eines Schönheitschirurgen erworben und ihrem ohnehin schon perfekten Körper später hinzugefügt worden wären.

Ich blicke an meinem rosa- und orangefarbenen Trägerkleid hinab, unter dem ich keinen BH tragen muss, um meine Titten zusammenzuhalten, und frage mich zum tausendsten Mal, ob es meine flachen Brüste waren, die Grant in die Arme einer anderen Frau getrieben haben.

Aber in meinem tiefsten Inneren weiß ich eigentlich, dass meine Minititten nichts damit zu tun haben. Grant hat eine Vorliebe für jüngere Frauen. Und einst bin *ich* das kaum volljährige Mädchen gewesen, das seine Blicke auf sich gezogen hat, das dumme Kind, das bereits beim dritten Rendezvous schwanger geworden und so dankbar gewesen ist, dass Grant bereit war, es mit einer hungernden Künstlerin als Frau zu versuchen.

Jetzt bin ich beinahe vierzig Jahre alt und widme mich immer noch nur halbtags meiner Kunst. Und verabrede mich selten. Sex habe ich auch nicht, nicht einmal schlechten, denn die Männer, mit denen ich mich selten genug verabrede, sind schrecklich oder gemein oder auf abstoßende und unattraktive Weise seltsam. Oh, und dann werde ich auch noch öffentlich an einer Straßenecke stehen gelassen, weil ich es wieder einmal geschafft habe, das schlechte Los zu ziehen.

Insgeheim wünsche ich Chad67 chronische Erektionsstörungen und eine üble Geschlechtskrankheit und zwinge mich zu lächeln.

»Na, dann war's das also!« Ich presse die Kiefer aufeinander, um mein Lächeln aufrechtzuhalten, als Mary und Virginia, meine Arbeitskolleginnen, mir mitfühlend zuwinken. »Ganz offensichtlich wird er nicht mehr auftauchen. Daher werde ich mir jetzt einen Riesenbecher Eis kaufen und nach Hause gehen und mich damit vor den Fernseher setzen. Ich wünsche euch beiden viel Spaß beim Konzert.«

»Oh, Süße«, murmelt Mary. »Es tut mir leid.«

Ich zucke lässig mit den Schultern. »Na ja, ich wurde versetzt. Schon gut. Es geht mir gut.«

»Mehr als gut«, stimmt Virginia nickend zu, sodass ihr Pferdeschwanz hin- und herschwingt. »Ich sage dir, Violet, Männer verursachen mehr Schwierigkeiten, als sie wert sind. Du wirst schon sehen.«

Mary und Virginia arbeiten seit fünfzehn Jahre ehrenamtlich in dem Tierheim, in dem ich angestellt bin. Sie sind zwei meiner nettesten, ältesten Freundinnen. Sie sind beide in den Sechzigern und haben es schon vor Langem aufgegeben, sich mit Männern zu verabreden. Sie versichern mir, dass es mir gefallen wird, älter zu werden und allein zu sein. Offensichtlich wird mein Leben, sobald mein Bedürfnis nach Sex nachlassen wird, nur noch sanft dahinplätschern. Ich werde ruhige Bingoabende verbringen, mit meinen Freundinnen Weinproben abhalten und lange Spaziergänge durch die Wälder unternehmen, ohne dass jemand ständig mit einer lauten, dummen, männlichen Stimme auf mich einredet und den Frieden stört.

Das hört sich wunderbar an.

So wunderbar, dass meine Nase zu jucken beginnt und mir die Tränen in die Augen treten, als ich mir ein Leben ohne Küsse vorstelle. Ein Leben, in dem ich mich nicht mehr an Hemden kuschle, die nach rauchigem Kölnischwasser riechen, in dem ich nie mehr quer durch den Raum einen Blick auffange und weiß, dass das Lächeln auf seinen Lippen nur an mich allein gerichtet ist.

Und natürlich keine Orgasmen mehr, die ich nicht meinem batteriebetriebenen Liebhaber zu verdanken habe. Die Geschichte mit Deacon gestern Abend war ein Fehler – ein großer, schrecklicher, furchtbarer, schlimmer Fehler – aus vielen Gründen. Am schlimmsten jedoch ist, dass er mich an all das erinnert hat, was ich vermisse, wie menschliche Berührung und Küsse und Lust und Orgasmen.

Gott, wie oft ich zum Höhepunkt gekommen bin ...

Das hat mir so sehr gefehlt. Kein Vibrator der Welt kann einem Männermund das Wasser reichen oder einer Männerhand oder einem Männer-

Nein. Ich schüttle entschlossen den Kopf. Darüber werde ich nicht nachdenken.

Deacon war ein Fehler, den ich nicht wiederholen werde, und alle anderen alleinstehenden Männer im Sonoma County machen mehr Schwierigkeiten, als sie wert sind. Ich werde mich lediglich an ein Leben ohne einen Schwanz gewöhnen müssen, an eine schwanzlose, einsiedlerische, einsame Vagina-gegen-die-ganze-Welt Existenz.

Ein kleiner, jämmerlicher Schluchzer entweicht meinen Lippen, woraufhin mich meine beiden selbsternannten Anstandsdamen gurrend vor Sorge umringen.

»Oh, meine Süße, komm her! Ach je! Ich würde dem Arschloch gern mitten ins Gesicht schlagen!« Mary zieht mich in die Arme und presst mich an ihren ausladenden Busen, der beweist, dass auch die Großbrüstigsten von uns sitzen gelassen werden können. Auch Mary wurde von ihrem Ehemann verlassen, als sie achtunddreißig Jahre alt war, kurz nachdem sie ihrem zweiten Kind das Leben geschenkt hatte.

»Ich würde etwas weiter nach unten zielen, wenn ich ihn schlagen würde«, murrt Virginia, was mich zum Lachen bringt.

Schniefend löse ich mich von Virginia, entschlossen, mich zusammenzureißen. »Ihr beide seid doch immer noch die Besten. Habt ihr Lust auf den Bingoabend bei den Sisters of Mercy nächste Woche? Der findet doch immer« noch mittwochabends statt, richtig?«

Marys Augen leuchten auf und ihre zusammengezogenen Brauen entspannen sich. »Ja! Ich habe eine neue Kollektion von lustigen Hüten bekommen! Genug für uns alle. Bring Adriana mit. Sie werden ihr gefallen.«

Ich ignoriere den erneuten Anfall von Traurigkeit, der bei der Erwähnung meiner jüngsten Tochter meine Brust erfasst. »Ich werde es versuchen, aber sie ist so beschäftigt mit ihrem Mountainbiketraining und all ihren Aktivitäten, dass ich sie kaum noch zu Gesicht bekomme. Sie wird sich für Bingo vielleicht mittlerweile zu abgefahren vorkommen.«

»Für Bingo ist niemand zu abgefahren«, entrüstet sich Mary. »Sie wird kommen. Sie wird nicht widerstehen können. Tief in ihrem Inneren ist sie immer noch dasselbe Kind, das seine Koboldfiguren zum Bingo-Turnier mitgebracht und entlang ihrer Karten rote Gummibärchen als Glücksbringer aufgereiht hat. Du wirst schon sehen.«

Ich lächle und hoffe, dass sie recht hat. »Ich versuche, sie zu überreden. Aber ihr beiden solltet langsam losfahren. Beginnt das Konzert nicht schon bald? Wenn ihr euch nicht beeilt, werdet ihr keinen Parkplatz mehr finden.«

»Das Konzert ist ausverkauft, sonst hätten wir dir angeboten, uns zu begleiten«, sagt Virginia.

»Aber es macht auch nichts, wenn wir zu spät kommen, wenn du möchtest, dass wir noch etwas bei dir bleiben.« Mary wirft einen Blick die Straße hinauf und hinunter. Wir befinden uns auf Höhe des Oakville Lebensmittelladens, wo ich mich mit Chad67 hätte treffen sollen. Es dauert noch gut eine Stunde, bis es dunkel wird, und es sind noch viele Leute auf der Straße, die den warmen Spätsommerabend genießen, aber Mary ist eine Kämpferin der alten Schule. »Ich lasse dich ungern allein hier zurück. Sollen wir dich zu deinem Wagen begleiten?«

»Nein danke«, lehne ich ab. »Alles in Ordnung.«

»Ich könnte dir auch meine Eintrittskarte überlassen«, schlägt Mary vor und ihre Augen hellen sich auf, als ihr dieser Einfall kommt. »Mir würde es nichts ausmachen. Am nächsten Wochenende breche ich bereits zu meiner Kreuzfahrt nach Alaska auf, daher sollte ich eigentlich sowieso nach Hause gehen und packen.«

»Auf keinen Fall, du Verrückte! Ich nehme dir doch nicht deine Eintrittskarte weg.« Ich scheuche sie fort. »Ich kann ganz gut allein nach Hause gehen. Ihr zwei besucht das Konzert. Viel Spaß! Es war ein harter Tag und ich bin ehrlich erleichtert, eine Entschuldigung zu haben, um schnell in meinen Schlafanzug zu schlüpfen.«

»Also gut, wenn du dir sicher bist.« Mary wird jetzt von Virginia fortgezogen, die während der letzten zehn Jahre keine einzige Rockin' the Vines-Veranstaltung auf dem Samson's Point Weingut verpasst hat.

Ich versichere den beiden erneut, dass ich gut allein nach Hause gehen kann, und schließlich machen sie sich auf den Weg zu Marys Auto. Virginia ruft über die Schulter: »Denk daran – lass dich von den Hurensöhnen nicht unterkriegen!«

Ich versuche, meine Grimasse zu verbergen, und winke ihnen noch einmal zu, als sie in den Wagen steigen und sich auf der Matheson Street in Bewegung setzen, die auf die Schnellstraße führt. Erst als sie außer Sicht sind, lasse ich meinen Arm schwer hinabfallen und meine Schultern zusammensacken.

Zeit, nach Hause zu gehen.

Nach Hause. Es ist dasselbe Haus, in dem ich während meiner Ehe mit Grant gewohnt habe. Während der letzten zwei Jahre haben die Mädchen und ich es in ein wahres, in rosa Farbtönen schwelgendes Frauenlager verwandelt, trotzdem fühlt es sich nicht so gemütlich an wie vorher. Emily und Beatrice, meine beiden ältesten, besuchen das College und leben dort im Studentenwohnheim, sodass nur noch Addie und ich zu Hause wohnen. Und heute Abend ist sie mit ein paar Freundinnen ausgegangen und bleibt über Nacht in einem Hotel in Vallejo, damit sie gleich morgen früh den nahe gelegenen Vergnügungspark besuchen können.

Das war der Hauptgrund, warum ich die Verabredung mit Chad, der Dumpfbacke, auf heute Abend gelegt hatte – um nach der Hochzeit nicht in ein verlassenes Haus zurückkehren zu müssen und allein bei einem einsamen Abendessen vor dem Fernseher in Depressionen zu verfallen.

Und außerdem wäre ich so der Verlockung eines gewissen grüblerischen Alpha-Mannes entgangen ...

Deacon sieht in einem Anzug viel zu gut aus, so gut, dass ich vergessen könnte, dass er der große Bruder meines Chefs ist und außerdem meinem Ex-Mann viel zu ähnlich, als dass es klug wäre, mich mit ihm zu verabreden. Ich habe nämlich ein für alle Mal mit herrischen, dominierenden Männern abgeschlossen, die einen lieben und dann verlassen. Ich werde einen netten Mann finden, der all die Punkte erfüllt, die auf meiner Wunschliste für eine Beziehung stehen, oder allein sterben.

»Ich will aber nicht allein sein«, flüstere ich einem Minipudel zu, der vor der Tür eines Weinprobelokals in der Nähe des Lebensmittelladens angebunden ist. Er bellt, als ob er sagen wollte: »Es könnte schlimmer sein,

Frau. Du könntest auf einem mit Kaugummis verklebten Bürgersteig angekettet sein, während deine Besitzer sich betrinken. Zumindest hast du deine Freiheit.«

»Das ist wahr«, stimme ich zu und hole mein Handy aus der Handtasche. Der Pudel hat recht. Ich verfüge über einen freien Willen und es ist noch nicht zu spät, aus dem Abend etwas zu machen.

Ich schicke meiner Freundin Mina – meiner einzigen alleinstehenden Freundin – eine Nachricht, um herauszufinden, ob sie vielleicht für einen spontanen Frauenabend zu haben wäre, doch sie schreibt beinahe umgehend zurück. *Tut mir leid. Es geht nicht. Habe gerade eine Verabredung mit einem meiner heißen Babys.*

Ich rümpfe die Nase und frage: *Wie alt ist er denn diesmal? Achtundzwanzig?*

Siebenundzwanzig! Ihrer begeisterten Antwort sind ein augenzwinkerndes Emoji, ein Emoji mit einem Kussmund und eine Kette frech dreinschauender Auberginen beigefügt.

Ich verdrehe die Augen, wünsche ihr *viel Spaß* und stecke mein Handy in die Tasche zurück.

Wenigstens kann eine Frau den heutigen Abend genießen. Und mit jemandem schlafen, selbst wenn dieser Jemand zwölf Jahre jünger ist.

Mina behauptet, die einzigen verfügbaren Männer wären entweder zehn Jahre jünger oder zehn Jahre älter, und ich befürchte, dass meine, wenn auch nur wenigen Erfahrungen das bestätigen. Ich weiß zwar nicht, was die Männer unseres Alters anstellen – vielleicht sind sie glücklich verheiratet oder verabreden sich mit Mädchen, die ihre Töchter sein könnten, oder vielleicht stecken sie in einer solch schwächenden Midlife-Crisis, dass sie sich nach der Arbeit nicht mehr aus dem Haus schleppen können –, aber jedenfalls stehen sie in einer schockierend geringen Zahl zur Verfügung.

Die meisten Männer, mit denen ich ausgegangen bin, sind in den Fünfzigern und arbeiten bereits an einem Bauchansatz und der griesgrämigen Haltung eines alten Mannes. Ein kleines Polster um die Taille macht mir nichts aus, aber ich finde es nicht besonders begrüßenswert, jedes Mal angeschnauzt zu werden, wenn ich versehentlich die festgefahrene Routine eines alternden, alleinstehenden Mannes störe.

Ich habe drei Töchter, deren Hormone verrücktspielen und die mich anschnauzen. Danke, das reicht!

Vielleicht sollte ich es doch einmal mit jüngeren Männern versuchen – Mina scheint ja ihre schamlose Musterung der in Sonoma vertretenen männlichen Altersgruppe zwischen fünfundzwanzig und dreißig Jahren zu genießen –, aber ich persönlich wünsche mir nun einmal etwas mehr.

Ich wünsche mir jemanden meines Alters, der versteht, was ich durchgemacht habe, der genügend vom Leben herumgeschubst worden ist, um kleine Freuden und alltägliche Wunder schätzen zu können. Jemanden, der mehr auf dem Kasten hat als nur den Gedanken, wie er mich am schnellsten aus meinen Kleidern heraus und in sein Bett bekommt.

Denn ich stehe nicht auf One-Night-Stands.

Oder zumindest habe ich nicht darauf gestanden.

Bis zum gestrigen Abend, als ich beinahe auf dem Dachboden fremder Leute mit Deacon geschlafen hätte.

Obwohl ich zu der Zeit natürlich wirklich nicht wusste, dass es sich um Deacon handelte. Ich dachte, mit einem *vollkommen Fremden* auf dem Dachboden fremder Leute Sex zu haben, was das Ganze noch schlimmer macht.

Doch wenn ich ihm nicht die Maske abgenommen und seine wahre, verbotene Identität offengelegt hätte, hätte ich nicht aufgehört. Ich war vor Begierde nach ihm vollkommen außer mir, besessen von einem wilden Monster der Lust, das sich unter meiner Haut festgekrallt hatte und sich verzweifelt losreißen und alles verschlingen wollte, das ihm über den Weg lief – namentlich die ein Meter achtundachtzig von Deacon Hunters zauberhaft köstlichem Körper.

Es kann einem den Kopf verdrehen, wenn man diesen Mann betrachtet, mit seinen himmelblauen Augen, den breitesten Schultern, die ich je gesehen habe, Bauchmuskeln aus purem Titan und kräftigen, schwieligen Händen, die genau wissen, wo sie mich zu berühren haben, ohne geführt werden zu müssen.

Die Temperatur liegt bei sechsundzwanzig Grad, aber ich zittere immer noch und meine Brustwarzen pressen sich gegen den seidigen Stoff meines Kleides, als ich mich in Bewegung setze und die Straße überquere, nicht sicher, wohin ich gehe. Ich verspüre den Drang, mich zu bewegen, um etwas von der ruhelosen, pulsierenden Energie zu verbrennen.

Am liebsten würde ich dorthin zurückkehren, in den

staubigen Raum mit dem maskierten Fremden, zu jenem Augenblick, bevor ich Deacons Gesicht entblößt habe, und dort weitermachen. Ich sehne mich mehr danach zu wissen, wie es sich anfühlt, ihn in mir zu haben, als nach der Luft zum Atmen.

Und ganz bestimmt mehr, als ich mich nach einem Abendessen aus dem Oakville Lebensmittelladen und jenen zwei Litern Eiscreme sehne.

Ich bin nicht hungrig auf Nahrung, sondern auf Berührung, Haut an Haut, auf Deacons Lippen heiß auf meinen und auf seine Hand, die vorn über mein Höschen gleitet.

Nein, nicht Deacon. Den Fremden. *Den* will ich. Den Fremden, der nicht in einem Netz von persönlichen Beziehungen verstrickt ist. Deacons Bruder Tristan ist nicht nur mein Chef, sondern hat gerade eine meiner besten Freundinnen geheiratet. Und die anderen Hunter-Brüder, Dylan und Rafe, gehören seit Jahren zu meinem Leben. Von Zeit zu Zeit spiele ich sogar den Babysitter für Dylans Tochter, wenn deren normale Betreuungsperson nicht verfügbar ist. In vieler Hinsicht sind die Hunters für mich wie meine eigene Familie.

Und man rollt sich einfach nicht nackt mit einem Mitglied der Familie deiner Familie auf einem Dachboden herum, selbst wenn der fragliche Mann während der letzten zwanzig Jahre so viel außer Landes gearbeitet hat, dass ich ihn kaum kenne.

Ich weiß jedoch genug, um mir bewusst zu sein, dass es niemals klappen würde, selbst wenn er kein Hunter wäre.

Deacon hat fünfundzwanzig Jahre beim Militär

verbracht und ich bin eine Pazifistin, die niemals einer Fliege etwas zuleide getan, geschweige denn eine Waffe abgeschossen hat. Deacon folgt logischen Regeln, während ich eine Unheilstifterin bin, die ihrem Herzen folgt. Und am wichtigsten von allem: Deacon ist ein herrischer Alpha-Mann, der mehr Testosteron produziert, als gut für ihn ist, woran ich nicht teilhaben will. Nicht noch einmal.

Habe ich doch das erste Mal nur knapp überlebt.

Als Grant mich verlassen hat, hat er nicht nur mein Herz gebrochen, sondern ich musste auch irgendwie lernen, wie man Rechnungen bezahlt, die Autoversicherung verlängert, mit einem bestimmten Budget auskommt und all die anderen Dinge, über die er während unserer Ehe die Kontrolle hatte. Ich litt ständig unter furchtbarer Angst, einen Fehler zu machen und meine Kinder am Ende in einem dunklen, kalten Haus schlafen lassen zu müssen, weil ich zugelassen hatte, dass uns der Strom abgedreht wurde.

Mittlerweile habe ich alles unter Kontrolle und so wird es auch bleiben.

Das bedeutet jedoch nicht, dass ich mich nicht ab und zu gehen lassen kann, besonders wenn zu Hause niemand auf mich wartet …

An der nächsten Ecke verlangsame ich meinen Schritt, denn meine Ohren kribbeln, als ich ein paar Töne des Liedes auffange, das gerade in der Bar auf der anderen Seite gespielt wird. Für mich ist diese Kneipe lediglich ein Loch in der Wand, in dem ich noch nie gewesen bin, doch den Bass aus Hearts *Magic Man* würde ich überall erkennen und es ist schon viel zu lange her, seit ich zum letzten Mal getanzt habe.

Tanzen liegt mir im Blut, in meiner Seele, und ist das Einzige, das mich so sehr aufheitert wie Töpfe zu zerschmettern. Außerdem ist es ein hervorragender Weg, überschüssige Energie von der Art zu verbrennen, die eine Frau verlocken könnte, etwas so Dummes zu tun, wie einen Kerl anzurufen, mit dem sie am Abend zuvor beinahe geschlafen hätte, und ihn zu fragen, ob er vielleicht Lust hätte, den Job zu Ende zu führen ...

Ohne noch einen weiteren Gedanken zu verschwenden, eile ich über die Straße und zwänge mich durch die knirschende Tür in das dämmrige Licht im Inneren, wo ich direkt auf die kleine, beinahe verlassene Tanzfläche zustrebe.

Ich scheue mich nicht, allein zu tanzen.

Mache ich doch mittlerweile fast alles allein. Warum sollte es beim Tanzen dann anders sein?

KAPITEL ZWEI

DEACON

Im selben Augenblick, in dem die Sexbombe mit dem bis zum Hintern hinunter hängenden, seidigen, schwarzen Haar in die Bar hinein spaziert, weiß ich, dass es Schwierigkeiten geben wird. Und dann beginnt sie zu tanzen – ihre Haare schwingen und hüpfen um ihre Hüften herum, während sie sich im Rhythmus des Liedes, das klagend aus der Musikbox dringt, wirbelnd in ihrem supersexy Kleid im Kreis dreht – und jeder einzelne Muskel in meinem Körper spannt sich an.

Sofort bin ich in Alarmbereitschaft und mir der männlichen Blicke in der Runde nur allzu bewusst, die sich Violet Boden zuwenden, als wäre sie eine neugeborene Gazelle, die in die offene Savanne hinauswandert.

Denn sie ist nicht einfach irgendeine Sexbombe.

Sie ist *meine* Sexbombe.

Oder wäre es beinahe geworden. Gestern Abend waren wir so nahe daran, bis zum Äußersten zu gehen, dass ich den ganzen Tag an nichts anderes habe denken können. In der Realität habe ich den Trauzeugen für meinen Bruder abgegeben, doch im Geiste war ich noch mit Violet im Mondlicht, mit meinem Mund zwischen ihren Beinen und mit wild klopfendem Herzen jenem sexy Keuchen und Stöhnen lauschend, das mich vor Verlangen in den Wahnsinn getrieben hat.

Gestern Abend habe ich mich zweimal selbst befriedigt und dann noch einmal heute Morgen, wie ein Teenager bei seinem ersten Ständer, aber sie ist immer noch in meinem Kopf. Und mein Schwanz wird jeden Augenblick dicker. Und wenn ich sie nicht bald von der Tanzfläche herunterhole, wird die Lage unterhalb meines Gürtels äußerst peinlich.

Der heutige Abend könnte gefährlich werden. Für sie.

Denn heute Abend halten sich hier einige zwielichtige Gestalten auf.

Die Rabenkralle ist die letzte echte Spelunke, die in Healdsburg übrig ist, vielleicht sogar die letzte im ganzen Sonoma County. Man kann nur bar bezahlen, die Kundschaft besteht hauptsächlich aus grauhaarigen Motorradfahrern und Veteranen, die alt genug sind, um in Vietnam gekämpft haben zu können, und die schmuddelige Tanzfläche hat wahrscheinlich noch niemals eine so schöne Frau wie Violet Boden zu Gesicht bekommen.

Gott, sie ist atemberaubend. Und sie trägt immer noch keinen BH, was sicher keinem der perversen alten Männer entgangen sein wird, die alt genug sind, um ihr Vater sein zu können.

Gerade ist mir dieser Gedanke durch den Kopf

gegangen, als sich auch schon Benji, ein Vietnamveteran mit einem Glasauge und einem dick angeschwollenen Fuß, von dem er schwört, er wäre natürlicherweise einfach doppelt so dick wie der andere und kein Symptom einer fortgeschrittenen Venenthrombose, von seinem Barhocker wuchtet und wie ein geölter Blitz auf Violet zustrebt, als wäre er ein Marschflugkörper, der auf Sexgöttinnen geeicht ist.

Benji ist harmlos – er wird Violet vielleicht endlos zutexten, würde sie jedoch niemals berühren –, doch der Mann, der links von ihr auf der Tanzfläche herumstolziert, könnte Schwierigkeiten machen. Er ist wahrscheinlich um die dreißig Jahre alt, wirkt aber älter, sein schmächtiger Brustkorb ist durch übermäßigen Alkoholgenuss eingefallen. Er hat einen solch hungrigen Ausdruck in den Augen, dass ich am liebsten meine Jacke um Violet legen und sie nach draußen zerren würde. Ich kenne ihn nicht, obwohl ich die Kralle besuche, seitdem mich mein Dad zu den Erntefeiern mit hierhergeschleppt hat, als ich noch zu jung war, um Alkohol zu trinken.

Aber natürlich habe ich es trotzdem getan.

Willa, die vorherige Besitzerin und Wirtin, hatte eine Schwäche für junge Männer. Ich musste ihr lediglich zehn Minuten lang mein strahlendes Lächeln schenken, das auf meinem siebzehnjährigen Gesicht Grübchen erzeugte, und schon stand eine Cola vor mir, die so stark gespritzt war, dass ich für gewöhnlich alles doppelt sah, wenn ich die Kneipe verließ. Willa – und einem gewissen teuflischen Kater nach meinem achtzehnten Geburtstag – verdanke ich meine Abneigung gegen Gin.

Mit diesem Ort und den Menschen hier verbindet mich eine lange Geschichte, und zwar eine, die zur Folge hat, dass man normalerweise jedem, den ich mit hierherbringe, einen gewissen Respekt entgegenbringt, was bedeutet, dass es an der Zeit ist klarzustellen, dass Violet unter meinem Schutz steht.

Also stelle ich mein Bier auf dem Tresen ab, gleite von meinem Barhocker hinunter und schreite zielstrebig quer durch den Raum, sodass ich Violet Sekunden vor dem Schwachbrüstigen erreiche und meine Finger um ihr Handgelenk schließe.

Überrascht weicht sie zurück und ihre halb geschlossenen Augenlider schnellen hoch.

Ich beuge mich zu ihr hinunter, lege meine Lippen an ihr Ohr, wobei ich ihren salzig-süßen Duft einatmen kann, und flüstere: »Du solltest ein Lokal wie dieses nicht allein besuchen. Das ist nicht sicher.«

Wütend befreit sie ihren Arm. »Immerhin sind wir hier in Healdsburg, nicht in den schäbigen Straßen von Shanghai. Ich kann gut auf mich selbst aufpassen, danke.«

»Da bin ich mir nicht so sicher.« Ich bleibe stur an der Ecke der Tanzfläche stehen, während sie beginnt, sich wieder im Takt der Musik zu wiegen.

»Aber ich bin mir sicher.« Sie hebt einen Arm und lässt ihre Finger flattern. »Ich weiß deine Sorge zu schätzen, aber ich komme ganz gut allein zurecht.«

Ich nicke. »Also gut. Wenn du in Schwierigkeiten gerätst, bin ich da.«

In ihren Augen flackert Ärger auf. »Das war bevormundend.«

»Das war nicht meine Absicht. Ich habe lediglich Tatsachen aufgezeigt.« Ich drehe mich auf dem Absatz herum und kehre zu meinem Barhocker zurück, wobei ich das stechende Gefühl in meinem Nacken ignoriere. Es ist lediglich verletzter Stolz. Die erste Frau, mit der ich herumgeknutscht habe, seitdem ich vor vier Monaten aus dem Militärdienst entlassen worden bin, läuft entsetzt davon, als sie entdeckt, dass wir uns kennen? Das war nicht witzig.

Im Gegenteil, das war sogar recht niederschmetternd. Ich war mir so sicher gewesen, dass sie von Anfang an gewusst hatte, wer ich war, und dass das Gerede vom »sexy Fremden« nur Spaß war.

Denn wir hatten tatsächlich Spaß. Sie kann mir heute die kalte Schulter zeigen, solange sie will, wir wissen beide, dass ich sie gestern Abend in Flammen gesetzt habe.

»Denk nicht an gestern Abend«, murmele ich vor mich hin und bedeute Toby, dem Barmann, mir noch ein Bier zu geben.

Ich will nicht an Violets Brüste denken, die sich in Richtung Decke gewölbt haben, als ich ihre Muschi verschlungen habe. Ich will nicht an ihre in meinem Haar vergrabenen Finger denken oder an ihren süßen Geschmack, der meinen Mund erfüllte, oder an die Art, wie sie vor freudiger Erwartung gestöhnt hat, als sie meinen Schwanz durch die Jeans hindurch gerieben hat.

Und ganz bestimmt werde ich mich nicht umdrehen und sie beim Tanzen beobachten.

Ich muss sie nicht sehen. Ich werde es wissen, wenn sie in Schwierigkeiten steckt. Ich werde es spüren, wenn sich die Energie im Raum ändert, wenn sich der Wind dreht und die potenzielle Gefahr sich so zuspitzt, dass ich mir Sorgen machen muss. In Jahren des Trainings und bei verschiedensten Einsätzen in Kriegsgebieten habe ich einen sechsten Sinn dafür entwickelt, wann es Ärger gibt.

Nur leider höre ich nicht immer darauf ...

»Kennst du sie?«, fragt mich Toby und weist mit dem Kopf in Richtung der Tanzfläche, während er mein helles Bier vor mich hinstellt.

»Ja.« Und ich wusste bereits beim ersten Blick, dass sie Schwierigkeiten bedeutet. Trotzdem habe ich mit ihr getanzt, mit ihr geflirtet und sie zu einem geheimen Ort geführt, wo wir allein sein konnten, denn Gegensätze ziehen sich an.

Bevor sie sich gegenseitig zur Weißglut bringen. Wie zum Beispiel, wenn einer von beiden darauf besteht, sich ohne Grund in Gefahr zu bringen, weil er sich weigert, auf die Stimme der Vernunft zu hören.

»Sie ist etwas Besonderes.« Toby zieht seine ergrauenden Augenbrauen hoch. »Ich wünschte, Baxter wäre heute Abend hier. Es ist immer gut, einen Polizisten außer Dienst in der Nähe zu haben. Nur für den Fall.«

Ich gebe ein zustimmendes Knurren von mir. »Ich mache mir Sorgen wegen des Unbekannten. Der in dem blauen T-Shirt und der Flanelljacke.«

»Da hast du auch allen Grund zu. Er trinkt seit vier Uhr einen Whisky nach dem anderen und Cassie musste ihm bereits vor einer Stunde die Leviten lesen.

Er hat Becca nicht in Ruhe gelassen, obwohl sie ihm wiederholt erklärt hat, sie stehe auf Frauen, und mit ihrer Partnerin hier war.«

»Ich bin mir sicher, Cassie hat dafür gesorgt, dass er es bereut hat.« Cassie ist zwar nur ein Meter sechzig groß, war aber zehn Jahre bei der Marine. Sie ist hart wie Stahl und eifersüchtig um ihre Freundin besorgt.

Toby schmunzelt. »Er hat sich ziemlich schnell mit fest eingezogenem Schwanz davongeschlichen. Ich dachte, er wäre gegangen, aber scheinbar war er nur draußen, um zu rauchen. Auf jeden Fall wurde er wieder munter, als deine Zigeunerin hereinkam.« Er blickt über mich hinweg und seine Augen blitzen amüsiert auf. »Obwohl, es sieht so aus, als wäre ihm Benji zuvorgekommen.«

Ich drehe mich auf meinem Barhocker herum und sehe, wie Violet unter Benjis Arm hindurch wirbelt und über etwas lacht, das er gerade gesagt hat, als wären sie seit Jahren befreundet. Der alte Benji seinerseits strahlt bis über beide Ohren, sein rundes Gesicht ist rot angelaufen. Er tanzt weiter – ziemlich schlecht –, während er Violet das Ohr abkaut, aber nicht annähernd laut genug, um ihn über die Musik hinweg zu verstehen.

Das Liebeslied endet und stattdessen wird ein Klassiker von Led Zeppelin gespielt. Benji und Violet wiegen sich immer noch Hand in Hand auf der Tanzfläche, offensichtlich amüsieren sie sich gut, während der Widerling in der Flanelljacke sich in einer Ecke der Tanzfläche herumdrückt und auf eine günstige Gelegenheit wartet, die jedoch nicht kommt. Ich beginne gerade zu glauben, dass alles noch ganz gut ausgehen kann, als Benji sich krümmt und sich mit steifem Rücken vorbeugt, um sein rechtes Knie zu umfassen.

Violet legt ihm leicht eine Hand auf den Rücken, offensichtlich besorgt, und murmelt etwas nahe an seinem Ohr. Benji schüttelt den Kopf und lächelt gequält. Dann deutet er auf den Flur im rückwärtigen Teil der Kneipe, wo sich eine einzige Toilette befindet, die als Klo für das gesamte Lokal dient. Als Benji hinkend in deren Richtung geht, versucht Violet, ihm zu folgen, doch er winkt ab. Ob er nun vorgibt, dringend die Toilette aufsuchen zu müssen, um seinem Knie eine Erholungspause zu verschaffen, oder ob er sich wirklich erleichtern muss, spielt eigentlich keine Rolle.

Wichtig ist lediglich, dass Violet sich jetzt allein auf der Tanzfläche aufhält und der Schwachbrüstige glaubt, seine Stunde sei gekommen. Ich sehe sie kommen – die unausweichliche Auseinandersetzung, als er versucht, Benjis Platz einzunehmen und sich dabei übernimmt – und mein Bauchgefühl sagt mir, dass ich einschreiten muss, bevor es zu spät ist.

Aber Violet hat ganz klar gesagt, dass sie keinerlei Einmischung duldet, besonders wenn sie von mir käme. Daher beiße ich die Zähne zusammen und bleibe auf meinem Hintern sitzen, als der Widerling eine Hand um Violets Taille schlingt und sie viel zu nahe an sich heranzieht. Lachend tänzelt sie von ihm weg und gibt ihm so auf subtile Art zu verstehen, dass sie nicht an einem engen Partnertanz interessiert ist, doch das Arschloch macht sich wieder an sie heran, drängt sie in eine Ecke bei der Musikbox und greift nach ihrem

Haar, womit er deutlich macht, dass er ihre Privatsphäre nicht respektieren wird.

Sie weicht seinen nach ihr grapschenden Fingern aus, Unbehagen und Angst mischen sich in ihrem Gesichtsausdruck, doch ich bleibe weiterhin sitzen. Ich warte ab und balle die Hände auf meinen Oberschenkeln zu Fäusten, denn jetzt klammert der zudringliche Hurensohn sich an ihrem Kleid fest und hält sie so gefangen, während sie versucht, um ihn herum zu gelangen. Violet zerrt an seinem Arm, ihre Augen leuchten wütend, und der Schwachbrüstige reagiert mit einem gemeinen Lachen und legt eine Hand hinter ihr an die Wand.

Jede einzelne Zelle in meinem Körper schreit mir zu, ihr zu Hilfe zu kommen, die Hände des Kerls von ihr zu reißen und sie ihm in den Mund zu stopfen, aber ich werde nichts unternehmen, bis ich ein Signal erhalte.

Das Zeichen, auf das ich warte.

Von dem ich weiß, dass es in drei ...

Zwei ...

Violet wirft den Kopf heftig nach rechts und ihr ängstlicher Blick sucht meinen. In einer einzigen heißen Sekunde bin ich von meinem Hocker aufgesprungen. In der nächsten bin ich bereits hinter dem Widerling und packe ihn fest an der Schulter.

»Hände weg! Sofort!« Ich grabe meine Finger in sein knochiges Fleisch und verspreche ihm insgeheim, nur ein einziges Mal so nett zu fragen.

Er wirbelt herum, um mir ins Gesicht zu sehen, mit schmalen Augen und einem spöttischen Grinsen auf den Lippen, das verschwindet, als ihm bewusst wird, mit wem er es zu tun bekommt. Alle Männer meiner Familie sind hochgewachsen und gut gebaut, und der Gewichtheberaum ist seit zwanzig Jahren mein zweites Zuhause. Das Training ist meine Therapie, die mich keinen Pfennig kostet und mich in so guter Verfassung hält, dass die meisten Kämpfe beendet sind, bevor sie begonnen haben.

Außer wenn es sich um wirklich betrunkene oder echt dumme handelt, hüten sich die meisten Männer davor, sich mit einem Kerl zu messen, der zwanzig Kilo pure Muskeln auf die Waage bringt und in dessen Augen »Leg dich nicht mit mir an!« geschrieben steht.

Der Schwachbrüstige ist sturzbetrunken – ich kann den billigen Whisky in seinem Schweiß riechen –, aber nicht betrunken genug, um etwas zu beginnen, bei dem er am Ende bewusstlos auf dem Boden liegen bleiben würde.

»Ich wusste nicht, dass sie nicht mehr frei ist, Mann«, erwidert er und schlängelt sich zur Musikbox. »Du solltest deine Lady nicht an einer solch langen Leine lassen.«

»Ich bin nicht –«, beginnt Violet, aber ich schneide ihr scharf das Wort ab.

»Und du solltest lernen, deine Hände bei dir zu behalten. Und jetzt hau ab! Und komm nicht zurück! Diese Kneipe ist nichts für dich. Wir mögen hier solche Arschlöcher wie dich nicht.«

»Ja, wir dulden hier nur solche Arschlöcher wie uns!«, schreit George, ein bärtiger Motorradfahrer, vom nahen Billardtisch herüber, was lautes Gelächter bei den um die Queues versammelten Männern hervorruft.

Eine Sekunde lang wirkt der Schwachbrüstige, als würde er auf Georges Herausforderung eingehen – was ein weitaus größerer Fehler wäre, als sich seine Finger an mir zu verbrennen, da George stets immer erst zuschlägt und niemals Fragen stellt.

Aber offensichtlich ist dieser Versager auch nicht dumm.

Am Ende reibt er sich mit der Hand über seinen angespannten Kiefer, murmelt etwas Unverständliches vor sich hin und schleicht zur Tür hinaus, wobei er einen rosafarbenen Lichtstrahl des Sonnenuntergangs hineinlässt. Das warme Glühen erhellt Violets bleiches Gesicht und lässt sie wie ein Modell jener alten italienischen Gemälde aussehen, die meine Stiefmutter so sehr liebt. Doch dann fällt die Dunkelheit wieder über uns herein und wirft ihre Schatten auf uns.

Nach einigen langen Momenten räuspert sie sich. »Danke.«

»Nicht der Rede wert.« Ich versuche zwar, nicht selbstgefällig zu klingen, doch es gelingt mir nicht so recht, daher überrascht es mich nicht, dass erneut Ärger in ihrem Gesicht aufblitzt.

»Nun mach schon und sag mir: ›Habe ich es dir nicht gesagt?‹, wenn du dich dann besser fühlst.«

»Es geht mir auch so ganz gut«, erwidere ich, obwohl das nicht stimmt. Ich habe Fieber, bin hungrig und giere danach, Violets Mund noch einmal zu kosten. Ich habe aus Verlangen nach dieser Frau vollkommen den Verstand verloren. Das ist die einzige Erklärung für die Worte, die jetzt aus meinem Mund herausquellen, obwohl ich eigentlich keine masochistische Ader habe.

»Obwohl, ich wüsste gern, warum du gestern Abend geflüchtet bist. Ich dachte, wir hätten Spaß miteinander. Mir jedenfalls ist es so ergangen.«

Ihre Augenlider flattern. »Der gestrige Abend war ein Fehler. Wir passen nicht zusammen, Deacon.«

»Woher willst du das wissen? Du kennst mich doch kaum.«

»Ich kenne Typen wie dich«, erklärt sie und verschränkt die Arme. »Und ich weiß, dass viele Frauen auf Alpha-Männer stehen, die alles unter Kontrolle haben wollen, aber ich gehöre nicht dazu.«

Ich runzle die Stirn so heftig, dass meine Nasenflügel beben. »Alpha-Mann, der alles unter Kontrolle haben will? Woran zum Teufel willst du das erkennen?«

»An der Art, wie du gehst, wie du sprichst, wie du deine Familie herumkommandierst.«

Sie weist auf die Tanzfläche. »An der Art, wie du entscheidest, was das Beste für vollkommen Fremde ist, und wie du herbeistürmst und Befehle brüllst.«

»Ich habe nicht gebrüllt. Und ich bin auch nicht schnell gelaufen. Du warst in Gefahr.« Ich deute auf die Tür, durch die der Typ, der sie belästigt hat, erst vor zwei Minuten entschwunden ist. »Natürlich. Ich habe nicht versucht, alles zu kontrollieren, sondern dich zu beschützen. Und soweit ich –«

»Ich brauche keinen Schutz«, gibt sie zurück und reckt ihr Kinn in die Höhe.

»Entschuldigen Sie bitte meine Ausdrucksweise, aber das ist doch totaler Schwachsinn, Miss Boden«, erwidere ich und beuge mich näher zu ihrem sturen kleinen Mund hinunter. »Sie brauchen sowohl einen

Leibwächter als auch einen Schuss gesunden Menschenverstand.«

Ihre Augen blitzen. »Ich kann nicht glauben, dass ich mit dir herumgeknutscht habe.«

»Du hast mit mir herumgeknutscht, weil ich dich wahnsinnig gemacht habe«, murmele ich. Mein Blut rast schneller, als ihre Brustwarzen hart werden und sich durch den dünnen Stoff ihres Kleides pressen. »Verdammt. Gerade in diesem Moment mache ich dich doch auch wahnsinnig.«

»Ich kann dich nicht ausstehen«, sagt sie mit keuchender Stimme, die mir direkt bis in den Schwanz fährt.

»Trotzdem willst du mich küssen«, flüstere ich.

»Ich will eine Menge dummer Dinge«, sagt sie, während sie ihre Hände nach meinem Oberkörper ausstreckt.

Ich bin mir sicher, dass sie mich wegschieben will, so sicher, dass ich mich darauf einstelle, mich mit einem schnellen Schritt zurück auszubalancieren. Stattdessen klammert sie sich an meinem T-Shirt fest und zieht mich zu sich heran, während sie sich auf die Zehenspitzen stellt und ihre Lippen auf meine presst.

Der Kuss ist von Anfang an heiß, wild und völlig unangemessen für öffentlichen Konsum. Verschwommen bin ich mir der Pfiffe und Beifallsrufe der übrigen Gäste bewusst, als Violet ihre Zunge in meinen Mund gleiten lässt, doch es ist schwierig, sich auf etwas anderes zu konzentrieren als unsere gegenseitige Anziehungskraft, das elektrisierende Gefühl, als sie ihre Hände über mich wandern lässt und sich an meinen Schultern festhält, und die alles verzehrende Erregung, die durch mich pulsiert, als sie ihre Kurven an meinen Oberkörper presst.

Ich weiß, wir sollten aufhören oder zumindest draußen weitermachen, doch mein Verstand kann meinen Körper nicht mehr dazu bringen, mit ihm zu kooperieren. Ich habe mich bereits zu sehr in dieser Frau verloren und stehe hilflos einem Feuersturm der Anziehungskraft gegenüber, der sogar noch heißer tobt als der, der uns gestern Abend erfasst hat.

Schließlich löst sie sich von mir und keucht an meinen Lippen. »Ich gehe jetzt nach Hause.«

»Ist das eine Einladung?«

»Nein. Wir werden nicht so weit gehen. Wir werden Freunde sein. Nur Freunde.«

»Ich will aber nicht dein Freund sein.«

»Gut«, erwidert sie schniefend. »Ich will auch nicht dein Freund sein.« Und dann küsst sie mich wieder – fest und tief –, bevor sie wie der geölte Blitz durch die Tür in die Abendluft hinaus verschwindet, ohne noch einen Blick zurückzuwerfen.

Gerade will ich ihr folgen, als die Tür sich öffnet und Violets Kopf sich noch einmal zeigt, während sie mit einem Finger entschlossen auf mich zeigt. »Komm mir ja nicht hinterher!«

Dann entschwindet sie erneut und überlässt mich dem Gelächter der versammelten Gemeinde. Ein paar Sekunden später taucht Benji an meiner Seite auf und schlägt mir freundschaftlich auf den Rücken. »Lass gut sein, Mann. Es gibt wilde Pferde, die man nicht brechen kann.«

»Ich will sie auch nicht brechen, ich will mit ihr ausgehen«, höre ich mich sagen. Ich weiß nicht, woher die Worte gekommen sind – ich will überhaupt nicht mit ihr ausgehen, denn ich finde sie ebenso frustrierend wie sie mich –, aber dennoch…

Sie hat etwas an sich…

Etwas, das mich jetzt veranlasst, mich zur Tür zu schleichen und hinaus zu spähen, um sicherzugehen, dass der Schwachbrüstige ihr auf dem Weg zu ihrem Wagen keinen Ärger macht. Er ist nirgendwo zu sehen. Er ist nicht mehr da; ich sehe nur eine Sexbombe in einem Kleid, das alle Farben der Sonne widerspiegelt, die vor mir davonläuft, so schnell ihre wohlgeformten Beine sie tragen.

KAPITEL DREI

*Auszug aus dem Chat zwischen
Violet Boden and Mina Smalls*

Violet: Bist du wach? Ich brauche verzweifelt einen Rat und ich kann niemand anderen fragen.

Mina: Ja, ich bin auf, aber was kann denn um sechs Uhr am Sonntagmorgen so dringend sein?

Violet: Du musst mir erklären, wie ich meine Libido ruhigstellen kann. So wie du es getan hast, als du letztes Jahr zu Weihnachten allem Sex abgeschworen hast, weißt du noch?

Mina: Hm, ja, ich erinnere mich … aber warum willst du das? Sex macht Spaß und du hast es definitiv nötig, mit jemandem zu schlafen, Vi. Wie lange liegt eure Scheidung jetzt zurück? Anderthalb Jahre?

Violet: Zwei Jahre. Sechs Wochen.

Mina: MEINE GÜTE! Wie kann die Zeit nur so schnell vergangen sein? Es kommt mir so vor, als hättet ihr euch gerade erst getrennt!

Violet: Weil wir alt sind. Die Zeit fliegt, wenn man älter wird.

Mina: Schließ nicht von dir auf andere, Süße. Ich fühle mich erstaunlich jung und schwungvoll heute Morgen. Besonders wenn ich bedenke, dass ich nicht vor zwei Uhr zum Schlafen gekommen bin. Heiße Babys brauchen keinen Schlaf. Sie können allein von Energydrinks, Ramen-Nudeln und Sex leben. Oder wahrscheinlich auch nur von Sex und gelegentlich einem Glas Wasser, um all die verlorenen Körperflüssigkeiten wieder aufzufüllen.

Violet: Hör auf! Ich will nicht über Sex oder heiße Babys oder Körperflüssigkeiten reden. Ich will über schneebedeckte Winterlandschaften und kahle Äste und stille Dunkelheit ohne ein Fleckchen Licht reden.

Mina: Das hört sich verdammt depressiv an. Wer hat dir so zugesetzt, Liebes? Verrate mir seinen Namen. Ich werde ihm für dich in die Eier treten.

Violet: Ich will nicht, dass du ihm in die Eier trittst, ich will einfach nur seine Eier vergessen, seine Lippen und seine Hände und wie sein Geruch mir das Wasser im

Mund zusammenlaufen lässt, als wäre ich ein gefräßiges Sexmonster.

Mina: Oooh! Ein gefräßiges Sexmonster! Das hört sich nach Spaß an. Das solltest du ausleben! Verschlinge ihn, Mädchen! Reiß ihm die Kleider vom Leib und treib dein teuflisches Spiel mit ihm.

Violet: Du hörst mir nicht zu.

Mina: Nein, du hörst *mir* nicht zu. Es ist Zeit, aus deinem Versteck herauszukommen, Violet. Du hast lange genug getrauert. Es ist Zeit, dich wieder in den Sattel zu schwingen und diesen Hengst zu reiten, der dich so aufgewühlt hat. Reite ihn eine ganze Nacht lang, Mädchen!

Violet: Ich kann nicht! Er ist ein Arschloch mit einem Ego so groß wie Traceys Riesentitten und ich weigere mich, meine Scheidungsjungfräulichkeit an ein Arschloch zu verlieren.

Mina: Ich verstehe. Gemeine Männer sind die schlimmsten. Und ein solches Verhalten darfst du nicht mit deiner Muschi belohnen, denn dann wird er es niemals lernen.

Violet: Er ist eigentlich nicht gemein, nur … herrisch. Und kontrollierend. Und unausstehlich. Aber aus irgendeinem Grund kann ich nicht aufhören, an ihn zu denken und über ihn zu fantasieren und mir zu wünschen, seine großen, dummen Hände wären überall auf meinem Körper. Ich habe letzte Nacht fast überhaupt nicht geschlafen. Es ist, als hätte ich mich mit einer schrecklichen Krankheit angesteckt, Mina. Du musst mir helfen!

Mina: Nein, nein, nein. Das ist keine Krankheit, Liebling. Das ist nur das Biest in dir, das darauf lauert, herauszukommen und die Nacht zu feiern! Und wir wollen es doch nicht wieder einschlafen lassen. Wir müssen seine Krallen lediglich in eine andere Richtung lenken.

Violet: Ich habe es versucht, aber der Kerl, den ich über die App kennengelernt habe, hat mich versetzt.

Mina: Na ja, das überrascht mich eigentlich nicht. Etwas anderes kannst du nicht erwarten, wenn du dich mit jemandem einlässt, der sich Chad nennt.

Violet: Was stimmt denn nicht mit dem Namen?

Mina: Chads sind immer träge, mit einem schwachen Willen ausgestattete, weinerliche, überaus begünstigte, reiche, weiße Männer, die glauben, ihre Kacke stinkt nicht und ihre winzigen Schwänze seien ein Geschenk an die Frauen.

Violet: Das ist hart. Aber ... vielleicht ist etwas Wahres daran, jetzt, da ich darüber nachdenke.

Mina: Ich habe einmal eine Hämorrhoide auf den Namen Chad getauft. Für etwas anderes taugt der Name nicht.

Violet: Dass ich nicht lache! Du bist ja verrückt.

Mina: Von mir aus. Aber ich bin auch für dich da. Und ich habe eine überschüssige Eintrittskarte für das River and Blues Festival heute Nachmittag. Du solltest mich begleiten, ein paar Biere trinken, gute Musik anhören und sehen, ob irgendeiner der Männer mit nacktem Oberkörper deine innere Wildkatze aufscheuchen kann. Wenn alles gut geht, hast du noch heute vor Sonnenuntergang dein eigenes heißes Baby im Bett.

Violet: Ich glaube nicht, dass ich überhaupt ein heißes Baby haben will.

Mina: Na gut, also dann kannst du dir einen sexy Silberfuchs aufreißen und mir alle heißen Babys überlassen. Für mich klingt das mehr als akzeptabel. Ich habe vergessen, wie gut es tut, wenn man einen Kerl nur mit einem Zwinkern und einem Lächeln hart macht. Meinen Ex in einen solchen Zustand zu bringen war immer so erschöpfend, noch bevor wir überhaupt angefangen haben.

Violet: Grant hatte niemals ein Problem damit.

Mina: Wir sprechen jetzt nicht über Grant oder denken auch nur an ihn. Grant gehört der Vergangenheit an.

Die superheißen, alleinstehenden Männer aus Sonoma County sind deine Zukunft. Wir treffen uns heute Mittag auf dem Parkplatz an der Ausfahrt zur River Road. Wir bilden eine Fahrgemeinschaft.

Violet: Abgemacht. Über Grant bin ich übrigens wirklich hinweg, Mina. Wirklich. Es geht hier nicht darum, dass ich mir wünsche, noch mit meinem Ex zusammen zu sein. Es geht mir darum, denselben Fehler nicht noch einmal machen zu wollen.

Mina: Ich verstehe. Und ich werde dir dabei helfen, nur neue Fehler zu machen. Ich verspreche es. Und ich werde damit beginnen, dich beschwipst zu machen und dir zu deinem ersten One-Afternoon-Stand in einem Dixieklo zu verhelfen.

Violet: Ekelhaft. Vielleicht bleibe ich besser zu Hause.

Mina: Nein. Und wir werden uns nicht treffen, sondern ich werde vorbeikommen und dich einsammeln und für dich den Chauffeur spielen, dann kannst du auch ein paar mehr trinken und unabhängige Entscheidungen treffen. Mach dich zurecht, lass deine Haare offen und zieh dir etwas an, was ein bisschen aufreizend ist. Wie das rückenfreie Sommerkleid mit den gelben Blumen. Du siehst hinreißend darin aus.

Violet: Das gehört eigentlich Addie. Und ich bin mir ziemlich sicher, dass sie es heute im Freizeitpark trägt.

Mina: Du lässt sie tatsächlich darin außer Haus gehen?

Violet: Sie ist achtzehn, Mina. Sie verlässt das Haus, wann immer sie will.

Mina: Aber das Kleid ist für eine erwachsene Frau gemacht und Addie ist unser kostbares Baby, Violet. Ich weigere mich zu glauben, dass sie nicht mehr sechs Jahre alt ist und sich nicht mehr so viele mit Schinken und Feta gefüllte Aprikosen in den Mund stopft, dass sie sich mindestens einmal pro Sommer in mein Schwimmbecken übergeben muss.

Violet: Ich weiß. Die Zeit ist so schnell vergangen.

Mina: Ein weiterer Grund, warum man sie nicht verschwenden sollte. Trag das grüne Kleid mit den Pailletten auf dem Rock. Darin siehst du wie eine Meerjungfrau aus. Wir erbeuten dann einen sexy Seemann für dich. Dann komme ich also bei dir vorbei, aber ich habe das Boot im Schlepptau, daher kann ich nicht in die Einfahrt fahren. Treffen wir uns an der Straße?

Violet: Ich werde dort sein. Bereit oder nicht, Seemänner, ich komme!

KAPITEL VIER

❦

DEACON

Ich muss ins Fitnessstudio gehen und hart trainieren.

Oder einen ausgedehnten Lauf machen.

Mir einen hundert Kilo schweren Felsblock auf den Rücken binden und tausend Meilen auf dem Wanderweg an der Pazifischen Küste entlangwandern.

Die letzte Möglichkeit ist wahrscheinlich die einzige, die mich genügend erschöpfen würde, um Violet Boden aus dem Kopf zu bekommen.

Normalerweise schlafe ich wie ein Toter. Nach Jahren in überbelegten Baracken als junger Mann und langen Einsätzen in Unterkünften, die so dicht beieinanderstanden, dass man seine Nachbarn drei Häuser weiter unten schnaufen hören konnte, wenn sie eine Erkältung hatten, habe ich mich daran gewöhnt, die Welt zugunsten einer erholsamen Nacht auszublenden.

Doch in der vergangenen Nacht waren Violets Lippen und Violets Hände allgegenwärtig, und ihr Duft, der noch in meinen Kleidern hing, machte mich vor

Verlangen nach ihr wahnsinnig. Und ja, ich hätte mein Hemd wechseln können, doch dann hätte ich nicht mehr das Aroma von Rosmarin und Salbei mit einem Hauch von der Süße des Geißblatts riechen können. Und ich wäre nicht in der Lage gewesen, meine Augen zu schließen und mir Violet vorzustellen, wie sie mich reitet, während ich mich mit meiner eigenen Hand befriedigt habe. Und dann, erst vor ein paar Stunden, als die Sonne aufging, habe ich es noch einmal getan.

Dieses mich selbst Befriedigen wird langsam beschämend. Ich konnte mir beim Rasieren nicht einmal mehr im Spiegel in die Augen sehen. Etwas muss geschehen. Und zwar bald.

Sobald ich die Auffahrt hinuntergefahren und auf die Schnellstraße Richtung Guerneville eingebogen bin, rufe ich Tristan an in der Absicht, meinem nicht erreichbaren kleinen Bruder eine Nachricht zu hinterlassen – denn gewiss liegt er noch mit seiner neuen Braut im Bett –, doch er reagiert beim ersten Klingelton und seine Stimme rauscht durch den Lautsprecher.

»Morgen, Mann. Was ist los?«

»Nicht viel«, lüge ich. Es wäre eine schlechte Idee, Tristan zu erzählen, dass ich wegen einer seiner Angestellten einen chronischen Ständer habe. »Ich frage mich lediglich, in welches Fitnessstudio du gerade gehst. Ich suche irgendein Studio mit genügend Platz für Intervalltraining. Die Gewichte in der Scheune reichen mir nicht mehr.«

»Und da rufst du mich an? Du weißt doch, dass Rafe die Fitnessstudioratte ist.«

»Aber Rafe steht auf diesen kultigen Teamsport. Ich

will nicht dorthin gehen, wo er ist. Ich mag es nicht, wenn man mir sagt, was ich zu tun habe.«

»Als ob ich das nicht wüsste«, erwidert Tristan lachend. »Ich besuche im Moment das Studio *Peak Performance* am Einkaufszentrum. Ich hatte übrigens vor, später noch dort zu trainieren, falls du vorbeikommen möchtest, um es auszuprobieren. Ich habe ein paar Gästepässe.«

»Danke, aber heute habe ich keine Zeit. Ich arbeite auf dem Bluesfestival – Sicherheitsdienst zusammen mit den anderen freiwilligen Mitarbeitern.« Am Rande der Stadt wende ich mich nach rechts und fahre auf die River Road zu, die mich direkt in die Partystadt im Tal führt. »Und ich dachte, du verbringst den Tag mit Zoey und genießt die Wonnen der Frischvermählten.«

»Oh, wir genießen es. Obwohl es ja eigentlich noch nicht vor dem Gesetz bestätigt ist.«

»Das muss es auch nicht, um wahr zu sein«, stelle ich fest und füge etwas ruppiger hinzu: »Es war wirklich eine schöne Feier. Ich bin froh, dass du so glücklich bist. Du verdienst eine großartige Frau.«

»Danke, Mann. Das Gleiche gilt für dich. Hast du noch mal daran gedacht, dich von Sophie mit einer ihrer Freundinnen aus dem Café bekannt machen zu lassen?«

Ich knurre. »Sophie trifft sich mit Dad.«

»Na und?«

»Ich misstraue ihrem Urteil.«

Tristan lacht. »Ach, Dad ist so schlimm nun auch wieder nicht. Und er macht seit Kurzem eine Art Renaissance seines Selbst durch. Er denkt über sein

Verhalten nach, ändert etwas und redet von Liebe und Vergebung und all solchen Sachen.«

»Haben die Hippies ihn endlich erwischt, hä?«, spotte ich, obwohl ich weiß, dass Dad immer auf freie Liebe gestanden hat. Immerhin hat er vier Söhne von drei verschiedenen Frauen und hat nur zwei der Mütter geheiratet.

»Ja«, bestätigt Tristan. »Mich auch. Ich war bei einer Akupunkteurin in Sebastopol wegen meines Knies, das ich mir bei einem Geländelauf auf dem College beschädigt habe. Sie hat mein Leben verändert. Du solltest es auch einmal mit ihr versuchen. Sie kann dir vielleicht mit deiner Schulter helfen.«

»Danke, aber wenn es so schlimm wird, dass ich mich mit Nadeln spicken lasse, schleppe ich lieber meinen verbrauchten alten Körper auf eine Klippe und dann bin ich fertig damit.«

»Gott, du bist Dad so ähnlich. Das ist dir doch bewusst, oder?«

»Nein, nicht im Geringsten«, leugne ich, obwohl seine Worte der Wahrheit näher kommen, als es mir gefällt. Von allen Söhnen meines Vaters bin ich der am festgefahrenste. Nicht ohne Grund habe ich fünfundzwanzig Jahre beim Militär verbracht und arbeite jetzt bei der Feuerwehr – ich begrüße feste Verhaltensregeln und gemeinnützige Aufgaben. Ich liebe eine Arbeitskultur, die Emotionen unter Kontrolle hält und nicht zulässt, dass eine gut geplante Operation von persönlichen Marotten in eine Katastrophe umgewandelt wird.

Gefühle komplizieren das Leben sowieso schon viel zu sehr.

So wie das starke Gefühl, dass mehr nötig ist als nur eine übermäßig sportliche Anstrengung, um Violet aus dem Kopf zu bekommen ...

Immerhin werde ich es versuchen.

»Vielleicht darf ich im Laufe der Woche noch auf dein Angebot zurückkommen?«, frage ich.

»Gern. Wir könnten das Fitnessstudio besuchen, nachdem du das Gestrüpp am Tierheim auf Brandgefahr überprüft hast.«

»Das hört sich gut an. Dann werde ich morgen früh frisch und munter vorbeikommen.«

»Perfekt«, erwidert Tristan. »Ich will sicher sein, dass wir gut auf die Feuersaison im nächsten Jahr vorbereitet sind. Im Moment kommt uns der Rauch viel zu nahe.«

Ich versichere Tristan, dass wir das Tierheim in einen Zustand bringen, in dem es gut vor Wildfeuern geschützt ist, bitte ihn, Zoey von mir zu grüßen, und beende das Gespräch, während ich auf die Bremse trete, weil die Rücklichter des Wagens vor mir rot aufleuchten. Der Verkehr staut sich bereits Kilometer vor dem Zentrum von Guerneville, wo das Bluesfestival am Flussufer neben der Hauptstraße stattfindet. Später am Nachmittag werden die Leute für eine Fahrt von einem Ende der Stadt zum anderen, wofür man normalerweise nicht länger als fünf Minuten braucht, über eine Stunde in ihren Autos festsitzen.

Jedes Jahr wird die Menge der Besucher größer und wilder und erfordert mehr Ordner und Sicherheitsleute. Mein Team der freiwilligen Feuerwehr wird sich darauf konzentrieren, illegale Feuerwerkskörper und

Flaschen zu finden und den Sanitätern im Erste-Hilfe-Zelt zu helfen. Aber mein Vorgesetzter Brolin hat bereits zuvor in der Feuerwehrzentale angekündigt, dass die lokalen Gesetzeshüter vielleicht mein Team brauchen werden, um sie bei Verkehrskontrollen zu unterstützen, falls die Betrunkenen sich zu schlecht benehmen.

Es wird ein langer Tag werden, aber ich freue mich darauf. Es ist ein zauberhafter, kalter, aber sonniger Nachmittag, ich mag die Männer und Frauen, mit denen ich zusammenarbeite, und ich liebe Blues. Wenn alles gut geht, werde ich den Nachmittag als produktives Mitglied der Gesellschaft verbringen und am Abend auf dem Boot meines Kumpels den Stücken der letzten Band lauschen.

Und vielleicht, wirklich nur vielleicht, wenn ich dann wieder zu Hause bin, werde ich zu müde sein, um von Violet Boden zu träumen.

Kaum hat der Gedanke in meinem Kopf Fuß gefasst, als mich ein Cabrio überholt, das ein winziges Schlauchboot hinter sich herzieht und vor meinem Wagen einschert, während wir uns auf die Abbiegespur einordnen, die zum Strand hinunterführt.

Und genau vor mir, auf dem Beifahrersitz, das lange, dunkle Haar zu einem Pferdeschwanz gebunden und ein breites Lächeln auf dem hübschen Gesicht, sitzt niemand anderes als die Frau, die mich in meinen Träumen – und meinen Schwanz – wie ein Geist aus einem Sexfilm verfolgt.

Das reicht beinahe aus, um mich an Dinge wie Schicksal glauben zu lassen.

Doch wenn die Schicksalsgöttin dies für Spaß hält, besitzt sie einen recht krankhaften Sinn für Humor.

Ich lasse mich zurückfallen und lasse zwei Pritschenwagen, die aus der Gegenrichtung kommen, vor mir auf den Parkplatz einbiegen. Und als ich dann schließlich an der Reihe bin, nehme ich einen Umweg zum Personalparkplatz, um auf jeden Fall zu vermeiden, Miss Boden von Angesicht zu Angesicht gegenüberzustehen.

Doch im selben Moment, als ich das Helferzelt erreiche, in dem die freiwilligen Hilfskräfte für den heutigen Tag stationiert sind, muss ich einsehen, dass Widerstand zwecklos ist.

Das Boot von Violets Freundin ankert geradewegs vor diesem Strandabschnitt und Violet ist bereits an Bord. Sie trägt ein grünes Seidenkleid, dessen Oberteil so locker ist, dass der sexy, schwarze Bikini darunter hervorlugt. Und sie tanzt. Schon wieder. Mit dieser schamlosen Sinnlichkeit, die mir den letzten Rest meiner geistigen Gesundheit nimmt.

Und natürlich, ich bin nicht der Einzige, der das bemerkt hat. Ferris, mein zweiter befehlshabender Kommandeur, erwischt mich dabei, wie ich aufs Wasser hinausstarre, und murmelt vor sich hin: »Oh, ich verstehe. Es würde mir auch nichts ausmachen, mit ein paar Strähnen dieses Haars an ihren Bettpfosten gefesselt zu sein.«

»Würde das nicht etwas hinderlich sein?« Hoover, ein Neuer, der im Moment testet, ob es ihm gefällt, bei der freiwilligen Feuerwehr zu arbeiten, bevor er die Prüfung absolviert, die es ihm erlaubt, sich den Haupttruppen anzuschließen, legt den Kopf auf eine Seite. »Ihr könntet euch doch beide nicht gut bewegen.«

»Denk erst gar nicht darüber nach, mein Junge.« Ferris gibt ihm seufzend einen Klaps auf den Rücken. »Diese da ist sowieso eine Nummer zu groß für uns.«

»Und alt genug, um seine Mutter zu sein«, fauche ich. Mir wird bewusst, dass mein Tonfall schärfer war als beabsichtigt, als Ferris die Brauen hochzieht und der Ausdruck eines verletzten Welpen über Hoovers Gesicht huscht. »Ich bin mit ihr befreundet«, füge ich freundlicher hinzu. »In gewisser Weise.«

Ferris' Lippen verziehen sich zu einem spöttischen Grinsen. »Ah, ich verstehe. Und auf welche Weise? Ist sie deine Exfreundin?«

»So weit sind wir nicht gekommen«, knurre ich und gebe vor, damit beschäftigt zu sein, den Stapel Infoblätter über Angellizenzen auf einer Ecke des Tisches zu ordnen. »Sie war nicht daran interessiert, sich mit mir zu verabreden.«

»Autsch.« Hoover nickt mitfühlend. »Hey, so etwas kommt vor. Auch, wenn man noch nicht alt ist.«

Ferris schnauft und ich kämpfe gegen ein Lächeln an. »Es lag nicht an meinem fortgeschrittenen Alter, sondern an meiner katastrophalen Persönlichkeit«, erkläre ich trocken, was mir ein Schmunzeln von Ferris einbringt.

Hoovers Wangen überziehen sich mit Röte. »Ich glaube nicht, dass du einen katastrophalen Charakter hast. Du bist viel netter als mein Großvater.«

»Dein Großvater?« Ferris verabreicht Hoover einen Klaps auf den Hinterkopf. »Im Ernst? Jetzt hör aber mal auf, mein Junge, bevor du noch weiter darauf herumreitest und es zu weit treibst. Deacon ist erst fünfundvierzig.«

»Das habe ich nur gesagt, weil ich bei meinen Großeltern lebe«, entschuldigt sich Hoover und hält einlenkend die Hände hoch. »Nicht weil er so alt wirken würde wie mein Großvater. So habe ich es nicht gemeint.«

»Mach dir keine Sorgen, Hoover«, beruhige ich ihn und rücke meine Sonnenbrille zurecht. »So leicht kann man meine Gefühle nicht verletzen. Ich werde mich in Richtung der Brücke auf den Weg machen. Wenn Barkley und Simmons von ihrem Kontrollgang zurückkehren, werdet ihr beide euch zum Staudamm und zurück begeben, Chief Brolin hat verlangt, dass wir dafür sorgen, dass dort keine Kinder spielen. Dort gibt es zu viele Schlangen, auch zu dieser Jahreszeit.«

»Alles klar, Boss.« Hoover salutiert, als ich hinausgehe, und Ferris verdreht die Augen, doch ich weiß, dass er den neuen Rekruten mag. Ferris entstammt einer langen Reihe freiwilliger Feuerwehrmänner. Und seine Schwester Fiona gehört den Russian River Hilfstruppen an, doch heute nimmt sie an einem Baumkletterwettkampf teil.

Im Herbst gibt es im Sonoma County stets etwas zu tun, was bedeutet, es sollte mir nicht schwerfallen, mich von der Frau abzulenken, die im Augenblick auf dem Deck eines gewissen sanft schaukelnden Schlauchbootes ein Glas Limonade schlürft. Wer auch immer diese Limonade hergestellt hat, sollte sie als Star für seine Werbespots engagieren. Der Ausdruck auf ihrem

Gesicht, während ihre Kehle sich im Licht der Nachmittagssonne auf und ab bewegt, reicht aus, um meinen Schwanz dicker werden zu lassen.

Verdammt, das muss eine wirklich gute Limonade sein.

Sie schaut beinahe ebenso glücklich drein wie an dem Abend an Halloween, als ich –

Denk nicht daran, Arschloch! Denk an gekochten Kohl, Papierschnitte auf deiner Zunge, den Geruch von Fischabfällen in jener Bar in Korea ...

Erinnerungen an meinen letzten Einsatz und den albtraumartigen Gestank, der um jene Fischbude herum in der Luft hing, lenken meine Gedanken gerade aus der Lustzone heraus und zurück zu dem aktuellen Job, als die Luft von kreischenden Schreien widerhallt, so laut, dass das Gitarrensolo darin untergeht.

Ich blicke auf und sehe einen Schwarm Gänse auf den Strand hinab schweben, die ohne Zweifel die Picknickreste durchstöbern wollen, die von dem zunehmenden Wind von den Decken geweht wurden. Ich beobachte sie eine Weile und bewundere die eleganten Kurven ihrer Flügel und die langen, gefiederten Hälse, bevor ich beginne, zum Strand hinunterzugehen, um ein Auge auf verbotene Genussmittel zu werfen, die ich konfiszieren und vernichten darf.

Ich bin kaum fünf Schritte weit gekommen, als durch die Musik hindurch ein scharfes *Pop Pop Pop* ertönt, gefolgt von dem Klagelaut eines Tieres und einem plötzlichen Ausbruch von Beifallsäußerungen einer Gruppe Kinder in der Nähe des mit Seilen abgespannten Schwimmbereiches. Am Rand meines Blickfeldes sehe ich eine Gans vom Himmel fallen, die mit einem seltsam abgewinkelten Flügel aufs Wasser hinab taumelt. Ein kurzer Blick auf den Strand lässt mich einen rothaarigen Jungen mit einem fehlenden Schneidezahn entdecken, der ein Luftgewehr in die Luft stößt, während die ihn umgebenden Kinder – meist Jungs und meist Einheimische, worauf ihre zerfetzten Badehosen schließen lassen – ihm anerkennend auf den Rücken klopfen und ihre Fäuste in die Luft recken.

Eine Szene, die direkt aus *Herr der Fliegen* stammen könnte, Willkür der Kinder, ohne dass ein Eingreifen der Eltern in Aussicht stünde.

Mit gerunzelter Stirn bewege ich mich auf die Gruppe zu. Waffen jeglicher Art, auch Luftgewehre sind an öffentlichen Stränden verboten. Ich werde die Waffe konfiszieren und wahrscheinlich die ganze Bande vom Strand entfernen müssen. Ich bezweifle, dass sie überhaupt Eintrittskarten besitzen, und der Strand ist heute nicht für die Öffentlichkeit zugänglich.

Gerade stelle ich mich darauf ein, dem Gesindel mit meiner Stimme des bösen Vaters die Leviten zu lesen, die Jacob und Blake zumindest bis zum dreizehnten oder vierzehnten Lebensjahr höllische Angst eingejagt hat, wie sie versichern, als eine Frauenstimme aufschreit: »Nein, Violet! Tu das nicht! Die Strömung ist zu stark.«

Ich drehe mich herum und sehe Violet – die ganz bestimmt auf *niemandes* Rat hört – ins Wasser eintauchen, nicht weit von der Stelle, wo die verwundete Gans schreiend und flatternd im Wasser kämpft.

Violets Kopf taucht unter und ich fluche, mache mir

jedoch keine allzu großen Sorgen. Mit Sicherheit kann sie schwimmen, sonst wäre sie nicht ins Wasser gesprungen.

Mit Sicherheit ...

Ich zähle bis zehn, dann bis zwanzig. Bei dreißig schüttle ich meine Jacke ab und renne aufs Ufer zu. Ich streife mir die Schuhe von den Füßen. Mein Herz beginnt zu rasen, als ich höhere Zahlen erreiche – achtunddreißig, neununddreißig, vierzig – und kein Anzeichen von Violet. Sie muss mit dem Kopf aufgeschlagen sein oder sich in etwas unter Wasser verstrickt haben.

Ich schnappe mir einen der roten Rettungsringe, die an dem unbesetzten Rettungsstand hängen – ich werde den Jungen erwürgen, wenn er aus der Toilette oder aus dem Bierzelt oder wo immer er hin verschwunden ist zurückkehrt –, und sprinte ins Wasser. Dann schwimme ich mit aller Kraft auf die Stelle zu, an der ich Violets Kopf habe untergehen sehen.

KAPITEL FÜNF

VIOLET

Als ich in die wogenden Wellen eintauche, schreie ich, wenn auch mit geschlossenem Mund, denn jede einzelne Zelle meines Körpers heult protestierend auf, als sie so unerwartet von der eisigen Kälte attackiert wird.

Sohn des Zeus, wie eiskalt das Wasser ist!

Mir schwirrt der Kopf und meine geschockten Arme werden ganz starr und wissen nicht mehr, was sie mit sich anfangen sollen. Für einen Augenblick kann ich mich nicht mehr daran erinnern, wo ich bin oder wer ich bin; auf meiner mentalen Festplatte ist alles gelöscht durch das Trauma, von dem sonnengewärmten Bootsdeck in das frostige Flusswasser des frühen Novembers geworfen worden zu sein.

Ich sinke schnell und tauche in die zunehmend finstere Tiefe, bis ich auf Grund stoße. Im selben Moment, in dem meine Zehen sich in den weichen Sand und die Kieselsteine des Flussbettes graben, kommen meine Gedanken wieder in Bewegung.

Beweg dich, Violet. Schwimm! An die Oberfläche. Schwimm. Schnell. Jetzt sofort!

Ich stoße mich vom Boden ab und führe mit meinen halbtauben Armen kräftige Züge in Richtung der Oberfläche durch. Mein Herz beginnt, heftig zu klopfen, als mir bewusst wird, wie wenig Luft ich noch in der Lunge habe und wie tief ich unter die Oberfläche gesunken bin.

Ich weigere mich, auf diese Art zu sterben und meine Kinder allein in der Welt zu lassen, auf dass sie für sich selber sorgen müssen, nur weil ich Mutter Natur unterschätzt habe. Ich hätte es doch wissen müssen. Tagsüber ist es noch warm, doch die Nachttemperaturen sind bereits bis auf vier Grad gesunken, hier im Flusstal wahrscheinlich noch tiefer.

Als ich an die Oberfläche stoße und meine Lunge voll Luft pumpe, schwöre ich mir im Stillen, nie mehr nach Labor Day einen Fuß auf ein Boot zu setzen. Ich werde diese Gans retten, an Land schwimmen und dort bleiben, bis im nächsten Jahr der Sommer zurückgekehrt ist.

»Violet! Oh mein Gott, ist alles in Ordnung?«, ruft Mina hinter mir vom Boot herüber.

Ich winke meiner überaus besorgt wirkenden Freundin zu und schreie zurück: »Alles gut. Alles in Ordnung.«

Minas karamellfarbene Locken hüpfen, als sie quer über das Deck läuft. »Ich werde dir den Rettungsring zuwerfen!«

»Ich brauche ihn nicht, schon gut«, wehre ich ab, denn ich weiß, dass mich der riesige rosafarbene

Schwimmring nur beim Manövrieren durch die kabbeligen Wellen behindern wird.

Heftig zitternd streiche ich mir die Haare aus den Augen und suche die Wellen um mich herum ab. Beinahe sofort entdecke ich den um sein Leben kämpfenden Vogel. Dessen weit aufgerissene Augen und panischen Schreie passen eigenartig zu meinem Gemütszustand.

»Ich höre dich, L-Liebes!«, sage ich und schwimme auf sie zu. »Ich komme. Keine Angst.«

Ich versuche gerade, mir zu überlegen, wie ich sie am besten an den Strand bringe, ohne dabei zu Tode gepickt zu werden – es wird ihr nicht bewusst sein, dass ich ihr helfen will, dem armen Ding, und wahrscheinlich wird sie mir trotz ihres verwundeten Flügels einen anständigen Kampf liefern –, als ich plötzlich von hinten geschnappt werde.

Ein kräftiger Arm schlingt sich um meine Taille und drückt mich gegen einen warmen, leicht behaarten Oberkörper und einen aufgeblasenen roten Rettungsring, der heftig gegen meinen Kopf schlägt.

»Warten Sie! Mit mir ist alles in Ordnung! Wir m-müssen ihr helfen«, wehre ich mich, während meine Zähne so heftig klappern, dass ich mich über die Musik hinweg, die über das Wasser dröhnt, kaum selbst hören kann. Es scheint so, als sei ich der einzige Mensch hier, der glaubt, eine verwundete Gans sei Grund genug, die Party zu stoppen.

»Du warst länger als eine Minute unter Wasser. Du begibst dich auf der Stelle zum Erste-Hilfe-Zelt«, ertönt eine wohlbekannte Stimme so nahe an meinem Ohr, dass ich spüren kann, wie sich die Lippen auf meiner feuchten Haut bewegen.

Seine vollen, warmen Lippen …

Aufgrund einer verrückten Laune des Schicksals handelt es sich um Deacon. Deacons Arm um meine Taille, Deacons Hand so verdammt nahe an meinen Brüsten und Deacons Beine um meine geschlungen, während wir wassertretend in den schaukelnden Wellen schweben.

Und einfach so stehe ich in Flammen. Ja, ich friere noch, aber gleichzeitig verbrenne ich vor Sehnsucht; mein Blut verwandelt sich in Lava, als das Verlangen, mich wie eine läufige Katze an Deacon zu reiben, mit voller Macht zurückkehrt.

Insgeheim nehme ich mir vor, morgen als Erstes einen Termin bei einem Arzt zu vereinbaren – denn ganz sicher stimmt in medizinischer Hinsicht etwas nicht mit mir, wenn ich mich an dem Bein eines Mannes reiben will, obwohl mir doch Unterkühlung droht – und die Lust in eine dunkle Ecke meines Geistes zu verdrängen, wo sie hingehört.

»Mir geht es gut. Wirklich. Aber dem Tier nicht.« Ich zeige mit einem Finger auf die Gans. Die Strömung nimmt unterdessen zu und treibt das kämpfende Tier flussabwärts. »Wir müssen zumindest versuchen, ihr zu helfen.«

Deacons Atem weht warm und süß über meinen Hals, als er erwidert: »Ich werde dich zuerst an Land bringen, dann werde ich sie holen.«

»Dazu ist keine Zeit. Sie wird längst zu weit abgetrieben sein. Wir müssen sie jetzt retten.« Ich versuche, näher an sie heran zu paddeln, aber Deacon hat mich fest im Griff. Er ist groß. Sogar noch größer und stärker als mein Ex. Ich habe keine Chance, ihn körperlich zu besiegen. Meine einzige Möglichkeit besteht darin, an seine weiche Seite zu appellieren – vorausgesetzt, er hat eine.

Ich werfe ihm einen Blick über die Schulter zu und ringe nach Atem, als ich ihm in die Augen schaue.

Er sieht so besorgt aus. Beinahe ... ängstlich. Er hat Angst um mich.

Instinktiv hebe ich den Arm und lege ihm eine Hand an die Wange. »Es ist alles in Ordnung mit mir«, versichere ich ihm wiederholt und halte seinem erschrockenen Blick stand. »Ich verspreche es.«

»Du hättest nicht ins Wasser springen sollen. Ein Vogel ist es nicht wert, dein Leben zu riskieren.«

»Sie ist ein Lebewesen in Todesangst«, erwidere ich, denn ich will unbedingt, dass er versteht. »Ich kann nicht einfach zusehen, wenn ein anderes Lebewesen leidet. Nicht wenn es eine Chance gibt, ihm zu helfen.«

»Die Menschen essen Gänse«, gibt er zurück.

»Ich nicht. Ich bin Veganerin. Und wenn ich Fleisch essen würde, würde ich eine Gans essen, die unter humanen Umständen aufgezogen und geschlachtet wurde, nicht eine, die verletzt und zu einem langsamen, qualvollen Tod durch Ertrinken oder durch einen Kojotenüberfall verurteilt ist, weil ihre Verwundung sie am Wegfliegen hindert.« Ich werfe einen schnellen Blick über das Wasser und mein Herz wird schwer, als ich sehe, dass die Gans zu sinken beginnt, während sie in der Strömung davontreibt. Ich drehe mich zu Deacon herum und lege jedes Gramm Leidenschaft aus meinem zitternden Körper in meine Stimme. »Möchtest du auf diese Art sterben? Verängstigt und allein und unter Schmerzen, ohne auch nur zu wissen warum? Sie kann nicht verstehen, was mit ihr geschehen ist, Deacon. Aber ich weiß es. Und ich weiß, dass Tiere es nicht verdient haben, auf diese Weise zu sterben.«

Seine Brauen ziehen sich zusammen und sein Kiefer versteift sich, doch nach einer Weile seufzt er – ein ärgerliches Geräusch, das klar erkennen lässt, dass ich die frustrierendste Person bin, die er jemals zu retten das Unglück hatte – und nickt heftig. »Also gut. Zwei Minuten. Wenn wir sie dann nicht eingefangen haben, gehen wir an Land und du wirst mir kein Theater mehr deshalb machen.«

Mit einem Lächeln auf den Lippen nicke ich: »Abgemacht.«

Deacon dreht den langen roten Rettungsschlauch und schiebt ihn unter unser beider Arme, bis wir Seite an Seite im Wasser liegen. Ich stoße mich angestrengt vorwärts, aber schon bald wird mir bewusst, dass ich mir wahrscheinlich keine Sorgen zu machen brauche. Deacons wirbelnde Beine tragen uns in Kampfpilotengeschwindigkeit über das Wasser und wir nähern uns unserem kleinen Mädchen so schnell, dass ich kaum Zeit habe, mich nervös zu fragen, wie sich die Rettungsaktion im Einzelnen gestalten wird. Gerade sind wir noch durch die Wellen gesaust und im nächsten Moment packe ich auch schon mit einer Hand die verwundete Gans fest am Hals und drücke sie mit der anderen gegen das rote Gummi der Rettungsinsel.

Sie wehrt sich nur ein einziges Mal, gibt einen jämmerlichen Laut von sich und wird dann ziemlich schnell ruhig, als Deacon uns herumdreht und dem Strand zustrebt.

»Ich glaube, sie steht unter Schock«, flüstere ich, denn ich will sie nicht noch mehr aufregen. »Wir müssen sie direkt zum Tierarzt bringen. Im Tierheim können wir einen Wildtierarzt anfordern, aber bei diesem Verkehr brauchen wir mindestens eine Stunde, um nach Healdsburg zu kommen. Gibt es jemanden, der schneller zu erreichen ist?«

»Hier in der Stadt gibt es eine Tierärztin«, erklärt Deacon. »Sie hat zwar sonntags geschlossen, doch bei einem Notfall kommt sie in die Praxis. Ich werde einen der Freiwilligen beauftragen, den Vogel dort hinzubringen, sobald wir an Land sind.«

»Ich kann das übernehmen. Sag mir nur die Adresse und –«

»Nein. Du gehst zum Erste-Hilfe-Zelt und lässt dich untersuchen.«

Meine Augenbrauen ziehen sich zusammen und die Haare in meinem Nacken stellen sich alarmiert auf. »Ich gehe lieber selbst. Bei mir verhält sie sich ruhig. Es ist wichtig, sie nicht noch mehr Stress auszusetzen als absolut notwendig.«

»Und es ist wichtig, dass du keine Unterkühlung bekommst. Ich meine, vorausgesetzt du wärst gern zu Hause, wenn deine Tochter heute Abend zurückkehrt.«

»Natürlich wäre ich dann gern zu Hause«, schnappe ich zurück, aber leise, um meine Patientin nicht zu verärgern. »Zu deiner Information, ich bin eine hervorragende Mutter.«

Er knurrt und mein Blutdruck schnellt um ein paar Grad in die Höhe.

»Was hat das zu bedeuten? Dieses Knurren?«

»Es bedeutet, dass meiner Meinung nach deine Prioritäten etwas durcheinandergeraten sind.«

Mein fest zusammengepresster Mund klappt auf, doch bevor ich ihn fragen kann, woher er das Recht nimmt, über meine Prioritäten oder irgendetwas anderes zu urteilen, berühren meine Füße festen Boden und ich bin zu sehr damit beschäftigt, an den Strand zu kriechen, um mich weiter darüber zu ärgern. Das Kleid klebt an meinen Beinen und macht jeden Schritt zu einem Kampf, während ich über die Steine taumle und den Vogel auf die wartenden Arme eines Mannes zutrage, der ein T-Shirt der Russian River Freiwilligen Feuerwehr trägt und eine graue Decke hält, die meine Patientin hoffentlich als angenehm empfindet.

»Wir haben bereits Sarah von der Tierklinik angerufen«, erklärt der Mann Deacon, während er die Gans an seiner breiten Brust birgt, und das mit einer solchen Zärtlichkeit, dass ich bereits ein besseres Gefühl habe, sie den Händen eines Fremden anzuvertrauen. »Sie wird sich dort mit uns in ein paar Minuten treffen.«

»Gut.« Deacons Finger schließen sich um meinen Oberarm, was gleichzeitig Blitze des Ärgers und der Bewusstheit über meine kühle Haut sendet. »Ich werde Violet zum Erste-Hilfe-Zelt begleiten. Sag Ferris, er soll übernehmen, bis ich zurück bin, und lass Hoover in der Zentrale anrufen und Bescheid geben, dass wir vielleicht Verstärkung brauchen, wenn wir noch mehr Personal verlieren.«

Der Mann nickt. »Verstanden, Boss.«

Er dreht sich um und trägt die Gans weg. Mein Herz macht einen traurigen Satz. Ein Teil von mir möchte ihm hinterher eilen und an der Seite der verwundeten Gans ausharren, bis sie wieder genesen ist, und sie dann zu mir nach Hause bringen, wo sie glücklich sein wird, bis sie eines Tages sterben muss. Doch leider quillt mein Haus vor Tieren bereits über und ihr wird es in der Natur besser gehen. Und außerdem habe ich scheinbar einen von einem herrischen Arschloch vereinbarten Termin im Erste-Hilfe-Zelt.

»Komm schon, lassen wir dich untersuchen«, fordert Deacon mich barsch auf.

»Ich finde meinen Weg schon allein«, erwidere ich und entwinde ihm meinen Arm. »Ich möchte dir keine Unannehmlichkeiten bereiten.«

»Das hast du bereits getan und ich bin völlig durchnässt. Ich muss mich trocknen und im Zelt gibt es Handtücher.« Er blickt an meinem Kleid hinab. »Du solltest wahrscheinlich auch besser aus den nassen Kleidern heraus.«

Und mehr ist nicht nötig – dieser frustrierende Mann, der mich bis zum Schlaganfall in Wut versetzen kann, braucht nur zu erwähnen, ich solle mich ausziehen – und meine ohnehin bereits harten Nippel werden noch spitzer. Elektrische Wellen tanzen über meine Haut und Hitze rast an meinem Hals hinauf, und plötzlich kann ich mich kaum bremsen, meine Arme nicht um Deacons Schultern zu schlingen und seinen Mund auf meinen hinabzuziehen.

Ich will ihn heftig küssen, so fest und tief, dass ihm keine Luft mehr bleibt, um mich herumzukommandieren. Ich will ihm mit meinen Lippen, Zähnen und der Zunge zeigen, wie sehr ich ihn nicht ausstehen kann. Ich will mir meine nassen Kleider vom Leib reißen, meine Haut an jeden aufreizenden Zentimeter seiner Haut pressen und ihn reiten, bis der Drang, ihn zu erwürgen, in einer Supernova der Lust untertaucht, die durch meinen Körper rast, sobald er eine Hand auf mich legt.

Diese anmaßenden Hände, die sich, auch jetzt, wie von selbst auf meiner Hüfte niederlassen und mich auf den Bürgersteig heben, als würde ich weniger wiegen als die Gans, die ich gerade übergeben habe.

»Beweg dich.« Er weist mit dem Kopf in Richtung des Parkplatzes und die dahinterliegenden Festivalzelte. »Je eher wir dies erledigt haben, desto eher können wir getrennter Wege gehen.«

»Gut.« Ich recke das Kinn in die Höhe. »Denn ich zumindest mag es nicht, jemandem gegenüber mörderische Gedanken zu hegen. Ich bin Pazifistin.«

Seine Lippen verziehen sich und in seinen blauen Augen blitzt und funkelt es so eigenartig, dass meine Knie weich werden.

»Was soll das bedeuten?«, frage ich.

Er schüttelt den Kopf. »Was?«

Ich zeige auf sein unerträgliches – und atemberaubend schönes – Gesicht. »Dieser Ausdruck.«

»Ich habe gerade gedacht, dass du für eine Pazifistin ziemlich heftig auf Konfrontationskurs gehst.«

»Tue ich nicht«, schnappe ich und rümpfe die Nase.

Seine Augenbrauen ziehen sich zusammen, als wollten sie sagen: »Siehst du, was ich meine?«

»Also gut«, seufze ich. »Ich komme dir entgegen. Ein bisschen. Ich werde ohne Widerstand zum Erste-Hilfe-Zelt gehen, aber ich möchte, dass meine Abneigung registriert wird.«

»Registriert«, sagt er mit einem wieder so selbstgefälligen Grinsen, dass ich es ihm am liebsten aus dem Gesicht schlagen würde.

Doch das wäre auch nicht sehr friedliebend. Also verzichte ich darauf.

Mit über der Brust verschränkten Armen folge ich ihm zum Erste-Hilfe-Zelt und halte meine Hände bei mir und meine verräterischen Brustwarzen versteckt.

KAPITEL SECHS

DEACON

*E*s genügt ein Blick auf uns beide, bis auf die Haut durchnässt und zitternd im kalten Wind, und die Krankenschwester und der Pfleger im Erste-Hilfe-Zelt treten in Aktion.

»Oh, ihr Armen, seid ihr über Bord gefallen?« Die Krankenschwester mit dem lockigen, roten Haar zieht Violet eilig hinter eine Abtrennung auf einer Seite des Zeltes, ohne eine Antwort abzuwarten. »Keine Sorge, das bekommen wir schon wieder hin. Bald werdet ihr wieder trocken sein. Dort hinten müsste ein Stapel Handtücher liegen. Wickeln Sie sich in eines ein und geben Sie mir Ihr Kleid! Ich werde zum Hauptgebäude gehen und es dort in den Trockner stopfen.«

»Ich danke Ihnen«, erwidert Violet.

Sie redet weiter – irgendetwas über die Gans und die Tierklinik –, was ich nicht mehr mitbekomme, denn ich werde von dem Krankenpfleger durch den Hinterausgang des Zeltes gezogen. Wir gelangen in einen abgeschirmten Bereich, der mit Gras bewachsen und von Bäumen umgeben ist. Mehrere Liegestühle sind vor einer Wäscheleine mit Strandhandtüchern aufgestellt. »Ich kann Ihre Kleider auch in den Trockner bringen, wenn Sie möchten.« Grinsend streicht er sich über sein gelocktes Haar – das ebenfalls rot ist, weshalb ich mich frage, ob er mit der Krankenschwester verwandt ist. »Sie können Ihre Kleider aber auch auf die Leine hängen und es sich hier hinten in Ihren Boxershorts bequem machen.« Er weist mit dem Kopf auf die Liegen und zwinkert. »Ich werde dafür sorgen, dass niemand Sie stört. Außer mir vielleicht, wenn in einer Stunde meine Schicht beendet ist.«

»Danke«, lehne ich ab und lache, ohne großes Unbehagen zu verspüren. Da ich in der Nachbarschaft einer der heißesten Schwulen-Ferienorte des Landes aufgewachsen bin, sollte man meinen, dass ich mich daran gewöhnt habe, von anderen Männern angemacht zu werden. Und so ist es auch. Weitgehend. »Aber ich bin im Dienst. Außerdem habe ich in meinem Wagen noch ein zweites T-Shirt. Ich würde aber gern Ihre Wäscheleine benutzen, um mein nasses T-Shirt aufzuhängen. Ich werde es dann später holen.«

»Gern. Was immer Sie wollen, Puppe.« Er weist mit dem Kopf über seine Schulter. »Ich bin übrigens Kip. Ich werde mit Melody zum Hauptgebäude gehen, um Wasserflaschen zu holen. Fühlen Sie sich wie zu Hause und falls jemand nach uns fragt, sagen Sie doch bitte, dass wir in Kürze zurück sein werden, abgemacht?«

»Das werde ich«, verspreche ich und drehe ihm den Rücken zu, als er geduckt ins Zelt tritt. Sind schon nasse Jeans nicht gerade erfreulich, so kann ich doch das Gefühl eines nassen T-Shirts, das wie eine zweite Haut an mir klebt, nicht ausstehen.

Gerade will ich es auf die Leine hängen, als mich ein leises Geräusch einen Blick über die Schulter werfen lässt. Und dort steht Violet barfuß im Gras, mit nichts als einem in allen Regenbogenfarben gestreiften Strandhandtuch um ihren verlockenden, zarten Körper gewickelt.

Ihr Blick wandert langsam von meinen Hüften zu meinem Brustkorb und lastet so schwer auf mir, dass ich das Gewicht beinahe spüren kann. Ihre Finger klammern sich an das Handtuch, das um ihre Brust geschlungen ist, und ihre Zehen graben sich ins Gras. Der letzte Rest meines Ärgers geht in einer solch intensiven Lust auf, dass meine Hände zittern, als ich mein T-Shirt über die Wäscheleine werfe.

Die Hälfte der Zeit lässt mich diese Frau die Wand hochgehen.

Aber die andere Hälfte ...

»Ich, ähm ... ich ...« Kopfschüttelnd bricht sie ab. »Ich habe vergessen, was ich dir habe sagen wollen.«

Die übrige Hälfte der Zeit erweckt sie in mir eine Begierde, die vollkommen wahnsinnig, gefährlich und fehl am Platze ist.

Ich schätze Grenzen, Logik und ausgewogene menschliche Interaktionen. Das ist einer der Gründe, warum ich auch niemals Drogen genommen oder mich bis zum Exzess betrunken habe – ich mag es nicht, die Kontrolle zu verlieren. Aber ein Blick auf Violet Boden und ich werde zum Junkie, der bereit ist, alles zu tun, um den nächsten Schuss zu bekommen.

Wenn ich wüsste, was gut für mich ist, würde ich wieder ins Zelt hineingehen, mir ein Handtuch holen und machen, dass ich hier rauskomme, bevor ich etwas tue, das ich später bereue. Violet ist nicht interessiert. Sie hat das bei zahlreichen Gelegenheiten klar zum Ausdruck gebracht. Sie weiter zu verfolgen wäre vergeblich und beschämend – was ich beides nicht gerade berauschend finde.

Aber leider hält mich das nicht davon ab, den Abstand zwischen uns zu überwinden, meinen Arm um Violets Taille zu schlingen und sie eng an mich heranzuziehen.

Sie stößt heftig den Atem aus und legt mir die Hände auf die nackte Brust, stößt mich jedoch nicht weg. Ihre Finger krümmen sich auf meiner Haut und sie beißt sich hungrig stöhnend auf die Unterlippe. Das Geräusch fährt direkt in meine bereits schmerzenden Hoden. Bevor ich weiß, was ich tue, vergrabe ich die Hände in ihrem nassen Haar und verschlinge mit meinen Lippen die ihren.

Und sobald ich sie schmecke – ihre wunderbare Süße –, sehne ich mich verzweifelt nach mehr. Gefräßig. Hungrig auf ihre Berührung und ihren warmen Atem auf meiner Haut und ihre Lust, die in dicken, schweren Wellen über mich hinweg rollt und meine Begierde entfacht, sie zu nehmen. Ihr zu zeigen, wie gut es sich anfühlt, wenn wir aufhören, uns mit Worten zu ficken, und die Berührung zum Mittel wählen, miteinander zu kommunizieren.

Ich brauche keine Worte. Ich brauche lediglich ihre Nägel, die sich in meine Schultern graben, und ihre

Hüften, die sich meinem Schwanz entgegen wölben, und jene keuchenden Laute, die mich wissen lassen, dass ich alles richtig mache.

»Wir müssen aufhören«, keucht sie an meinen Lippen, obwohl sie gleichzeitig ihre Hände tief in mein Haar taucht und mich näher an sie zieht.

»Ich will nicht aufhören. Ich möchte mit meiner Zunge zwischen deinen Beinen sein«, erkläre ich und stöhne auf, als sie an mir erbebt und ein Bein hebt, das sie dann um meinen Schenkel schlingt. »Um vier Uhr habe ich Feierabend. Wir gehen zu mir nach Hause. Ich werde dir ein Abendessen machen.«

»Ich will kein Abendessen.« Ihr Kopf fällt in den Nacken und ich verschlinge ihren Hals, beiße und küsse, während sie sich fester an meinen Haaren festklammert. »Ich brauche nichts zu essen.«

»Ich auch nicht. Ich brauche lediglich deinen Körper.« Mein Herz rast und droht stehen zu bleiben, als sie ihre Hüfte vorrollt und sich durch meine nasse Jeans an meiner Erektion reibt. »Gott, Violet. Ich verzehre mich danach, in dir zu sein. Ich würde dich am liebsten gleich hier auf dem Gras nehmen.«

»Ja.« Sie saugt scharf die Luft ein, als ich zwischen die Falten des Handtuchs greife und die weichen Locken zwischen ihren Beinen finde. Dann lasse ich zwei Finger in sie hineingleiten, wo sie bereits so glitschig und heiß ist. »Jetzt. Ja. Bitte. In mir.«

»Das können wir nicht tun«, stelle ich fest, da sich die vernünftige Seite meines Verstandes zu Wort meldet und das Lustmonster übertönt, welches Feuer in meine Adern speit.

»Hier hinten sind wir doch allein«, erklärt sie. »Niemand wird uns sehen.«

»Kip und Melody können jederzeit zurückkehren.«

»Dann sollten wir uns besser beeilen.« Violet greift nach dem Verschluss meiner Jeans, doch ich halte ihre Finger fest und stoppe sie, bevor sie in aller Öffentlichkeit meinen Schwanz herausholt, und das auf einer Veranstaltung, auf der ich zehn andere freiwillige Feuerwehrmänner unter mir habe.

Ein Teil von mir will sie natürlich keineswegs aufhalten.

Ein Teil von mir will Violet zu Boden ziehen, sie wie das schönste Weihnachtsgeschenk aller Zeiten auspacken und sie auf dem Rasen ficken, hier, wo wir Kips Blicken oder denen eines jeden anderen ausgesetzt sind, der beschließt, zum Hinterausgang des Erste-Hilfe-Zeltes hinauszuspazieren. So sehr begehre ich sie, so verzweifelt, so wahnsinnig.

Es ist Wahnsinn, was sie aus mir macht. Wirklich ein verdammter Wahnsinn.

»Wow. Hör auf!« Ich trete zurück und hebe die Arme in die Luft zum Zeichen, dass ich mich ergebe.

Aber es fühlt sich nicht so an, als würde ich nachgeben, sondern als würde ich um Gnade bitten, um Kraft, darum, dass der echte Deacon auftaucht und den Junkie Deacon davon abhält, einen Fehler zu begehen, der seiner Karriere und seinem Ruf schaden würde. Ich stehe ganz oben auf der Liste für den Boss der Freiwilligen Feuerwehr, so ziemlich die einzige bezahlte Position in der Freiwilligenabteilung. Und ich bin mir sicher, dass sich das schnell ändern würde, wenn ich in flagranti mit dem Opfer erwischt würde, das ich gerade erst vor dem Ertrinken aus dem Fluss gerettet habe.

Und ich will diesen Job unbedingt haben. Unbedingt.

Ich will mich wieder nützlich fühlen und damit aufhören können, meine Tage als unbezahlte Hilfskraft auf der Farm meines Bruders totzuschlagen, während ich mir wünsche, zwei Jahre früher aus der Air Force entlassen worden zu sein, als meine Jungs noch zu Hause waren. Bevor sie von zu Hause weg zum College gegangen sind und mich mit dem Gefühl zurückgelassen haben, ein langweiliger, verbrauchter, alter Kauz zu sein, hoffnungslos überholt, um für die Jungs noch von Interesse zu sein, die mir so lange den Grund geliefert haben, am Leben zu bleiben.

Den Job zu riskieren, nur um meine Libido zu befriedigen, wäre ebenso dumm, wie ins eisige Wasser zu springen, um einen Vogel zu retten, den die meisten Leute ohne Bedenken zum Abendessen verspeisen würden.

»Das darf nicht geschehen«, stelle ich fest und gehe noch einen Schritt zurück. »Ernsthaft.«

»Gut.« Violet verschränkt die Arme vor der Brust und zieht das Handtuch noch fester um den Körper, den ich so verdammt gern noch einmal nackt an mich pressen würde.

Nur eben nicht hier. Und nicht jetzt.

Gerade will ich vorschlagen, uns um vier Uhr an meinem Wagen zu treffen, wenn ich Zeit habe, sie zu einem passenderen Ort zu bringen, als Violet das Kinn in die Höhe reckt. »Falls du dich erinnerst, ich habe zuerst versucht aufzuhören.« Sie zeigt zwischen uns. »Denn *dies* darf nicht passieren. Wie ich bereits gestern Abend sagte, wir passen nicht gut zusammen.«

»Und wie ich bereits sagte, du kennst mich doch kaum.« Ich stemme meine Hände tief in die Hüften und grabe meine Finger in den feuchten Jeansstoff anstatt in Violets süchtig machende Haut. »Ich meine, zwischen uns besteht doch ganz klar eine gewisse Chemie.«

Sie blinzelt schneller, doch ihre Nase bleibt hoch in die Luft gereckt. »Chemie reicht nicht aus, um eine Beziehung aufzubauen, und ich stehe nicht auf zufällige Affären.«

Ich ziehe eine Braue hoch. Über ihre Züge flackert Ärger.

»Okay. Gut. Ja.« Sie wedelt mit den Fingern in Richtung Boden. »Ich war also noch vor ein paar Minuten bereit, mich mit dir im Gras zu wälzen, was nur noch ein weiterer Beweis dafür ist, dass wir nicht gut füreinander sind. Normalerweise treffe ich vernünftige Entscheidungen.«

Meine Lippen teilen sich, doch bevor ich sprechen kann, redet sie hastig weiter.

»Und ja, in den Fluss zu springen, um diese Gans zu retten, war eine vernünftige Entscheidung, und ich würde sie jederzeit wieder treffen. Denn Leben ist kostbar und es wert, sich dafür einzusetzen. Aber dies ...« Sie weicht einen Schritt zurück, bis ihre Schultern das Handtuch streifen, das auf der Leine hinter ihr hängt. »Dies ist reine Zeitverschwendung. Für uns beide.«

Betroffener als ich zugeben würde beiße ich die

Zähne aufeinander, und das nicht gerade zaghaft. »Dann nehme ich mal an, ich werde dich nicht wiedersehen?«

Sie schluckt. »Ich glaube nicht.«

»Gut«, erwidere ich.

»Gut«, kommt das Echo von ihr.

Und es ist gut so. Verdammt gut.

Aber warum sehne ich mich immer noch so verzweifelt danach, sie zu küssen, dass meine Hände zittern, als ich mir mein T-Shirt von der Leine schnappe und auf den Ausgang zugehe, um das Erste-Hilfe-Zelt und Violet Boden hinter mir zu lassen – weit hinter mir.

KAPITEL SIEBEN

*Auszug aus dem Chat zwischen
Violet Boden und Mina Smalls*

Mina: Ich möchte mich nur vergewissern, dass du gut nach Hause gekommen bist. Es gefällt mir nicht, dass du ein Taxi genommen hast, ohne mich vorher zu bitten, dich nach Hause zu fahren. Es hätte mir überhaupt nichts ausgemacht. Wie dem auch sei, jetzt mache ich mir Sorgen, du könntest von einem kriminellen Taxifahrer entführt worden sein. Antworte mir bitte, ja?

Violet: Entschuldige. Ich wollte dir keine Sorgen bereiten. Als ich zu Hause angekommen bin, habe ich die Tiere gefüttert und darüber vergessen, dir zu schreiben. Aber ja, es geht mir gut, alles in Ordnung.

Mina: Als du mich angerufen hast, hast du aber nicht gut geklungen. Du schienst sauer zu sein.

Violet: Nein, nur ... durcheinander, glaube ich.

Mina: Na ja, wer kann dir daraus einen Vorwurf machen? Du wärst beinahe ertrunken!

Violet: Ich wäre nicht beinahe ertrunken. Es war alles in Ordnung.

Mina: Du warst furchtbar lange unter Wasser, Vi. Ich war froh, als ich gesehen habe, dass der umwerfende Feuerwehrmann los geschwommen ist, um dich zu retten.

Violet: Ich musste aber nicht gerettet werden. Insbesondere nicht von Deacon Arschgesicht Hunter.

Mina: Was? Warum nicht? Was hat er getan? Oh mein Gott, er hat dich doch nicht begrapscht oder so, als er dich gerettet hat, habe ich recht? Er ist doch kein Mann, der dumm genug ist, sein Heldentum herabzusetzen, indem er zudringlich wird.

Violet: Nein, nichts dergleichen. Er ist einfach ein Arschloch. Ein kochend heißes, herrisches Arschloch. Ich schwöre, er hat mich so weit gebracht, ihm am liebsten die Augen auszukratzen, und das ist mir noch nie passiert. Bei niemandem. Aber irgendetwas an ihm bringt mich dazu, meine Zähne zu zeigen. Er ist wie die menschliche Entsprechung zu Nägeln auf einer Kreidetafel. Oder Kaugummi im Haar. Oder Mücken in der Limonade.

Mina: Oh mein Gott. Er ist es! Er ist der Kerl!

Violet: Welcher Kerl?

Mina: Der, der deine Vagina wach geküsst hat!

Violet: Seufz ...

Mina: Ha!! Ich wusste es! Er ist der Kerl, der dich verrückt gemacht hat. Er ist in den eiskalten Fluss gesprungen, um dich zu retten! Oh Violet, das ist so romantisch!

Violet: Das ist überhaupt nicht romantisch. Ich musste nicht gerettet werden!

Mina: Also gut, du musstest nicht gerettet werden. Aber das wusste er nicht. Er hat dich untergehen sehen und ist zu deiner Rettung ins Wasser gesprungen. Ich finde das liebenswert. Die meisten der Männer, mit denen ich mich im letzten Jahr verabredet habe, würden noch nicht einmal in einen Whirlpool springen, um mich zu retten, geschweige denn in einen eiskalten Fluss mit reißender Strömung und einer gefährlich verärgerten Gans darin.

Violet: Die Gans war nicht gefährlich. Sie war süß. Hat mir nicht den geringsten Ärger gemacht auf dem Weg zum Strand. Ich hoffe, es geht ihr gut. Ich habe versucht, die Tierärztin in Guerneville anzurufen, um mich nach dem Tier zu erkundigen, aber dort geht niemand ans Telefon.

Mina: Versuch nicht, das Thema zu wechseln. Ich will jetzt nicht über Wasservögel reden. Ich will darüber reden, wann du dich mit dem großen, sexy Feuerwehrmann zu einem vierundzwanzigstündigen Sex-Marathon verabredest.

Violet: Niemals! Er ist furchtbar. Liest du überhaupt, was ich dir schreibe?

Mina: Ich lese zwischen den Zeilen, Süße, und was ich dort finde, ist Lust. Eine Menge heißer, aufgestauter, wilder, unbefriedigter Lust. Und je länger du das Unvermeidbare hinauszögerst, desto exzentrischer wirst du werden.

Violet: Ich bin nicht exzentrisch! ARGH!

Mina: *ein Emoji, das skeptisch die Brauen runzelt*

Violet: Na gut, ich bin exzentrisch, aber nicht wegen Deacon Hunter. Pansy hat sich mal wieder in meine Joggingschuhe übergeben, während ich weg war, und ich habe gerade zwanzig Minuten damit verbracht, Katzenkotze aus meinen einhundert Dollar teuren Sportschuhen zu kratzen.

Mina: Das tut mir leid. Und dass deine betagte Katze eine

Angststörung hat. Aber ich muss noch einmal darauf bestehen, dass wir uns auf interessantere Themen konzentrieren. Deacon ist der perfekte Mann für deine jetzige Lebenssituation, Violet! Du bist doch nicht auf Liebe oder große emotionale Umwälzungen aus. Davon hattest du genug in deiner Ehe. Was du brauchst, ist ein Mann mit einem feinen Hintern und einem funktionierenden Schwanz, der weiß, wie man mit einer Muschi umgeht.

Violet: Musst du das so grob ausdrücken?

Mina: Ja, das muss ich. Wir sind zu alt, um schüchtern zu sein, Schwester. Und du warst doch diejenige, die mir geraten hat, ich solle ficken, ficken und nochmal ficken, bis mir die Schwänze ausgehen.

Violet: Nein, das habe ich nicht. Dass ich nicht lache!

Mina: Also gut, jemand Weises hat das gesagt. Vielleicht Gabrielle Union? In ihren Memoiren? Wie dem auch sei, es ist wahr. Du stehst in der Blüte deines Lebens und deine hinreißende Muschi auch. Es ist eine Tragödie, dass du sie so lange unter Verschluss gehalten hast. Verabrede dich mit Deacon zu einem Fick.

Violet: Ich muss dich noch einmal daran erinnern, dass ich ihn nicht ausstehen kann.

Mina: Umso besser! Dann weißt du, dass du dich nicht zu tief einlässt. Die Gefahr, dich wieder zu binden, ist groß, Vi, bei deinem ersten Kerl nach der Scheidung.

Du willst dich doch nicht gleich emotional einlassen, nur weil du mit jemand Neuem zum ersten Mal ins Bett steigst. Ja, ins Bett steigen bedeutet normalerweise, mit einem Menschen zu schlafen, der dich liebt. Aber jetzt bedeutet ins Bett steigen nur das. Da ist es ganz gut, ein bisschen sauer zu sein, wenn du den Einstieg mit deinem neuen Spielzeug wagst. Das wird dir helfen, einen klaren Kopf zu behalten.

Violet: Das hört sich irgendwie ... deprimierend an.

Mina: Nein, keinesfalls. Ich verspreche es. Im Dschungel der Verabredungen liegt großer Spaß verborgen, wenn du es nicht zu ernst nimmst. Und es ist großartig, dass er älter ist. Er ist vielleicht in der Lage, es die ersten Male länger als fünf Minuten auszuhalten. Ich bete meine heißen Babys an, versteh mich nicht falsch, aber es hat definitiv seine Vorteile, einen ausgewachsenen Mann in seinem Bett zu haben.

Violet: Ganz gewiss ist er ausgewachsen ...

Mina: Ach ja? Erzähl! Ist er ausgerüstet wie ein Wal?

Violet: Mehr wie eine Bananenschnecke. Da gibt es Hermaphroditen mit Penissen, die so lang sind wie ihr ganzer Körper. Und gelegentlich beißen sie ihrem Partner den Schwanz ab, wenn die Paarung vorbei ist. Tatsache.

Mina: Widerlich. Was bin ich froh, dass du in einem

Tierheim arbeitest und solche Dinge lernst, damit du sie mir erzählen kannst.

Violet: Das ist Zoeys Schuld. Sie hat eine Vorliebe für krasse Tatsachen über Tiere. Sie bleiben einfach in meinem Kopf und ich kann sie nicht vergessen.

Mina: Ja. Das erinnert mich daran, dass wir miteinander reden sollten, bevor du mit Mr. Gutausgestattet ins Geschäft kommst. Stell sicher, dass du auf das große Ereignis vorbereitet bist. Das Wortspiel ist beabsichtigt.

Violet: Ha. Danke, aber nein danke. Ich werde ihn nicht anrufen, Mina. Es fühlt sich einfach nicht richtig an. Wenn ich mit jemandem intim werde, soll es jemand sein, mit dem mich mehr als Chemie verbindet, egal wie explosiv er ist.

Mina: Also gut. Vielleicht sollte ich mir den bösen Jungen mal vornehmen. Und sehen, was an ihm dran ist.

Violet: Wenn du ihn anfasst, ist dein Leben vorbei, Frau.

Mina: Dass ich nicht lache! Ich wusste doch, dass du ihn magst!

Violet: Grrr ... das tue ich nicht. Und er ist sowieso nicht online. Er hält es für dumm, sich über das Internet zu verabreden, und ich bin mir sicher, er kommt gut damit zurecht, mich nie wiederzusehen.

Mina: Negativ. Es ist nur eine Frage der Zeit, Violet. Du kannst dagegen ankämpfen, solange du willst, aber früher oder später wird etwas zwischen Deacon und dir geschehen. Ich kann es spüren. Meine Spirale kribbelt.

Violet: Ich bevorzuge es, mein Schicksal aus Teeblättern zu lesen, danke.

Mina: Du kannst noch so viele Witze darüber machen, aber meine Spirale irrt sich nicht. Sie weiß so etwas immer …

Violet: Auf Wiedersehen, Mina. Ich muss noch mehr Katzenkotze beseitigen.

Mina: Auf Wiedersehen, mein kleines Sexkätzchen. Ich hoffe, du bekommst heute Nacht etwas Schlaf …

KAPITEL ACHT

◈

VIOLET

*V*erflucht …
Ich bin verflucht … das erklärt alles.
Einerseits möchte ich gern Mina vorwerfen, dass sie gestern mit ihrer Nachricht meinen Schlaf verhext hat, oder Adriana, dass sie gestern erst beinahe um Mitternacht nach Haus gekommen ist, obwohl sie heute in die Schule muss, und mich als verantwortlichen Elternteil gezwungen hat, mit ihr zu schimpfen, bevor ich sie ins Bett geschickt habe, aber eigentlich weiß ich genau, wem ich wirklich einen Vorwurf machen muss.

Deacon Hunter und dem Fluch, den er meiner Libido auferlegt hat. Er sieht zwar nicht aus, als praktiziere er die dunklen Künste, aber sind es nicht immer die, von denen man es am wenigsten erwartet? Wahrscheinlich hält er sich gerade in der Hütte einer gruseligen Hexe auf und sticht Nadeln in eine Voodoo Vagina, die mit meinen Haarsträhnen ausgestopft ist, wobei er sich ganz genau überlegt, wie er meinen

Widerstand gegen seinen Bananenschneckenpenis zu brechen plant.

Nur dass sein Schwanz nichts mit einer Bananenschnecke gemein hat. Er ist nicht eklig oder schleimig. Als ich ihm in der Nacht der Party vorn an die Hose gefasst habe, fühlte er sich so an, als wäre er lang und dick mit einem süßen, drallen Kopf, und ich sehne mich beinahe genauso danach, ihn zu küssen, wie ich mich danach verzehre, den Mann zu küssen, dem er gehört. Ich möchte ihm gern den oralen Gefallen vergelten, den er mir so großzügig hat zuteilwerden lassen, sodass mir noch jedes Mal, wenn ich daran denke, das Wasser im Munde zusammenläuft.

Ich sterbe vor Verlangen, dem Mann einen zu blasen. Ich kann mich nicht daran erinnern, wann ich das zum letzten Mal getan hätte – falls es überhaupt schon einmal geschehen ist.

»Schwarze Magie«, knurre ich, während ich Addies Mittagessensbox mit übrig gebliebenem Thunfischsalat und Crackern fülle. »Das ist die einzige Erklärung.«

»Mom, hast du meine Wasserflasche gesehen?«, ruft sie oben von der Treppe herunter. »Sie ist nicht in meinem Rucksack.«

Ich lasse den Blick über die Arbeitsplatten in der Küche gleiten und mache Addies Handtasche aus, zusammen mit ihrer großen, mit Aufklebern übersäten Wasserflasche, die auf einer Seite hinausschaut. »Ja, ich sehe sie. Ich werde sie für dich ausspülen. Aber du musst dich beeilen, Adriana, ich muss in zwanzig Minuten an einer Besprechung teilnehmen. Ich habe keine Zeit, dich zu fahren, solltest du den Bus verpassen.«

Ein genervtes: »Ich weiß, Mom. Bitte und danke«, tönt als Antwort von der Treppe hinab. Ich verdrehe die Augen.

»Wenn du das weißt, warum verpasst du dann mindestens zweimal in der Woche den Bus?«, murmle ich vor mich hin, während ich die Wasserflasche an mich nehme, wobei ein Stück Papier von einem Notizblock aus Addies Tasche auf den Boden flattert.

Ich bücke mich und hebe den Zettel auf, beabsichtige, ihn zu dem Rest des Chaos zurück zu stopfen und mich wieder dem Ausspülen der Wasserflasche zu widmen – nicht etwa ihn zu lesen und die Privatsphäre meiner Tochter zu verletzen; diese Art Mutter bin ich nicht, bin es nie gewesen –, als ich es zufällig sehe.

Das Wort mit den fünf Buchstaben ...

Ich liebe dich. Komm gut nach Hause und sag Bescheid, wenn du angekommen bist. Das Wochenende mit dir war der Knaller und ich kann es kaum erwarten, dich wiederzusehen, Sexy. XO Jacob.

Als ich zu Ende gelesen habe, treten meine Augen beinahe aus ihren Höhlen. Was zum Teufel soll das bedeuten? Soweit ich weiß trifft sich Adriana noch nicht einmal ernsthaft mit jemandem, geschweige denn ist verliebt in irgendeinen Jugendlichen, der sie »Sexy« nennt.

Oh Gott ...

Sexy ...

Es geschieht. Schon wieder. Meine letzte jungfräuliche Tochter wird eine Begegnung mit einem Penis haben. Besser gesagt, gemessen an dem Tonfall dieses kleinen Liebesbriefs hatte sie diese Begegnung wahrscheinlich bereits. Sie hat mich nicht gebeten, ihr einen Termin zu machen, damit sie sich um ein Verhütungsmittel kümmern kann, so wie sie es mir geschworen hat, dass sie es tun würde, wenn sie zu diesem nächsten Schritt bereit wäre. Was jedoch nicht bedeutet, dass sie sexuell nicht aktiv ist.

Seit Kurzem hat Adriana es sich angewöhnt, ihre Versprechen zu brechen.

Und ihre Eltern anzulügen, als wäre das ihr Beruf. Dieser Zettel ist der sichere Beweis, dass sie das Wochenende nicht mit ihren Freundinnen in Six Flaggs verbracht hat, wie sie behauptet hat, sondern mit einem Jungen und wer weiß was gemacht hat.

Gott sei Dank ist sie gestern sicher nach Hause zurückgekehrt, doch wenn dem nicht so gewesen wäre, hätte ich keine Ahnung gehabt, wo die Polizei mit der Suche hätte beginnen sollen. Ich wusste nicht, mit wem sie wirklich zusammen war oder wohin sie gegangen ist. Dieser Jacob hätte mein Baby umbringen, sie in einem verlassenen Minenschacht irgendwo außerhalb von Sacramento begraben und davon spazieren können, ohne auch nur für seine Taten bezahlen zu müssen – und all das nur, weil Adriana beschlossen hat, eine hinterhältige Phase durchzumachen, bevor sie zum College geht.

Das beschützerische Muttertier in mir würde am liebsten die Treppe hinauf stürmen, Adriana mit dem Zettel konfrontieren und ihr für den Rest ihres Lebens Stubenarrest aufbrummen.

Stattdessen stopfe ich den Zettel in ihre Tasche zurück und gehe an die Spüle, um die Flasche zu säubern. Addie ist achtzehn. In sieben Monaten wird sie als Betreuerin in einem Sommerlager für Sportler arbeiten und sich dann zur Cal Poly auf den Weg machen, um ihr erstes Jahr am College zu beginnen.

Sie schlüpft mir durch die Finger und ist nahe daran, mir zu entgleiten, daher muss ich einfühlsam mit allem umgehen. Ja, sie wird noch für ein paar Monate unter meinem Dach leben, aber wenn ich auf lange Sicht noch einen gewissen Einfluss auf ihr Verhalten ausüben will, muss ich herausfinden, was dieser rebellischen Phase zugrunde liegt, ihr Vertrauen zurückgewinnen und sie glauben machen, es wäre ihre Idee gewesen, ihrer Mutter wieder ihre Geheimnisse anzuvertrauen.

Obwohl ich mir also verzweifelt wünsche, eine Packung Kondome in ihre Tasche schieben und sie daran erinnern zu können, dass wir Boden-Frauen überaus fruchtbar sind – deshalb braucht sie auch eine Form von Empfängnisverhütung, die ständig aktiv ist –, beiße ich mir auf die Zunge. Und als sie eilig in einem Jeansoverall und Zöpfen die Treppe hinuntergelaufen kommt und viel zu jung wirkt, um Sex zu haben, reiche ich ihr nur die Wasserflasche und küsse sie auf die Wange.

»Essen wir zusammen zu Abend? Oder musst du diese Woche wieder abends üben?«, erkundige ich mich, greife mir meine Tasche und die Schlüssel und folge ihr aus der Küche.

»Ich muss wieder üben, daher besorge ich mir einfach irgendwo ein Sandwich«, erklärt sie, während sie sich ihre Jacke vom Haken neben der Vordertür schnappt. »Aber um acht Uhr sollte ich zurück sein, falls du gern einen Film ansehen würdest oder so.«

»Das würde ich gern. Ich werde Popcorn bereit haben, wenn du nach Hause kommst.«

Addie wirft mir über die Schulter ein Lächeln zu. »Danke, Mom. Du bist die Beste. Ich liebe dich.«

»Ich dich auch«, erwidere ich. Mein Herz macht einen Sprung, als ich beobachte, wie sie die Verandastufen hinunter hüpft und zum Ende des Häuserblocks joggt, wo ihre Freundinnen aus der Nachbarschaft bereits auf den Bus warten. Und für einen Augenblick sehe ich sie nicht, wie sie ist, sondern wie sie war, das kichernde, großäugige Energiebündel, das ich vor dreizehn Jahren zum ersten Mal in den Kindergarten geschickt habe, mit einer Pokemon-Brotbüchse und die Haare auf dem Vorderkopf zusammengebunden, was sie ihr Einhorn-Horn nannte.

Sie ist immer noch mein Baby und wird es immer bleiben. Und falls nötig werde ich diesen Jungen aufstöbern, der so begierig darauf ist, mein kleines Mädchen in sein Bett zu bekommen, ihm eine volle Packung Kondome in die Hand drücken und ihm androhen, ihm persönlich die Eier abzuschneiden, wenn er sie nicht benutzt.

Doch das wird hoffentlich nicht nötig sein. Ich muss einfach nur herausfinden, was Addie dazu bringt, sich langsam von ihrem Dad und mir zurückzuziehen, dann das Übel bei der Wurzel packen und unseren Garten der Liebe wieder in Topform bringen.

Was leider auch beinhaltet, länger als fünf Minuten

mit meinem Ex zu reden. Seufzend gleite ich in meinen Prius, drücke auf den Startknopf und reihe mich in den frühmorgendlichen Verkehr im Zentrum von Santa Rosa ein.

Wir haben uns bereits vor über einer Woche zum Kaffeetrinken verabredet. Grant möchte mit mir über Addies sinkende Leistungen reden – er findet, eine Zwei plus in Mathe sei Grund genug, Alarm zu schlagen – und ich möchte mit ihm über die fehlenden Stunden reden, die zwischen Addies Weggang aus meinem Haus und ihrem Auftauchen in seinem für ihre Wochenendbesuche liegen.

Inzwischen bin ich mir jedoch ziemlich sicher, was sie so treibt, wenn sie verschwindet.

Die Frage lautet ... teile ich dieses Wissen mit Grant? Ich biege auf den Parkplatz von Nitro Joe's ein, ein paar Häuserblocks entfernt von der Big Bad Bank, wo er arbeitet, und wäge noch die Pros und Kontras darüber ab, meinem schändlich unvernünftigen Ex mitzuteilen, dass seine kleine Tochter insgeheim einen Liebhaber hat, als ich ihn auch schon an einem Tisch im vorderen Garten des Lokals sitzen sehe.

Er ist früh dran, was nicht mehr geschehen ist seit ...

Überhaupt jemals?

Grant kommt immer zu spät. Chronische Verspätung ist in seiner DNA eingraviert, ein Charakterzug, den er traurigerweise an zwei unserer drei Töchter weitergegeben hat. Aber dort sitzt er, gekleidet in einen seiner achthundert Dollar teuren Anzüge, mit perfekt vorn hochgebürstetem silber-schwarzen Haar und zwei Café Latte auf blassblauen Untertellern auf dem Kaffeetisch vor ihm. Er hat sogar eine Dose mit Zuckerwürfeln bestellt, die ich so sehr mag, anstatt der Tütchen mit giftigem Diätsüßstoff, den er vorzieht.

Er muss definitiv etwas vorhaben ...

Gerade klingeln meine von früheren Dramen geschulten Sensoren in höchster Alarmbereitschaft – die Härchen auf meinen Armen richten sich auf, als ich aus dem Wagen aussteige und die kühle Luft spüre –, als mein Telefon in meiner Tasche zu bellen beginnt und mir einen Notfall anderer Art signalisiert. Es handelt sich um den für Virginia reservierten Klingelton und sie ruft mich niemals so früh an, außer es gibt Schwierigkeiten im Tierheim.

Ich hebe die Hand und gebe Grant zu verstehen, dass ich zuerst diesen Anruf annehmen muss, dann halte ich das Telefon an mein Ohr. »Hey Ginny, was ist los?«

»Violet, du musst schnell kommen! Sie sind hinter unseren Salamandern her!«

Ich blinzle in die Morgensonne, mein noch nicht mit Koffein versorgtes Gehirn braucht eine Weile, bevor es sich an die kleinen Kerle erinnert, die wir im letzten Winter in einigen verlassenen Erdhörnchenbauten hinter dem Tierheim entdeckt haben. Virginia ist sowieso ein großer Amphibienfan, aber bei den kleinen Schönheiten in unserem Hinterhof handelt es sich um Kalifornische Tigersalamander, was unsere Entdeckung noch spannender macht.

Aber jetzt scheint offensichtlich jemand »hinter ihnen her zu sein«?

»Sie sind dabei, alle Sträucher auszureißen, und das

wird sie töten, Violet«, fährt Virginia fort, bevor ich fragen kann, wer hinter unseren Lieblingen her ist und warum. »Ohne Bodenbewuchs können sie nicht überleben und im Winter werden ihre Bauten überflutet und dann brechen sie zusammen. Wir müssen etwas unternehmen, aber ich weiß, dass sie nicht auf mich hören werden.«

»Wer, Virginia? Wer wird nicht auf dich hören?«, frage ich und halte mir das andere Ohr zu, um vielleicht so den Lärm des frühmorgendlichen Verkehrs auf der College Avenue abzublocken. »Ist Tristan nicht da? Kannst du ihn nicht dazu bringen, sich einzuschalten? Oder Zoey?«

»Zoey besorgt gerade Futter und Tristan ist Teil des Problems.« Virginia gibt einen mitleiderregenden, wimmernden Laut von sich, der in mir den Wunsch erweckt, ich könnte bei ihr sein, um sie in den Arm zu nehmen. Wenn man Ginny zum ersten Mal begegnet, könnte man sie für eine Kratzbürste halten, doch hinter ihrem Geschimpfe versteckt sich ein weiches Herz. »Bitte, Violet. Ich werde sie eine Weile mit Kaffee aufhalten, aber du musst hier sein, bevor sie den Bulldozer holen. Beeil dich!«

»Bulldozer?« Ich runzle die Stirn und blinzle. »Was um alles in der Welt –«

Ein scharrendes Geräusch am anderen Ende der Verbindung schneidet mir das Wort ab. Virginia hat aufgelegt. Ich seufze. Meine Hand, mit der ich das Handy halte, fällt schlaff an mir hinunter.

Das wird also einer jener denkwürdigen Montage werden. Wie reizend.

Ich hebe einen Arm in Grants Richtung, der gerade durch den schmiedeeisernen Zaun tritt, der die Terrassensitzplätze umgibt. »Hey. Du solltest dich setzen. Der Kaffee wird kalt.«

Ich schüttle den Kopf. »Es tut mir leid. Ich kann nicht bleiben. Auf der Arbeit gibt es einen Notfall. Virginia flippt aus, sie sagt, ich muss sofort kommen.«

»Kann sich nicht jemand anderes darum kümmern?«, erkundigt sich Grant und klopft nervös mit den Fingern auf die Motorhaube meines alten Prius', genau neben dem Fleck, wo die Farbe abgeblättert ist. Ich weiß, das macht ihn vollkommen verrückt. »Ich muss mit dir reden.«

»Ich weiß. Und ich weiß, dass du dir Sorgen um Addie machst, aber ich muss wirklich gehen. Sonst könnten die gefährdeten Salamander ihren Lebensraum verlieren.«

Grant zieht eine Braue in die Höhe. »Im Ernst?«

Ich nicke. »Im Ernst.«

Er seufzt, offensichtlich nicht gerade begeistert, aber auch er möchte sich nicht den Tod der Salamander aufs Gewissen laden. Grant mag vielleicht die Menschen nicht immer so behandeln, wie ich es gern hätte, aber er ist immerhin ein Tierfreund. Er hat niemals etwas einzuwenden gehabt, wenn wir unserer Familie ein weiteres Viech hinzugefügt haben, egal wie viele arme Kreaturen unsere Mädchen auch gerettet haben.

»Also gut«, erklärt er und reibt sich den Nacken. »Aber wir müssen bald miteinander reden. Nicht nur über Addie. Es gibt ... noch andere Dinge zu besprechen.«

Ich drehe den Kopf und mustere ihn aus dem Augenwinkel, als gewisse Ängste durch meine Gedanken schwirren. Grant ist zwar in einem unglaublich guten körperlichen Zustand, doch langsam erreicht er das Alter, in dem beängstigende Sachen falsch laufen können. »Was für andere Dinge? Geht es dir gut?«

»Mir geht es gut«, beruhigt er mich und vertreibt so meine Befürchtungen bezüglich Krebs und Infektionen, bei denen man das Haar büschelweise verliert. »Ich bin lediglich ...«

Er schüttelt den Kopf; zum ersten Mal im Leben scheinen ihm die Worte zu fehlen. »Dinge sind geschehen, Dinge, die ich wahrscheinlich nicht rückgängig machen kann, nun, da ich sie einmal begonnen habe, und ich ...« Er reckt den Kopf zu einer Seite. »Vielleicht habe ich während der vergangenen Jahre nicht über alles so nachgedacht, wie ich es hätte tun sollen, Violet. Ich habe das Steuer vielleicht zu hart herumgerissen, als ich hätte auf Kurs bleiben müssen. Weißt du, was ich meine?«

»Hm, nicht wirklich.« Ich werfe meine Handtasche auf den Beifahrersitz, insgeheim dankbar, eine Entschuldigung zu haben, mich davonmachen zu können. Was immer Grant gerade beschäftigen mag, es hört sich sehr persönlich an – was mich nichts mehr angeht. »Ich muss jetzt wirklich los, Grant. Ich schicke dir später eine Nachricht bezüglich Addie. Ich bin sicher, dass wir beide zusammen sie wieder auf den richtigen Weg bringen können.«

Er seufzt und ballt die Hände zu Fäusten. »Also gut. Aber sag ihr, ich erwarte, dass die Ergebnisse ihrer täglichen Tests sich diese Woche verbessern. Ich überprüfe ihre Noten online. Sie wird nicht an die Spitze ihres Ingenieurstudiums gelangen, wenn sie keine gute mathematische Grundlage besitzt.«

Ich halte den Daumen hoch – obwohl ich mir nicht die geringsten Gedanken über die mathematischen Grundkenntnisse meiner brillanten Tochter mache – und sinke hinter mein Lenkrad zurück. »Wir reden später.«

Hoffentlich viel später, denke ich, als ich vom Parkplatz herunterfahre. Mein Leben ist im Moment dramatisch genug. Ich brauche nicht noch Grants Chaos ganz oben auf dem Stapel. Das ist das einzig Gute daran, plötzlich so spät noch alleinerziehende Mutter zu werden: Ich bin nicht länger verantwortlich dafür, meinem für Katastrophen anfälligen Ehemann aus seinem Chaos zu helfen, in das er sich immer irgendwie bringt.

Jetzt habe ich nur noch meine eigenen Probleme und die meiner Mädchen zu bewältigen – das war's.

Na gut, und Virginias Probleme. Zumindest am heutigen Morgen.

Zwanzig Minuten später biege ich auf den Parkplatz des Tierheims ein und sehe Ginny am Ende des Weges, der zum Tierheim hinaufführt, auf mich warten. Sie schreitet unruhig auf und ab und klappert mit ihren hölzernen Armreifen wie ein Medizinmann, der den Teufel austreibt. Im selben Moment, in dem sie mich entdeckt, eilt sie über den Asphalt und bedeutet mir, mich zu beeilen.

»Sie sind kurz davor, ihren Plan auszuführen«,

informiert sie mich. Nervöse Energie geht in vibrierenden Wellen von ihr aus. »Du musst sofort loslaufen. Jetzt. Renn los! Ich werde nachkommen.«

Sie nimmt mir meine Handtasche und meine Brotdose aus der Hand und klemmt sie sich unter den Arm. Dann legt sie eine Hand zwischen meine Schulterblätter und gibt mir einen Schubs – nicht gerade sanft. Und obwohl ich nicht ernsthaft davon überzeugt bin, dass die Lage so dringend ist, dass sie einen Sprint bis zum Bürogebäude erfordert, beginne ich zu laufen und jogge durch den kühlen Morgen. Lieber laufe ich und fühle mich dumm dabei, als dass ich langsam gehe und Virginia noch mehr aufbringe, als sie es ohnehin schon ist.

Im Geiste lege ich mir gerade zurecht, was ich meinem Boss sagen werde – wie erkläre ich Tristan, dass das Leben gefährdeter Salamander in seinen Händen liegt –, als die Vordertür aufschwingt und der Mann höchstpersönlich in den Sonnenschein hinaustritt, dicht gefolgt von einem Meter achtundachtzig an Schwierigkeiten.

Es ist Deacon. Schon wieder.

Und er sieht noch sexyer aus als in all meinen schmutzigen Träumen der letzten Nacht.

KAPITEL NEUN

DEACON

Violet bleibt stolpernd vor mir stehen; sie reißt die Augen auf und ihre Lippen teilen sich zu einem weichen O, was mich sofort an Dinge denken lässt, an die ich nicht denken sollte. Dinge wie meinen Traum, aus dem ich heute Morgen schweißgebadet aufgewacht bin und in dem mir Miss Boden begegnet ist, mit nichts als einem winzigen Spitzenhöschen und einem hungrigen Ausdruck in ihrem hübschen Gesicht.

Aber ich weigere mich, vor meinem kleinen Bruder einen Steifen zu bekommen. Oder vor Violet.

Mit dieser Frau bin ich fertig. Es ist mir gleichgültig, wie heiß die Chemie zwischen uns gärt. Meine Schmerzgrenze ist hoch gesteckt, doch ich giere nicht unbedingt nach Bestrafung.

»Hey Violet, was ist los?«, fragt Tristan und blickt an ihr vorbei auf die unruhige Frau, die unter einem Baum in der Nähe stehen bleibt. Sie verfolgt uns bereits den ganzen Morgen wie ein Schatten und bietet uns so viele

Tassen Kaffee an, dass ich mich langsam um meinen Blutdruck sorge. »Ist alles in Ordnung?«

»Ginny hat mich vor einer Weile angerufen.« Violet weist mit dem Kopf auf ihre Mitarbeiterin. »Sie meinte, es gäbe Pläne, die Büsche hinter dem Tierheim auszureißen? Das hat ihr Sorgen bereitet.«

Stirnrunzelnd verschränkt Tristan die Arme vor der Brust. »Warum? Ich wüsste nicht, worüber man sich Sorgen machen müsste. Das ist doch eine gute Sache. Deacon wird die Büsche entfernen und dort stattdessen ein Bett für einen Bach anlegen. Wenn die Feuersaison naht, wird der Mangel an Zunder nützlich sein, um das Gebäude und die Wildtiere zu schützen, falls ein Wildfeuer zu nahe kommt.« Er zeigt mit dem Daumen über die Schulter. »Außerdem werde ich eine Sprinkleranlage auf dem Dach installieren.«

»Das ist wunderbar.« Violet zieht die Brauen zusammen. »Aber letztes Jahr haben wir eine Kolonie Kalifornischer Tigersalamander entdeckt, die hinter den Koppeln leben. Sie gehören zu den bedrohten Tierarten im Sonoma County und sind generell in Kalifornien ziemlich selten. Wenn man die Büsche ausreißt und Kanäle gräbt, zerstört man ihren Lebensraum und löscht die gesamte Population aus.«

Tristan seufzt und fährt sich mit einer Hand durchs Haar. »So ein Mist. Warum hat sie nichts gesagt? Ich hatte keine Ahnung.«

»Sie hat geglaubt, ihr würdet nicht auf sie hören«, flüstert Violet. Dann blickt sie in meine Richtung und fügt hinzu: »Und ich glaube, sie war ein bisschen eingeschüchtert von Deacon.«

»Dazu besteht kein Anlass«, erwidere ich und lächle in Virginias Richtung, die es mit offensichtlicher Skepsis entgegennimmt. Ich wende mich wieder Tristan zu. »Hört sich an, als ob wir dies für eine Weile auf Eis legen müssten. Mal sehen, ob es irgendwelche Gesetze gibt, die das Habitat schützen. Du willst dir doch sicher keine Geldstrafe einhandeln. Manche sind ziemlich hoch.«

»Und du willst doch sicher keine unschuldigen, vom Aussterben bedrohten Salamander töten«, meldet sich Violet zu Wort und starrt mich mit zu Schlitzen verengten Augen missbilligend an, ein Gesichtsausdruck, der mir mittlerweile allzu vertraut wird.

»Ganz bestimmt nicht«, bestätige ich mit einem Nicken. »Wir hatten vor, Tiere und Gebäude zu schützen, nicht eine hier angesiedelte Population zu gefährden. Wir müssen uns wohl einen Plan B einfallen lassen.«

Der überraschte Ausdruck, der über Violets Gesicht zuckt und jeden angespannten Muskel weich werden lässt, wäre lustig, wenn er nicht eine weitere Bestätigung dafür wäre, dass sie stets das Schlimmste von mir denkt.

»Ich verstehe«, sagt Tristan. »Lasst mich kurz meinen Experten für Fische und Wildtiere anrufen. Hast du noch eine Sekunde Zeit, Deacon? Mal sehen, ob ich von Don irgendeine Information bekommen kann.«

»Ich habe jede Menge Sekunden Zeit.« Als ich Violet und Tristan die Tür aufhalte, zögert Violet einen Augenblick, dann kommt sie näher zu mir und bleibt stehen. Sie sieht mich an, ihr Blick sucht meinen. »Was ist los?«, frage ich mit einer Stimme, die heiserer ist als zuvor. So nahe bei ihr zu stehen irritiert mich immer noch, so sehr ich mir auch das Gegenteil wünsche.

»Ich bin nur ...« Sie macht eine Pause. »Danke. Dafür, dass du zugehört hast und so verständnisvoll bist. Das ist wirklich wichtig für Ginny. Und für mich.«

»Für mich auch«, erwidere ich. »Im Gegensatz zu dem, was manche Leute vielleicht von mir denken mögen, bin ich kein hirnloser Kretin, der es genießt, aus Spaß Tiere zu töten. Ich habe eher eine Schwäche für alle Lebewesen.« Ich zucke mit den Schultern. »Außer für Hornissen.«

Violet nickt ernsthaft. »Ja, wirklich. Hornissen sind schrecklich. Ich meine, viele andere Insekten verfügen auch über Stachel, sind aber nicht solche aggressiven Arschlöcher, die die ganze Zeit herumfliegen und Menschen angreifen. Die Hornissen sollten sich mal entspannen.«

»Ja, das stimmt.« Ich versuche, einen neutralen Tonfall beizubehalten, aber offensichtlich gelingt es mir nicht. Oder vielleicht kann Violet auch Gedanken lesen.

»Ach übrigens: ein Punkt für dich«, beginnt sie seufzend. »Ich entschuldige mich dafür, dir unhöflicherweise etwas Schlechtes unterstellt zu haben. Normalerweise bin ich nicht so gereizt. Ich glaube, wir sind uns wohl nur auf die Nerven gegangen und haben uns auf falsche Weise aneinander gerieben.«

Ich ziehe bedeutungsvoll eine Braue in die Höhe und sofort färben sich Violets Wangen rosa.

»Also, na ja.« Sie schnipst sich eine Locke aus der Stirn und blickt scharf nach links. »Offensichtlich nicht ständig. Manchmal reiben wir uns auch ganz gut aneinander.«

Ich weiß, ich sollte kein Wort sagen – ich bin fertig mit dieser Frau, schon vergessen? –, aber ich kann nicht anders, als sie zu fragen: »Nur ganz gut?«

Die Färbung auf ihren Wangen vertieft sich und sie läuft bis zur Nasenspitze rot an, während sie murmelt: »Noch ein Punkt für dich. Ich sollte wahrscheinlich reingehen und sehen, ob Tristan Hilfe braucht.«

»Nach dir.« Ich nicke in Richtung Tür, die ich immer noch aufhalte, und Violet hastet hindurch, durchquert den leeren Warteraum und verschwindet durch die Tür, die zu den Büros und den dahinter liegenden Unterkünften der Tiere führt.

Ich gehe quer durch den Raum zu einer Couch, die an der Wand steht, und nehme dort Platz, greife nach einer Ausgabe der Zeitung *Sonoma County Weekly* und starre darauf, ein vergeblicher Versuch, nicht mehr über all die Arten nachzudenken, auf die ich Violet auf richtige Art reiben würde. Die Worte verschwimmen und tanzen vor meinen Augen. Mein Gehirn ist zu sehr damit beschäftigt, sich jeden Kuss wieder ins Gedächtnis zu rufen, den Violet und ich während der letzten Tage ausgetauscht haben, um noch Kapazitäten zum Lesen aufbringen zu können.

Ich bin immer noch auf der ersten Seite eines Artikels über Eiscreme aus Ziegenkäse, als Virginia durch die Tür hereinschlüpft, über die blau-weißen Fliesen gleitet und ebenfalls im Büro verschwindet.

Nur zwei Sekunden später höre ich sie flüstern: »Was geschieht jetzt? Müssen wir die Polizei anrufen?

Eine Versammlung abhalten? Greenpeace mit einbeziehen?«

»Nein, sie werden ihre Pläne ändern«, erwidert Violet, deren Stimme ebenfalls unerwartet gut zu hören ist. Es ist zwar ruhig hier drin, aber ich hätte nicht gedacht, dass ich sie aus dieser Entfernung hören könnte. Ich überlege, ob ich auf einen Stuhl wechsle, der näher an der Tür steht, oder ob ich draußen auf Tristan warte, doch stattdessen rühre ich mich nicht vom Fleck, denn ich bin zu neugierig, was Violet hinter meinem Rücken über mich sagen wird, um der Verlockung, zu lauschen, widerstehen zu können.

»Sowohl Tristan als auch Deacon wollen die Population erhalten und schützen«, fährt sie fort. »Alles wird gut werden.«

»Wirklich?« Virginia schnauft ungläubig. »Nun ... wer hätte das gedacht? Ich habe geglaubt, ein Feuerwehrmann würde sich nur darum sorgen, das Feuer zu stoppen, und die Tiere vergessen, die vielleicht dadurch verletzt werden. Besonders Salamander. Den Leuten sind Amphibien normalerweise nicht so wichtig wie niedliche, kuschelige Dingerchen mit Fell.«

»Na ja, manchmal sind Menschen für Überraschungen gut«, erwidert Violet und in ihrer Stimme klingt eine solche Wehmut mit, dass ich mich frage, ob vielleicht ...

Nur vielleicht ...

Ginny räuspert sich. »Ja, nur leider handelt es sich meist um böse Überraschungen. Hast du noch Kontakt zu dem Kerl, den du über die Dating-App kennengelernt hast und der dich versetzt hat?«

»Nein. Ich habe unseren Chatverlauf gelöscht und mein Profil erst einmal gesperrt. Ich überlege, einfach die ganze App zu löschen. Ja, es ist nicht leicht, im realen Leben jemanden kennenzulernen, aber ich bezweifle ernsthaft, ob ich online das finde, was ich suche.«

»Da hast du recht«, stimmt Ginny sofort zu. »Wenn dieser Kerl so gut aussehen würde wie auf den Fotos, wäre er zu dem persönlichen Treffen erschienen. Wahrscheinlich ist er ein Penner, der seit zwanzig Jahren unter der Brücke lebt und vergessen hat, wie man sich duscht oder die Zehennägel schneidet.«

»Krass.« Violet lacht. »Aber darauf kommt es mir nicht an. Ich meine, ja, ich würde jemanden bevorzugen, der nett anzusehen ist, aber ich könnte auch jemanden gernhaben, der nett und gedankenvoll ist. Jemanden, der mich zum Lachen und zum Nachdenken bringt und mit dem es Spaß macht, zusammen zu sein, weißt du? Das ganze Paket. Und ich würde auch gern all seinen Vorstellungen entsprechen.«

Virginia grummelt etwas vor sich hin, das ich nicht verstehen kann, woraufhin Violet wieder lacht. »Du hast wahrscheinlich recht. Aber ich will keine Kompromisse eingehen. Ich bleibe lieber allein, als mit jemandem zusammen zu sein, der meine Erwartungen nicht erfüllt. Besonderen Wert lege ich auf Freundlichkeit. Darüber lasse ich nicht mit mir diskutieren.«

»Und er muss sich duschen«, fügt Ginny hinzu.

Violet summt gedankenverloren vor sich hin. »Ja, duschen. Was mich daran erinnert, dass unter der Hundewaschstation ein Leck ist. Ich finde dort dauernd geheimnisvolle Pfützen, jedes Mal, wenn ich …«

Ihre Stimme verhallt. Violet und Ginny entfernen sich augenscheinlich vom Empfangstresen, was mir weiteres Lauschen unmöglich macht. Aber das Gute habe ich ja bereits gehört, und zwar genügend, um aufstehen und im Warteraum hin und her schreiten zu müssen, bis Tristan zehn Minuten später aus seinem Büro kommt.

»Entschuldige, dass ich dich habe warten lassen«, erklärt er. »Don hat mich eine Weile hingehalten, um zu sehen, ob er an Richtlinien herankäme, die uns sagen, wie es weitergeht. Aber in ganz Kalifornien gibt es nur noch einige wenige Kolonien dieser Salamander. Sie sind so selten, dass niemand weiß, was als Nächstes zu tun ist. Er wird seine Fühler ausstrecken und wieder an mich herantreten, um mir mitzuteilen, was wir mit dem Gebüsch machen können, ohne das Habitat zu schädigen. Aber vorerst müssen wir abwarten.«

»Keine Sorge«, erwidere ich, zu abgelenkt von nagenden Fragen, um mich auf Feuerprävention konzentrieren zu können. »Würdest du sagen, ich sei freundlich? Im Allgemeinen?«

Tristan lächelt und legt den Kopf schief. »Gewiss. Ich meine, manchmal bist du recht griesgrämig, aber niemals auf gemeine Weise. Warum?«

»Und macht es Spaß, mit mir zusammen zu sein?«, frage ich weiter, seine Frage ignorierend. »Ich weiß, ich bin nicht gerade eine Lachnummer, aber ich kann jemanden unterhalten, wenn mir danach ist.«

»Sicher«, sagt Tristan und mustert mich mit wachsendem Misstrauen. »Gibt es einen Grund dafür, warum du heute Morgen darauf aus bist, Komplimente zu sammeln? Oder brauchst du einfach nur einen Schuss Selbstbestätigung, nachdem du die letzten Wochen so viel Zeit mit Dad verbracht hast?«

Ich zucke mit den Schultern. »Nein. Es gibt keinen besonderen Grund.«

Er verengt die Augen. »Lügner.«

»Ich bin kein Lügner. Ich setze Vertrauen gegen Vertrauen.«

»Na dann viel Glück damit. Du bist nicht mehr im Militärdienst, großer Bruder«, erklärt Tristan und zieht sich ins Büro zurück. »Die Menschen in der Gegend reden viel und Gerüchte breiten sich schneller aus als Wildfeuer.«

Statt einer Antwort schnaufe ich, aber ich weiß, er hat recht. In derselben Sekunde, in der ich mich ernsthaft um Violet bemühe, wird es jeder wissen, den wir kennen. In dieser Stadt und in dieser Familie gibt es keine Geheimnisse. Wenn ich es wirklich bei Violet versuchen will, kann ich ebenso gut von Anfang an offen damit umgehen.

»Was würdest du davon halten, wenn ich eine deiner Angestellten um ein Rendezvous bitte?«, frage ich leise, nur für den Fall, dass Violet oder Virginia sich wieder auf Hörweite genähert haben.

»Ich würde sagen, dass Ginny ein bisschen zu alt für dich ist, aber dass Liebe Wunder bewirken kann«, antwortet Tristan mit einem hinterhältigen Lächeln.

»Du weißt, dass ich nicht von Ginny rede.«

»Ich weiß.« Sein Grinsen wird breiter. »Violets

Nummer steht auf den Informationsblättern am schwarzen Brett. In ihrer Freizeit gibt sie Töpferkurse. Ich bin mir sicher, es würde sie nicht stören, eine Nachricht von einem der beliebtesten Junggesellen im Sonoma County zu bekommen.«

Ich verdrehe die Augen. Heftig.

»Es ist wahr, großer Bruder«, beharrt Tristan, zeigt mit dem Finger auf mich und tut so, als würde er einen Schuss auslösen. »Jetzt, da ich nicht mehr auf dem Markt bin, sowieso. Ich werde mich bei dir melden, sobald ich etwas von Don gehört habe. Lass mich wissen, wenn du Hilfe brauchst beim Flirten via Chat.« Er macht eine Pause und fügt stirnrunzelnd hinzu: »Oder via Telefon. Gab es überhaupt schon Telefone, als du das letzte Mal mit jemandem ausgegangen bist?«

Ich strecke ihm den Mittelfinger entgegen, er lacht und ich gehe in Richtung Tür.

Ich habe eigentlich nicht vor, am schwarzen Brett stehen zu bleiben – falls Violet wollte, dass ich ihre Nummer habe, hätte ich sie bereits –, doch meine Hände haben ihren eigenen Willen und reißen eines der verbliebenen Rechtecke am unteren Ende des Flugblattes ab. Meine Hand kümmert sich nicht darum, ob sie übereifrig wirkt oder ein viertes Mal von derselben Frau einen Korb bekommt. Meine Hand will sie einfach wieder berühren.

Auf dem Weg zu meinem Wagen ziehe ich mein Handy aus meiner Gesäßtasche, denn es macht keinen Sinn zu warten. Ich kann mir ebenso gut sofort eine neue Abfuhr holen. Ich gebe Violets Nummer ein und schicke eine schnelle Nachricht. *Du hast recht. Wir haben uns auf dem falschen Fuß erwischt. Aber vielleicht ist es noch nicht zu spät, es mit dem richtigen zu versuchen. Darf ich dich heute zum Mittagessen einladen?*

Ich erwarte so bald keine Antwort – sie ist auf der Arbeit und ich bin mir sicher, dass sie etwas Zeit braucht, um zu entscheiden, wie sie mir am besten eine Absage erteilt. Doch bevor ich mein Handy in meine Tasche zurückschieben kann, gibt es ein Signal von sich.

Ich blicke auf das Display. *Mittagessen hört sich gut an. Sollen wir uns um 12:30 Uhr irgendwo in der Stadt treffen?*

Mit einem Grinsen auf den Lippen schreibe ich zurück. *Ich werde dich abholen. Dann müssen wir uns nur um einen Parkplatz kümmern. Ich freue mich.*

Sie antwortet mit einem erhobenen Daumen, einem Emoji mit lächelndem Gesicht und einem *Ich auch.*

Sieg. Ein großer Sieg. Na ja. Nicht wirklich. Eigentlich ein recht kleiner Sieg.

Trotzdem habe ich ein verdammt gutes Gefühl.

KAPITEL ZEHN

VIOLET

*E*s ist keine richtige Verabredung. Nicht einmal annähernd.

Es geht nur um ein Mittagessen, die Mahlzeit in der Mitte des Tages und die am wenigsten interessante von allen.

Beim Abendessen bietet es sich an, länger zu verweilen. Das Frühstück ist der Beginn eines strahlend schönen neuen Tages. Das Mittagessen aber stopfst du dir nebenbei in den Mund, um deinen Blutzuckerspiegel aufrechtzuerhalten, während du mit allem möglichen Mist beschäftigt bist.

Und ich habe tonnenweise Mist zu erledigen, woran ich gerade denke, als Deacon in eine Straße in der Nähe des Bauernmarktes einbiegt und voller Schwung in eine Parklücke setzt.

»Ich sollte Salat und Karotten einkaufen, bevor wir uns auf den Rückweg machen.« Ich springe aus dem Wagen, obwohl ich mir ziemlich sicher bin, dass Deacon der Art Mann angehört, der einer Frau die Tür aufhält. Wenn er mir aber die Tür öffnen würde, würde ich damit zugeben, dass dies mehr als ein freundschaftliches Mittagessen ist, und dazu bin ich noch nicht bereit.

Ich weiß immer noch nicht genau, warum ich diesem Treffen überhaupt zugestimmt habe. Vorübergehende Geistesschwäche? Ein momentaner Mangel an Urteilskraft? Oder bin ich so leicht gerührt, wenn es um Menschen geht, die meinen Freunden oder Salamandern freundlich gegenübertreten?

Ich bin ein Weichei. Kein Zweifel.

Aber das heißt noch lange nicht, dass ich meinen Schutzschild ganz herunternehmen sollte. Hat Deacon mir nicht genügend gute Gründe geliefert, meine Verteidigung aufrechtzuerhalten? Zumindest vorerst.

»Und Radieschen, falls es welche gibt«, fahre ich fort. »Vielleicht auch etwas Spargel. Im Tierheim ist uns das Hasenfutter ausgegangen.«

»Kein Problem«, beruhigt mich Deacon und geht vorn um den Wagen herum.

Er bleibt auf Haaresbreite vor mir stehen und ich verschränke die Arme vor der Brust, um eine zusätzliche Barriere zwischen meine Brustwarzen und seinen puren, animalischen Magnetismus zu bringen.

Oh Gott, warum bin ich hier? Warum nur habe ich zugestimmt, mit diesem Mann zu Mittag zu speisen, der mich jedes Mal in ein wildes Sexmonster verwandelt, wenn er mir nahe genug kommt, sodass sein köstlicher Duft in mein Universum dringt? Was, wenn ich beginne, unter dem Tisch im Imbiss an seinem Bein herumzufummeln oder etwas ähnlich Peinliches? Es klingt lächerlich, aber ich bin nicht mein normalerweise ausgeglichenes Selbst, wenn ich mich in Deacon Hunters Nähe aufhalte.

»Das heißt, wenn du es nicht eilig hast«, füge ich hinzu, als er sich noch näher an mich heranschiebt und meinen Puls zum Rasen bringt. Er schlägt die Wagentür hinter mir zu, was ein nervöses Lachen bei mir hervorruft. »Entschuldige. Ich dachte, ich hätte sie geschlossen.«

»Das macht doch nichts.« Er lächelt auf mich hinab und macht es mir noch schwerer zu atmen. »Ich habe es nicht eilig. Jetzt, da wir auf die aussterbenden Salamander Rücksicht nehmen müssen, habe ich den ganzen Tag frei.«

Ich feuchte mir mit der Zungenspitze die Lippen an. »Aussterbende Salamander. Das gäbe einen prächtigen Namen für eine Band.«

Er lächelt und ich sehe Sterne, Feuerwerke, die im blauen Himmel hinter seinen noch blaueren Augen explodieren. Verdammt, wie umwerfend er aussieht, wenn er lächelt!

»Ja, das hört sich gut an«, stimmt er zu. »Aber welche Art von Musik würde die Band spielen?«

»Vielleicht Country? Bluegrass?«

»Bluegrass mit einem Indie-Rock-Hauch der alten Schule. Ben Folds Five trifft auf Allison Kraus und Union Station.«

Ich nicke langsam, ein Lächeln kurvt meine Lippen. »Das wäre tatsächlich ziemlich aufregend. Je mehr ich darüber nachdenke, desto besser gefällt mir die Idee.

Dann beschäftigst du dich also ziemlich viel mit Musik?«

»Ja. Wenn ich nicht unterwegs bin, spiele ich in einer Band. Meist klassischen Rock, doch ab und zu mischen wir auch etwas Country darunter.«

»Das ist interessant«, stelle ich fest, erfreut und etwas beschämt gleichzeitig. Ich habe, was Deacon betrifft, definitiv einige unfaire Schlussfolgerungen gezogen. »Ich würde dir gern einmal zuhören. Klassischer Rock ist meine bevorzugte Tanzmusik.«

»Das weiß ich bereits«, erwidert er und ich erröte heute zum dritten oder vierten Mal und erinnere mich daran, dass er immer noch derselbe Mann ist, der mir befehlen wollte, von der Tanzfläche zu verschwinden. Die Tatsache, dass er am Ende recht behalten hatte, was die potenzielle Gefahr in der Rabenkralle anbelangte, entschuldigt noch lange nicht, dass er sich einfach so eingemischt und begonnen hat, Befehle zu erteilen, als wäre ich ein Kind in seiner Obhut und nicht eine Erwachsene, die durchaus in der Lage gewesen wäre, ruhig über seine Befürchtungen zu reden.

»Vielleicht können wir eines Tages zusammen tanzen gehen«, schlägt er vor und wirbelt mich im Kreis herum.

»Du tanzt?« Ich ziehe eine Braue in die Höhe.

Er neigt den Kopf. »Ja. Nicht so spektakulär wie du, aber ich kann mich gut mit einer Partnerin im Takt bewegen.«

Darauf wette ich, denke ich, obwohl ein anderer Teil meines Gehirns eine Warnung herausgibt, dass Tanzen definitiv zu den Tätigkeiten einer richtigen Verabredung gehört und nicht etwas ist, das neue Freunde gern an einem freien Wochenende zusammen tun würden.

Aber wäre das so fürchterlich?

Nur weil Deacon und ich bis jetzt die Hälfte der Zeit, die wir zusammen verbracht haben, wie Katze und Hund gegeneinander gekämpft haben, muss das nicht so weitergehen. Menschen können sich ändern. Ich glaube daran. Ich habe beides gesehen, Änderungen zum Guten und zum Schlechten.

»Dann sollten wir vielleicht wirklich tanzen gehen«, sage ich atemlos, während ich mich gegen den Wagen lehne und versuche zu verbergen, dass mir das Herz bis zum Hals schlägt bei dem Gedanken, den Abend tanzend in Deacons Armen zu verbringen. »Aber zuerst sollten wir ausprobieren, ob wir das Mittagessen überstehen, ohne uns gegenseitig umbringen zu wollen.«

Seine Lippen verziehen sich zu einem trägen Lächeln, das die Flut der Hormone erneut aufwallen lässt, die durch meine Adern rast. »Ich wollte dich noch niemals umbringen. Dich nur ein bisschen würgen. Sanft. Bis du aufgehört hättest, dich zu wehren, und zugelassen hättest, dass ich dich wieder küsse.«

Ich versuche, ein Grinsen zu unterdrücken, was mir kläglich misslingt. »Das Küssen ist schön.«

»Schön ist nicht das Wort, das ich benutzen würde«, erwidert er. Der Ausdruck seiner Augen bringt jede Nervenendung in meinem Körper zum Summen, als er seine Arme zu beiden Seiten meines Gesichts abstützt.

»Was für ein Wort würdest du vorschlagen?«

»Unglaublich.« Er blickt mir mit einer Intensität in die Augen, dass mir die Luft wegbleibt. »Unglaublich süß.« Er neigt seinen Kopf näher an meinen. »Ich weiß, dass ich nicht deinen Vorstellungen eines Traummannes entspreche, Violet. Aber wir hatten doch Spaß zusammen. Und vielleicht kann ich dir für eine Weile dabei helfen, deine Einsamkeit zu vergessen.«

»Ich bin nicht einsam«, lüge ich, hebe das Kinn und bezwinge mit jeder Faser den Drang, meine Lippen auf seine zu pressen. Ich will auf keinen Fall mit ihm in aller Öffentlichkeit bei vollem Tageslicht herumknutschen. Ich kenne zu viele Leute in dieser Stadt und ich bin mir nicht sicher, was das nächste Mal geschieht, wenn seine Lippen auf meine treffen.

»Also ich bin einsam«, gibt Deacon zu und diese unerwartet gezeigte Verwundbarkeit lässt mein Herz weich werden und schmerzen. »Meine Jungs sind auf dem College und der Rest meiner Freunde und meiner Familie hat sein eigenes Leben, das alle sich aufgebaut haben, während ich zwanzig Jahre lang beim Militär gedient habe. Ich fühle mich oft so, als sähe ich von außen zu. Ich könnte Gesellschaft gebrauchen. Einen Freund. Oder vielleicht mehr als Freundschaft ...«

Meine Hände wandern zu seiner Brust und schmiegen sich an seine kräftigen Muskeln, ohne dass ich ihnen bewusst die Genehmigung dazu erteilt hätte. Aber er fühlt sich einfach so gut an, so merkwürdig vertraut, obwohl wir uns doch erst seit weniger als einer Woche kennen – ich meine besser, als uns nur Hallo zu sagen. Trotzdem, die Chemie ist keine Garantie dafür, dass wir als Freunde miteinander zurechtkämen, geschweige denn noch mehr. »Und wenn wir nichts finden, worüber wir uns unterhalten können?«

»Ich glaube nicht, dass das unser Problem wäre. Aber falls doch, dann reden wir einfach nicht«, flüstert er. Und dann küsst er mich. Seine Lippen fangen meine zu einem langsamen, verführerischen Kuss ein, der meine Knochen in Gelee verwandelt und den Drang zwischen meinen Beinen so verstärkt, dass es beinahe schmerzt.

Aber es ist auch süß …

Wahnsinnig süß.

Ich erwidere den Kuss mit allem, was ich habe, klammere mich mit meinen Fingern in sein weiches Hemd und ziehe ihn näher an mich heran, obwohl mir mein Bauchgefühl sagt, dass ich es bereuen werde. So wie nach dem dritten Stück jener Geburtstagstorte, die dir Magenschmerzen bereitet, und du dich verfluchst, zu viel des Guten gewollt zu haben.

Deacon ist zu viel des Guten und definitiv mehr, als eine Frau verkraften kann, die sich, seit sie ein Teenager war, nicht mehr verabredet hat.

Aber als er sich zurückzieht und ich zittere und ich ihn nach nur einem Kuss unbedingt haben will, nicke ich mit wirrem Kopf. »Also gut. Lass uns gemeinsam zu Abend essen. Heute Abend. Bei mir. Um sechs Uhr. Aber um acht Uhr musst du gegangen sein, denn dann kommt meine Tochter nach Hause.«

»Oder wir gehen aus«, schlägt er vor. »Ich würde dich gern zum Essen einladen.«

»Ich will nicht von dir zum Essen eingeladen werden, sondern ich will, dass du mich küsst, bis mir die Kleider von selbst vom Leib fallen«, gebe ich eilig zu. »Ich kann seit Tagen nicht mehr schlafen. Ich kann kaum etwas essen. Ich kann nur noch daran denken, dich zu berühren, dich zu küssen. Mehr zu tun, als dich nur zu küssen …«

»Ich auch«, gesteht er mit einem gehetzten Ausdruck auf dem Gesicht, den ich vollkommen verstehe. »Ich habe bereits langsam gedacht, ich müsste an einem Iron Man Wettkampf teilnehmen, um dich aus dem Kopf zu bekommen.«

Ich grinse. »Ach ja?«

»Ja«, bestätigt er und seine Lippen verziehen sich. »Sie sehen hübsch aus, wenn Sie so zufrieden mit sich sind, Miss Boden. Genießen Sie es, Männer mit Ihrem Wahnsinns-Sexappeal zu quälen?«

Ich grinse noch mehr. »Na, du kennst doch das Sprichwort: ›Gleich und gleich gesellt sich gern.‹«

»Ja, im Elend wie in der Lust.« Er zwinkert. »Ich werde pünktlich um sechs Uhr bei dir sein.«

»Gut«, sage ich, während mir ein Schauer der Vorfreude über die Haut läuft. »Nach dem Mittagessen schicke ich dir meine Adresse.«

»Ja. Mittagessen. Lass uns das mal in Angriff nehmen. Ich verhungere. Auf was hast du Lust? Etwas Gegrilltes? Ein Sandwich aus dem Oakville Lebensmittelladen?«

Ich ziehe eine Braue in die Höhe. »Was, wenn ich sagen würde, ich hätte gern Tofu von Vegan Voodoo? Mit einem Smoothie aus Grünkohl und Kiwi?«

»Ich sage, das klingt widerlich«, sagt er sofort. »Aber ich würde einen Versuch wagen. Ich versuche alles einmal. Zweimal, wenn eine schöne Frau mit im Spiel ist.« Er tritt einen Schritt zurück und hält mir eine Hand entgegen, während er in Richtung des Marktplatzes deutet. »Bist du bereit?«

Bin ich bereit? Zur Hölle, nein.

Ich bin mir nicht sicher, ob ich zu lockeren Verabredungen bereit bin, geschweige denn zu dem, auf was Deacon und ich uns gerade einlassen. Eine Feindschaft mit gewissen Vorzügen? Eine Freundschaft, bei der wir uns bei jeder Gelegenheit die Kleider vom Leib reißen? Junkies, die süchtig danach sind, den anderen zu küssen?

Ich habe keine Ahnung, aber jetzt ist es zu spät, einen Rückzieher zu machen. Ich kann diesem Mann nicht widerstehen, selbst wenn ich es versuchen würde, und ich denke nicht einmal daran, Nein zu sagen.

Ich nehme seine Hand und schiebe meine Finger zwischen seinen viel größeren hindurch. Ich nicke. »Bereit.«

Oder auch nicht. Trotzdem, los geht's …

KAPITEL ELF

*Auszug aus dem Chat zwischen
Deacon Hunter und Tristan Hunter*

Tristan: Ich habe gerade eine Nachricht von Don erhalten. Er wird noch den Rest der Woche brauchen, um nähere Informationen zu bekommen, einen Spezialisten zu finden, etc. Daher müssen wir vorerst abwarten. Ich entschuldige mich noch einmal. Es tut mir leid, dass du den ganzen Weg nach Healdsburg umsonst zurückgelegt hast.

Deacon: Schon gut. Wir haben die Feuersaison gerade hinter uns. Also haben wir keine Eile und Zeit habe ich im Überfluss.

Tristan: Was ist denn mit der Feuerwehr? Ich dachte, du hättest ab jetzt im Wechsel zwei Tage Einsatz und drei Tage frei?

Deacon: Es wird noch ein oder zwei Wochen dauern, bevor ich weiß, ob ich die Beförderung bekomme oder nicht. Bis dahin arbeite ich noch Teilzeit, helfe ein paar Nachmittage hier und dort aus, wenn sie Unterstützung im Management brauchen.

Tristan: Das hört sich für mich wie ein lockerer Job an. Wenn ich über deine Rente verfügen würde, würde ich jeden Morgen zum Angeln gehen. Lass doch uns andere den Achtstundentag abreißen.

Deacon: Ja, die ersten paar Wochen hat das Spaß gemacht. Aber inzwischen langweile ich mich zu Tode. Jetzt, da die Jungs weg sind und Dad und Dylan mit fast allem auf der Farm allein zurechtkommen, bin ich bereit, mich in etwas Neues zu stürzen.

Tristan: Da wir gerade von etwas Neuem sprechen ... ich hätte nicht danach gefragt, aber Zoey will unbedingt wissen, wie deine Verabredung mit Violet gelaufen ist.

Deacon: Das war keine Verabredung. Das war ein Mittagessen. Ich würde sagen, es ist gut gelaufen. Wir werden heute Abend zusammen essen.

Tristan: ZWEI MAHLZEITEN IN FOLGE! MEIN GOTT, wie aufregend!!! Übrigens, ich bin's, Zoey! Ich habe Tristan das Handy weggenommen, weil ich weiß, er würde nicht genug Ausrufezeichen benutzen, um auszudrücken, wie wunderbar das ist!! Ist Violet nicht wunderbar???

Deacon: In der Tat, das ist sie. Wunderschön und sehr klug.

Tristan: Und der netteste Mensch, der dir je begegnen wird! Und hinreißend und talentiert und lustig. Und ach, ich weiß einfach, dass ihr zwei so viel Spaß zusammen haben werdet!!

Deacon: Das hoffe ich. Ich weiß nicht so genau, ob wir viel gemeinsam haben, aber ich freue mich darauf, sie besser kennenzulernen.

Tristan: Was? Ihr beide habt so viel gemeinsam! Ihr habt beide Kinder großgezogen, ihr seht beide wahnsinnig gut aus, ihr glaubt beide, dass Tristan und ich meist zu nett sind, ihr besitzt beide gut entwickelte künstlerische Fähigkeiten und ihr mögt beide Cidre aus sauren Äpfeln. Das sind schon fünf Punkte, die mir ganz spontan einfallen.

Deacon: Ich lasse mich gern eines Besseren belehren.

Tristan: Gut. Denn es würde mir gefallen, wenn ihr beide zusammen wärt. Ich weiß, dass du lieb zu ihr wärst, nicht so wie die Arschlöcher, mit denen sie ausgeht, seitdem sie und ihr Ex-Mann sich getrennt haben. Alleinstehende Männer über vierzig scheinen die absoluten Scheißkerle zu sein, Deacon. Nichts für ungut.

Deacon: Ja, schon gut. Obwohl ich hinzufügen möchte,

dass auch die alleinstehenden Frauen über vierzig
Haare auf den Zähnen haben können. In dieser Altersgruppe sind wir alle schon ein bisschen zu festgefahren
in unserer Lebensweise, um noch gute Gesellschaft zu
bieten.

Tristan: Das ist nicht wahr. Du bist großartige Gesellschaft und Violet ist eine meiner Lieblingsseelen auf
Erden. Manche Menschen werden besser mit zunehmendem Alter. Du wirst sehen. Das wird wunderbar!
Aber natürlich kein Druck.
Also sei nicht nervös.
Obwohl, du solltest wissen, wenn du ihr das Herz
brichst, werde ich mich gezwungen fühlen, im nächsten
Jahr ein Abführmittel in deinen Geburtstagskuchen zu
mischen. Schwestern kommen vor Männern, selbst
wenn es sich bei dem Mann um einen Schwager
handelt.

Deacon: Ja, natürlich. Ich verstehe.

Tristan: Soll ich das Handy wieder an Tristan
zurückgeben?

Deacon: Nein danke, Zoey. Alles gut.

Tristan: Bist du sicher? Tristan hilft dir gern.

Deacon: Wirklich, alles in Ordnung. Alles.

KAPITEL ZWÖLF

DEACON

Nichts ist in Ordnung. Nichts ist auch nur annähernd in Ordnung.

Fünf Mal hätte ich Violet beinahe angerufen, um ihr abzusagen.

Ja, seit unserem ersten Kuss an Halloween leide ich ziemlich regelmäßig unter Fantasien, mit ihr zu schlafen. Doch nach meinem Chat mit Zoey ist mir klar geworden, dass ich unterschätzt habe, wie nahe sie und Violet sich wirklich stehen, und ich will auf keinen Fall, dass meine Schwägerin bis zu unserem Lebensende sauer auf mich ist, weil ich ihrer besten Freundin geschadet habe.

Nicht dass ich vorhätte, Violet Schaden zuzufügen. Ganz im Gegenteil – ich habe vor, sie ausgesprochen gut zu behandeln –, aber Beziehungen entwickeln sich nicht immer so, wie man es geplant hat, besonders wenn Sex mit ihm Spiel ist.

Wenn ich vernünftig wäre, würde ich Violet anrufen, ihr meinen Konflikt erklären und nach vorn schauen.

Aber ich will nicht nach vorn schauen. Ich will Violet betrachten. Ausgiebig. Ich will meinen Mund auf jeden Zentimeter von Violet Bodens Körper pressen. Das wünsche ich mir so sehr wie Frieden im Mittleren Osten.

Also gut, das wünsche ich mir ehrlich gesagt mehr als den Frieden im Mittleren Osten. Ich habe genügend Einsätze in Saudi-Arabien hinter mir, um zu wissen, dass eine dauerhafte Lösung für den schwelenden Konflikt in der Region nicht im Bereich des Möglichen liegt, aber Violet Boden wartet gleich hinter der nächsten Ecke. Lediglich zehn Minuten Fahrt von meinem Haus und dann noch zweimal rechts abbiegen …

Genau zehn Minuten vor sechs halte ich mit einer Flasche Apfelcidre vor ihrem Haus – ein zweistöckiges, blaues Kunstwerk mit auf der Fassade verstreut aufgemalten Sternen, das genauso niedlich ist wie sie selbst. Und ich schwöre, ich kann mich gerade noch beherrschen, nicht aus meinem Wagen zu springen und jeweils zwei Stufen auf einmal nehmend die Treppe zu ihrer Haustür hoch zu sprinten. Ich bin nicht in der Verfassung, bei dieser Frau die Ruhe zu bewahren. Dafür begehre ich sie zu sehr. Es ist wie in einem Fiebertraum; meine Gedanken sind so verschwommen, dass es mir schwerfällt, an etwas anderes zu denken als an ihren Duft, ihre Haut und ihre Finger, die sich in meine Haare graben, während sie mich näher an ihren Mund heranzieht.

Ich würde mich für mich selber schämen, wenn ich mir nicht ziemlich sicher wäre, dass auch sie sich diese rätselhafte Erkrankung an Wollust eingefangen hat, die mich lahmlegt.

Als ich den Motor abstelle, öffnet sich die Haustür und Violet erscheint in einem kleinen schwarzen Kleid, wild um ihre Schultern wallenden, offenen, langen Haaren und Feuer in den Augen. Offensichtlich hat sie auf mich gewartet, aber ihre Füße sind nackt. Ebenso ihr Mund, der keine Spur von Lippenstift aufweist.

Ich springe aus dem Wagen und gehe auf sie zu. Ich sehe, wie sich ihre Zehen auf dem Hartholzboden krümmen und wie sich ihre Zähne in die Unterlippe graben. Oh ja, das Abendessen wird warten müssen. Ebenso die Drinks.

Heute Abend werden wir direkt zum Nachtisch übergehen.

Ich jogge die Vordertreppe hinauf, sie nimmt mir den Cidre und die Autoschlüssel aus der Hand und legt sie auf einen hellgrünen Tisch nahe der Eingangstür. Dabei gibt sie ein Geräusch der Erleichterung von sich, das die Emotionen widerspiegelt, die in meiner Brust toben. Einen Herzschlag später liegt sie in meinen Armen, ihre Lippen heiß auf meinen, und ich fahre mit meinen Händen in ihr Haar. Wir taumeln in den Raum, küssen uns heftiger und tiefer, während sich Violets Finger bereits mit den Knöpfen meines Flanellhemdes beschäftigen und meine Hände an ihren Schenkeln hinaufgleiten, um ihre mit einem Höschen bekleideten Pobacken zu umfassen.

Es ist so seidig wie ihre Haare und wird an den

Seiten mit zarten Stoffbändern zusammengehalten. Ich bekomme beinahe einen Herzinfarkt, als sie in meinen Mund stöhnt und ihre Hüfte nach vorn wölbt, sodass sie sich an meinen Schwanz presst, der gegen den Reißverschluss meiner Hose drückt. Ich befinde mich in Bestform. Ich jogge beinahe jeden Morgen, hebe Gewichte und gehe mindestens dreimal die Woche schwimmen. Zur Hölle, erst vor ein paar Wochen habe ich mit ein paar alten Kletterfreunden von der Air Force den Mount Whitney bezwungen und unsere vorherige Aufstiegszeit um mehrere Stunden geschlagen, was beweist, dass die Pensionierung uns nicht lahmer werden lässt.

Aber nichts von alledem hat mich auf das vorbereitet, was Violet Boden mit mir anstellt. Auf die Art, wie sie mein Herz schlagen und meinen Kopf schwindeln und jede Zelle in meinem Körper nach Befriedigung schreien lässt. Und nach Befreiung.

»Es fühlt sich an, als ob ich sterben würde«, keucht sie und wirft den Kopf zurück, als ich mich an ihrem Hals hinunter küsse und sie mir inzwischen das Hemd von den Schultern schiebt. »Als ob ich sterben würde, wenn ich dich nicht in mir haben kann.«

Ich knurre zustimmend und tauche mit der Hand tiefer unter ihr Kleid. Ich gleite über die warme Haut ihres Bauches, die köstlichen Grate ihrer Rippen, bis ich schließlich ihre Brüste umfasse. »Und du könntest mich ebenso umbringen«, erkläre ich, während ich mit dem Daumen über eine ihrer harten Brustwarzen reibe und ihr damit ein leises, hungriges Geräusch entlocke, das mich noch heißer, noch hungriger macht, »wenn du weiterhin ohne einen BH herumläufst und so sexy aussiehst, dass ich dir am liebsten mit den Zähnen die Kleider vom Leib reißen würde.«

»Oh ja, mach das!«, erwidert sie und zieht mein Unterhemd bis zur Brust hoch. »Mit deinen Zähnen, deinen Händen, wie auch immer, Hauptsache du ziehst sie mir aus.«

Ich hebe die Arme und gehe in die Knie, um es ihr leichter zu machen, mir mein Unterhemd über den Kopf zu streifen. Im selben Moment, in dem meine Hände frei sind, attackiere ich ihr Kleid, zerre es nach oben und über ihren Kopf. Ihre Haare wirbeln ihr um die Schultern und ich lasse mich auf die Knie fallen, küsse und beiße ihren Bauch, ihre Hüften und reibe mit den Fingern einer Hand durch das Höschen hindurch über ihre Klitoris, während ich mit der anderen ihre nackte Brust umfasse.

»Oh mein Gott«, murmelt sie. Dann lehnt sie sich zurück und stützt sich mit den Armen an der Arbeitsplatte hinter sich ab.

Ich kann mich nicht daran erinnern, wie wir in die Küche gelangt sind. Ich könnte auch nicht sagen, wie sie aussieht. Ich weiß lediglich, dass Violets goldene Haut sich glühend von dem cremigen Weiß des Schrankes abhebt. Und plötzlich kann ich mir keinen besseren Ort vorstellen, mich an dieser Frau zu ergötzen, die mich beinahe um den Verstand bringt.

Ich presse mein Gesicht auf die Seide über ihrem Venushügel und atme den pikanten, salzigen Geruch ihrer Erregung ein. Dann schiebe ich den Schritt ihres

Höschens beiseite und gleite mit zwei Fingern dort hinein, wo sie so heiß und feucht ist.

»Ich liebe das«, keuche ich. Meiner Stimme merkt man die Anstrengung an, die es mich kostet, mich zu beherrschen, zumindest ein bisschen. »Ich liebe es, wie feucht du für mich bist, Violet, wie dein Körper um dies bettelt.« Ich schiebe meine Finger tiefer in sie hinein und krümme sie, als ich die Stelle in ihr reibe, die ihr die Knie weich werden lässt. »Ich kann es kaum erwarten, dich wieder zu schmecken.«

Sie ruft meinen Namen und klammert sich bebend an meinen Haaren fest. »Nein. Du. Bitte, ich will dich in mir. Jetzt sofort. Auf der Stelle.«

Ich schiebe meine Finger unter die seitlichen Bänder ihres Höschens und will es gerade an ihren Beinen hinunterziehen, um sie dann auf die Arbeitsplatte zu heben und ihr genau das zu geben, was sie verlangt hat, als eine Tür schlägt und eine schrille Stimme ruft: »Mom, komm schnell!«

Violet und ich springen so schnell voneinander weg, als ob jemand einen gezündeten Feuerwerkskörper zwischen uns geworfen hätte.

»Georgia hat mit ihrem Auto einen Hund angefahren, als sie Sandwiches holen wollte«, fährt das Mädchen fort und kommt tiefer ins Haus hinein. Ich schnappe mir mein Hemd und Violet sammelt ihr Kleid vom Boden auf. »Wir wollten ihn zum Tierarzt an der College Avenue neben der Autowaschanlage bringen, aber die hatten bereits geschlossen. Bist du oben?«

»Ich bin in der Küche, Süße«, antwortet Violet mit überraschend gleichmütiger Stimme, während wir beide eiligst in unsere gerade erst abgelegten Kleider schlüpfen. »Und keine Sorge. Dr. Moshin schließt während der Woche nicht vor sieben Uhr. Wir haben noch Zeit.«

Ich habe kaum Zeit, mir mein Flanellhemd anzuziehen und mir schnell durch die Haare zu fahren, als auch schon eine Mini-Violet mit pinkfarbenen Strähnen im Pferdeschwanz auf der Bildfläche erscheint.

»Wirklich, es ist furchtbar, Mom, das arme Ding –« Sie bricht ab und ihre Augen – blau anstatt braun wie Violets – weiten sich, als ihr Blick auf mir landet. »Oh, es tut mir leid. Ich wusste nicht, dass noch jemand hier ist.«

»Dies ist Deacon«, erklärt Violet und nickt in meine Richtung. »Er ist vom Handwerkerservice. Er ist hier, um den Ofen zu reparieren. Deacon, dies ist meine Tochter Adriana.«

Ich hebe eine Hand. »Hallo, Adriana.«

»Hi«, erwidert sie. Sie zieht ihre Brauen zusammen, als sie ihre Aufmerksamkeit wieder Violet zuwendet. »Ich wusste nicht, dass der Ofen kaputt ist.«

Violet zuckt mit den Schultern. »Ja, aus irgendeinem Grund ist er nicht mehr heiß geworden.«

»Nicht mehr heiß geworden«, wiederholt Adriana und wirkt immer noch recht skeptisch.

»So ist es.« Violet streckt die Hand aus und tätschelt meine Schulter. »Aber Deacon hat das Problem behoben. Jetzt heizt er sich wieder ganz normal auf.«

Ich neige den Kopf, um ein Lächeln zu verbergen.

»Dann lass uns mal diesen Hund ansehen«, fährt sie

fort und geht aus der Küche hinaus. »Er hat doch keinen von euch beiden gebissen, oder?«

»Nein, Mom. Er ist ein süßes, kleines Ding.« Das sinnbildliche Augenverdrehen in der Stimme von Violets Tochter kommt mir nur allzu vertraut vor. Inzwischen schlagen die Jungs mir gegenüber einen solchen Tonfall nicht mehr an, doch während der Highschool-Zeit war das noch anders.

»Na ja, selbst kleine, süße Dinger können beißen, wenn sie verletzt sind und Angst haben, und außerdem könnte er Tollwut haben.« Violet schnappt sich eine Wolldecke von dem Stapel in der Nähe der gemütlich aussehenden Couch, auf der ich gehofft hatte, ihre Muschi als Nachtisch zu verspeisen. Leider jedoch scheint das Schicksal heute Abend andere Pläne mit uns zu haben.

Gerade will ich mich verabschieden und strebe bereits auf die Tür zu, als diese auffliegt und ein zweites Mädchen – eine Jugendliche mit lockigen Haaren, über deren honigbraune Wangen Tränen strömen – erscheint, dessen Silhouette sich gegen den dunkler werdenden Himmel abhebt. »Mein Auto ist tot! Ich kann es nicht mehr starten, Addie. Es ist tot und der Hund ist beinahe tot und überhaupt ist dies der schlimmste Tag meines Lebens!«

Vollkommen aufgelöst bricht sie in heftiges Schluchzen aus, Adrianas Augen füllen sich mit Tränen und über Violets Gesicht zuckt ein gequälter, hilfloser Ausdruck. Sofort ist mir klar, dass ich nicht gehen werde. Ich werde sie doch nicht mit zwei hysterischen Teenagern und einem sterbenden Hund allein lassen, auch nicht, wenn sie mich darum bitten würde.

»Wir nehmen meinen Wagen«, erkläre ich und schnappe mir meine Schlüssel vom Tisch nahe der Tür. »Wir werden den kleinen Kerl beruhigen und in zehn Minuten sind wir dort.«

»Das musst du nicht tun, Deacon«, beginnt Violet. »Ich kann sie in meinem Wagen fahren, ich –«

»In meinem Wagen ist mehr Platz«, schneide ich ihr das Wort ab und halte den Schlüssel in die Höhe. »Willst du fahren, weil du den Weg kennst? Und ich werde den Patienten festhalten?«

Erleichterung flackert in ihren Augen. »Okay. Ja.« Sie nimmt den Schlüssel in Empfang und bedeutet den Mädchen, auf die Straße hinauszugehen. »Ihr zwei seht zu, dass ihr in den Pritschenwagen steigt. Deacon und ich sind in einer Minute bei euch. Der Hund liegt auf dem Rücksitz deines Autos, Georgia?«

Georgia nickt und wischt sich mit der Hand über ihr tränenverschmiertes Gesicht. »Ja, aber er bewegt sich nicht, Miss Violet. Ich befürchte, es ist bereits zu spät. Ich habe Angst, ihn getötet zu haben. Er ist einfach so schnell auf die Straße gelaufen, dass mir keine Zeit zum Bremsen blieb.«

Violet legt ihr eine Hand auf den Rücken und streichelt ihn mit kreisförmigen Bewegungen, während sie das Mädchen die Treppe hinuntergeleitet. »Es wird schon alles gut werden, Süße. Unfälle geschehen nun einmal. Es ist nicht deine Schuld.«

»Das Wichtigste ist, dass euch beiden nichts passiert ist«, werfe ich ein, als ich auf den VW Käfer zugehe, der hinter Violets Prius in der Auffahrt parkt. Ich überlege mir schon, was zu tun ist, falls der Hund bereits tot ist – ihn in ein Handtuch wickeln, die Mädchen sich von ihm verabschieden lassen und ihn dann zur Farm bringen, wo ich ihn ordentlich bestatten werde –, als ich die Vordertür öffne und zwei schokoladenbraune Augen vom Rücksitz zu mir aufblicken.

»Da bist du ja, Kumpel«, sage ich leise. »Du wirst schon wieder.«

Der Welpe – ein Corgi mit irgendeiner Promenadenmischung gekreuzt – wackelt müde mit dem Schwanz. Violet gurrt leise hinter mir: »Oh, was für ein Süßer. Wir werden dich wieder gesund bekommen, Kleiner. Keine Sorge.« Sie drückt mir die Decke in die Hand und fügt flüsternd hinzu: »Ein Hinterlauf oder auch beide Beine könnten gebrochen sein.«

»Ich werde behutsam mit ihm umgehen«, verspreche ich.

»Das weiß ich doch«, erwidert sie und legt ihre Hand auf meinen Handrücken. »Danke.«

Bevor ich ihr versichern kann, dass es keinen Grund gibt, sich zu bedanken, ist sie gegangen. Sie eilt zu meinem Wagen zurück, wo die Mädchen bereits in die hintere Kabine klettern. Einen kleinen Augenblick beobachte ich sie – mein Herz tut mir aus einem unerfindlichen Grund weh –, dann wende ich mich wieder dem Hund zu.

Am besten konzentriere ich mich auf den aktuellen Notfall. Später ist noch Zeit genug, mir Sorgen darüber zu machen, dass ich vielleicht etwas Ernsteres für Violet Boden entwickle als eine sexuelle Abhängigkeit.

KAPITEL DREIZEHN

VIOLET

Nachdem wir mit Dash beim Tierarzt eingetroffen sind – Adriana besteht darauf, ihm einen Namen zu geben, und versichert Georgia, der Zauber eines neuen Namens würde den kleinen Kerl davor bewahren, auf die andere Seite des Regenbogens zu wechseln –, der Welpe untersucht worden ist und wir die Papiere für Dr. Moshin ausgefüllt haben, die den Hund beherbergen wird, solange dieser wegen eines gebrochenen Beins und innerer Verletzungen unter Beobachtung steht, ist es halb neun und die Mädchen sind beide schwach vor Hunger. Adrianas Magen knurrt so laut, dass er sogar den Verkehrslärm auf der College Avenue übertönt.

»Hat jemand etwas gegen Tacos einzuwenden?«, erkundigt sich Deacon, während er den Wagen auf den Parkplatz der Viva Taqueria lenkt.

Der Mann ist so herrisch, er kann sogar Fragen in Befehle verwandeln.

Eine leise Stimme in meinem Kopf erinnert mich

daran, dass ich das an ihm verabscheue, aber eigentlich kann ich kein Gefühl für diesen Mann in mir finden, das einem Abscheu auch nur im Entferntesten ähnlich ist. Außerdem bestellt dieser Mann gerade das Familienpaket und Limonade für vier Personen und steht noch zweimal extra auf, um Servietten zu holen, nachdem die Mädchen sich als unfähig erwiesen haben, die Sauce in ihren Carne Asada Tacos zu lassen.

Nein, kein Abscheu. Kein Ärger.

Das Gefühl, das sich wie Honig in meiner Brust ausbreitet, ist warm, weich und so süß wie die nach Jasmin duftende Luft vor meinem Haus. Sie kitzelt mich in der Nase, als ich in der Auffahrt stehe und Deacon dabei zusehe, wie er Georgias alten Käfer anschiebt und ihr strenge Anweisungen gibt, den Motor nicht abzustellen, bevor sie nicht zu Hause angekommen ist.

»Und sag deinen Eltern, dass du wahrscheinlich lediglich eine neue Batterie brauchst«, erklärt er. »Das würde ich zuerst versuchen, bevor du ihn in die Werkstatt bringst.«

»Danke.« Georgia strahlt vom Fahrersitz zu ihm hoch. »Ich lebe allein mit meiner Mutter. Aber sie kennt sich aus mit Autos. Sie hat den Motor für diesen hier selbst überholt.«

»Das hört sich an, als wärst du in guten Händen«, erwidert Deacon.

Georgia nickt. »Und sie ist eine wirklich gute Köchin. Und eine fantastische Tänzerin. Sie sollten sich vielleicht ihre Telefonnummer von Miss Violet geben lassen, falls Sie Single sind.«

Ich halte mir eine Hand vors Gesicht, um ein Lächeln zu verbergen, als Deacon die Augen aufreißt.

»Ich sehe keinen Ehering«, stellt Adriana fest und drückt sich an Deacon vorbei, um Georgia auf die Wange zu küssen. »Ich werde ihm Mama Jays Nummer geben, nur für den Fall. Komm gut nach Hause! Und vergiss nicht den Mathetest.«

Georgia stöhnt, während sie den Rückwärtsgang einlegt. »Oh Gott. Dieser Tag. Warum kann er nicht schon vorbei sein?«

»Wir haben ihn fast hinter uns«, muntert Adriana sie auf und stößt eine Faust in die Luft, während Georgia losfährt. Sie wartet, bis der VW Käfer die Auffahrt hinunter gleitet, bevor sie sich herumdreht und Deacon scharf anblickt: »Sie wollen doch nicht etwa Miss Jays Telefonnummer haben, oder?«

Deacon schüttelt den Kopf. »Nein danke.«

»Gut.« Adriana verschränkt die Arme vor der Brust. »Denn das wäre etwas seltsam, wenn man bedenkt, dass Sie sich ja mit meiner Mom verabreden und so weiter.«

Ich öffne bereits die Lippen, um alles zu leugnen, doch Adriana winkt mit der Hand in meine Richtung.

»Spar dir das, Mom. Ich bin nicht dumm und du bist die schlechteste Lügnerin, die es jemals gab. Der Ofen heizt sich nicht auf …« Sie verdreht die Augen. »Im Ernst, eine Zweijährige hätte das durchschauen können. Ganz zu schweigen von den Glupschaugen.«

Ich schnaufe. »Ich habe keine Glupschaugen.«

»Nein, aber er hat welche.« Adriana weist grinsend mit dem Daumen auf Deacon. »Du findest meine Mutter wohl soooo hübsch.«

»Wunderschön, nicht hübsch«, verbessert Deacon wie aus der Pistole geschossen.

Meine Wangen werden heiß und ich weiß sofort, dass ich in Schwierigkeiten stecke.

»Ah, schau nur! Mom wird rot«, versetzt Adriana mir wie erwartet den tödlichen Schlag. »Ihr seid schon krass und so süß und ich habe auch überhaupt nichts dagegen. Jetzt muss ich aber noch lernen. Danke für die Hilfe und das Abendessen, Deacon. Du scheinst supercool zu sein, aber wenn du meiner Mutter wehtust, werde ich dafür sorgen, dass dir dein Gesicht wehtut.«

»Ich verstehe.« Deacon hebt eine Hand. »Nett, dich kennengelernt zu haben, Adriana.«

»Ganz meinerseits«, zwitschert sie. Dann wendet sie sich zwinkernd mir zu: »Falls du heute Abend etwas vorhast, Mom, kann ich gern allein zu Hause bleiben. Ich kann mir den Wecker stellen und pünktlich aufstehen, wenn ich wirklich will.«

Ich schüttle den Kopf. »Ich komme gleich rein. Wir wollten doch einen Film ansehen, erinnerst du dich?« Sie will anfangen zu diskutieren, aber ich schneide ihr das Wort ab. »Nein, du bleibst nicht allein zu Hause. Geh schon rein. Und denk daran, je mehr du mich bloßstellst, desto mehr werde ich dich bloßstellen, wenn du das nächste Mal einen Freund mitbringst.«

Addie wird bleich und wirkt so entsetzt über meinen Witz, dass ich mich schon entschuldigen und ihr vergewissern will, dass ich nur scherze, als ihr Grinsen wiedererscheint. »Gut, dass ich nicht vorhabe, in Kürze einen Freund mitzubringen. Und dass mir nichts so leicht peinlich ist. Bis später, Deacon. Bis gleich, Mom.« Sie dreht sich herum und trottet die Treppe hoch. Ihre Worte machen mich sprachlos.

Früher wurde sie bei dem geringsten Anlass rot. Von all meinen Mädchen war Adriana stets das sensibelste, doch irgendwann im letzten Jahr hat sich das geändert. Sie hat sich so sehr verändert, dass ich manchmal das Gefühl habe, ständig hinter diesem neuen selbstsicheren Menschen, zu dem sie sich entwickelt, herlaufen zu müssen, um mit ihm Schritt zu halten. Diese neue Person, die insgeheim einen Freund hat, den sie mir scheinbar in naher Zukunft nicht vorstellen will.

»Ist alles in Ordnung?« Deacon kommt näher und tritt in das Licht der Straßenlaterne.

Ich nicke und zwinge mich zu einem Lächeln. »Ja. Es ist nur so hart. Früher hat sie mir alles erzählt und sie hat ihre Mutter so sehr gebraucht und jetzt …« Ich werfe einen Blick zum Haus und senke die Stimme. »Jetzt hat sie eine Beziehung, über die sie nicht spricht, und hat ständig Geheimnisse vor mir. Und ich frage mich, ob wir uns jemals wieder so nahe sein werden wie früher.«

»Ganz bestimmt. Sie liebt dich und Mädchen brauchen ihre Mütter immer.« Er seufzt. »Es sind die Jungs, um die man sich sorgen muss. Sie ziehen in die Welt, verlieben sich und vergessen den alten Mann, der sie aufgezogen hat.«

Ich lehne mich an ihn und stoße seinen Arm mit meiner Schulter an. »Du bist kein alter Mann.«

»Manchmal fühle ich mich aber wie einer. Wenn die Zwillinge mir zum Beispiel beibringen, wie man mit dieser dummen SnapTalk-App umgeht, die sie benutzen, anstatt zu telefonieren. Oder wenn Caleb das Betriebssystem auf meinem Computer neu installieren muss, nachdem mir das verdammte Ding fünfmal zusammengebrochen ist.«

Ich lächle. »Na gut, dann bist du wahrscheinlich ein alter Mann. Aber du bist auf jeden Fall ein sexy alter Mann, also kannst du zumindest diesen Vorteil für dich verbuchen.«

Deacon lacht, ein leises Rumpeln, das meine Haut zum Summen bringt, als er mich in seine Arme zieht. »Gut. Dann bin ich ja froh, dass ich nicht ein vollkommen hoffnungsloser Fall bin.«

»Nicht im Geringsten.« Ich schlinge meine Arme um seinen Hals. »Sie gefallen mir immer besser, Mr. Hunter. Danke, dass Sie uns heute Abend so wunderbar geholfen haben.«

»Ich habe einfach nur wie ein anständiger Mensch gehandelt.«

»Das war weit mehr als anständig«, beharre ich. »Du warst großzügig und geduldig und hast angesichts der Tränen der Teenager die Ruhe bewahrt. Du verdienst eine Medaille für Mut unter Beschuss während einer schlechten Darbietung einer ersten Verabredung.«

»Heißt das, wir werden noch ein zweites Mal ausgehen?«, erkundigt er sich mit leuchtenden Augen. »Ich würde wirklich gern mehr von dir sehen.«

»Ich würde auch gern mehr von dir sehen«, keuche ich und mein Herz schlägt mir bis zum Hals, als Erinnerungen vor meinem geistigen Auge aufflackern, wie nahe wir daran waren, es in meiner Küche miteinander zu treiben. »Ist dir morgen Abend zu bald?«

»Morgen Abend ist perfekt«, erwidert er. »Soll ich dich um sechs Uhr abholen? Und dann essen wir irgendwo?«

Ich zucke mit den Schultern und ziehe eine Braue in die Höhe. »Oder ich komme zu dir zum Abendessen. Morgen Abend wird Addie hier bei mir zu Hause sein, sodass wir hier nicht allein wären. Und deine Kinder gehen doch bereits zum College, wie ich höre, also ...«

Er schüttelt den Kopf. »Nein Ma'am. Ich muss Sie ausführen. Das ist der einzige Weg, meine Hände lange genug von Ihnen zu lassen, um essen zu können.«

»Na ja. Essen wird allgemein überbewertet, oder?«

»Nicht jede Art von Verzehr«, gibt er zurück und zieht dabei die Brauen auf eine Art in die Höhe, die klarmacht, was er meint.

»Krass.« Ich schnaufe und verdrehe die Augen, lächle aber, als ich erwidere: »Ich bin eine Dame und halte mich gerade auf der Straße auf, Mr. Hunter. Sparen Sie sich Ihre schmutzigen Witze für meine Küche auf, wo sie hingehören.«

Sein Lachen hört sich an wie ein tiefes, leichtes Grollen, das mich innerlich wärmt und mir ein solches Gefühl der Geborgenheit vermittelt, dass es mir nicht unangebracht erscheint, als er sich herunterbeugt und mir einen überaus zärtlichen Kuss auf die Stirn drückt.

Es ist ein liebevoller Kuss, kein hungriger. Etwas Neues für uns, aber ... es gefällt mir.

Es gefällt mir so sehr, dass ich nicke, als er vorschlägt: »Lass mich dich ausführen. Ich möchte dich zum Essen einladen, dabei über den Tisch hinweg dein hübsches Gesicht betrachten und mich ein bisschen mit

Träumereien quälen, was ich mit dir anstellen werde, sobald wir bei mir zu Hause sind.«

»Abgemacht.« Wir blicken uns in die Augen; mein Puls schlägt heftiger. »Aber wir treffen uns auf dem Parkplatz des Schnellrestaurants am Ende des Häuserblocks, okay? Ich warte dort auf dich. Ich möchte nicht, dass Addie auf dumme Ideen kommt.«

»Was für Ideen? Dass du dich noch einmal mit mir triffst? Ich glaube, der Zug ist abgefahren.«

»Nein, auf die Idee, dass ich für längere Zeit außer Haus wäre. Ich werde ihr erzählen, dass ich mit meiner Freundin Mina eine Tasse Kaffee trinken gehe. Dann kann sie nie wissen, wann ich wieder zurück sein werde, und wird hoffentlich in ihrem Zimmer bleiben und lernen, anstatt auf die Idee zu kommen, sich hinauszuschleichen und sich mit wem auch immer zu treffen.«

Deacon runzelt die Stirn. »Wenn du bei ihr zu Hause bleiben musst, verstehe ich das. Wir können uns ein anderes Mal treffen.«

»Nein. Sie ist immerhin achtzehn Jahre alt. Sie kann ganz gut allein zu Hause bleiben«, erkläre ich, bevor ich leiser hinzufüge: »Außerdem will ich dich gern wiedersehen.«

»Das will ich auch.« Er zieht mich enger an sich und küsst mich ein letztes Mal. Doch es fühlt sich nicht wie ein Abschiedskuss an. Es fühlt sich an wie ein Hallo und der Beginn von etwas Neuem.

KAPITEL VIERZEHN

DEACON

Ich kann an nichts anderes mehr denken als an sie.

Den ganzen Tag, während ich Dad helfe, auf dem hinteren Teil des Grundstücks ein Loch im Zaun zu reparieren, und während ich in die Stadt fahre, um Lebensmittel und Diesel für den Traktor zu kaufen, sind meine Gedanken kilometerweit entfernt.

Oder dreiunddreißig Kilometer, um genau zu sein, nämlich im Tierheim »Der bessere Weg«, wo Violet damit beschäftigt ist, die Sozialisierung der Katzen zu überwachen. Sie schickt mir Fotos von erschrocken dreinblickenden und vollkommen wütenden Katzen und erfindet Untertitel dazu, die mich mehr als einmal laut auflachen lassen. Sie liefern mir auch eine Entschuldigung, ständig durch unsere Nachrichten zu scrollen und mir das Bild, das sie mir heute Morgen gesendet hat, wiederholt anzuschauen. Ein Selfie, auf dem sie mit komisch weit aufgerissenen Augen auf die

Küchenarbeitsplatte starrt, auf der ich so nahe daran war, in sie einzudringen.

Ich bin mir ziemlich sicher, dass meine Küche von dem Geist unseres beinahe-Abenteuers heimgesucht wird, hat sie daruntergeschrieben. Und: *Ich freue mich auf heute Abend.*

Freuen ist langsam nicht mehr der richtige Ausdruck.

Ich bin kopflos. Halb wahnsinnig. Trunken aus Vorfreude und schwindlig vor Verlangen nach ihr. Ich bin ein Süchtiger, der verzweifelt seinen Schuss braucht.

Aber ich will mehr als einen One-Night-Stand. Niemals werde ich von Violet in nur einer Nacht genug bekommen. Deshalb gehen wir auch vorher aus und genießen unsere Gesellschaft, bevor ich sie mit zu mir nach Hause nehme und mich ganz dem Vergnügen hingebe, sie zum Kommen zu bringen. Ich werde ihr beweisen, dass wir auch Spaß miteinander haben können, wenn wir unsere Kleider anbehalten – auch wenn es uns umbringt.

Und das wird vielleicht sogar passieren. Ich habe zwar noch niemals gehört, dass irgendjemand an Lust gestorben wäre, aber ich spüre, es könnte möglich sein.

Die Stunden vergehen wie in Zeitlupe, sodass ich am Ende das Gefühl habe, als krabbelten Ameisen unter meiner Haut herum. Ich versuche, das Beste aus dem Nachmittag zu machen, doch als ich um vier Uhr unter die Dusche springe, bin ich in einem grässlichen Zustand. Fast befriedige ich mich unter dem heißen Strahl selbst – nur um meiner Begierde die Spitze zu nehmen, bevor ich wieder Violets explosivem Sexappeal ausgesetzt bin –, aber am Ende besteht irgendeine krankhafte Seite an mir darauf, weiter zu leiden.

Ich will nicht in meine eigene Hand kommen, während ich Fantasien über Violet habe. Ich möchte kommen, während ich mich in ihr vergraben habe und sie ihre Beine um meine Taille geschlungen hat, wenn ich ihre Küsse auf meinen Lippen spüre und diese kleinen sexy Geräusche, die sie macht, mich auf eine Art erheitern, wie es keine Musik jemals vermocht hat.

Dabei liebe ich Musik. Musik ist das Einzige im Leben, das mich niemals im Stich gelassen hat.

Ich habe bereits meinen Anteil an miesen Tagen im Job und schwachen Stunden im Fitnessstudio abbekommen, und von den fehlgeschlagenen Beziehungen – familiärer und romantischer Art – will ich gar nicht erst reden. Aber wenn ich meine Gitarre zur Hand nehme, bin ich dort, wo ich glücklich bin, wo es nichts gibt außer den Saiten unter meinen Fingern und der Melodie in der Luft. Meine Gitarre hat mir bereits einige Male das Leben gerettet, direkt nach meiner Scheidung und auch später, wenn ich im Einsatz war und die Zwillinge so sehr vermisst habe, dass ich mich so fühlte, als hätte mir jemand ein lebenswichtiges Organ herausgerissen. Meine Lieblingslieder zu spielen hat mich noch jedes Mal vor dem Abgrund gerettet.

Aber Violets Seufzer in meinem Ohr hat etwas an sich, ihr wollüstiges Brummen an meiner Haut. Es rührt an etwas tief in mir, an einen Ort, den selbst die Musik noch niemals hat berühren können.

Es sollte mir Angst einjagen, denke ich. Meinem

klaren Verstand zuliebe sollte ich diese Frau wahrscheinlich meiden wie einen Gerichtsvollzieher. Stattdessen schlüpfe ich in mein bestes schwarzes, durchgeknöpftes Hemd und eine dunkle Jeans und rase mit Höchstgeschwindigkeit den ganzen Weg nach Santa Rosa.

Ich komme fünfzehn Minuten zu früh auf dem Restaurantparkplatz an, aber sie ist auch schon da. Sie steht vor der Eingangstür, in der Hand einen Kaffeebecher, und sieht zum Anbeißen aus in ihrem kurzärmeligen, pinkfarbenen Flauschpullover, Jeans und Cowgirlstiefeln. Während ich eine Fantasie über Violet – in diesen Stiefeln und ansonsten nackt – verdränge, steige ich aus meinem Wagen und überquere den Parkplatz, um zu ihr zu gelangen.

Als sie mich kommen sieht, breitet sich ein Lächeln auf ihrem Gesicht aus, ein Feuerwerk, das den Abendhimmel erhellt, so strahlend und wunderschön, dass mein Herz einen Sprung macht. Sie ist eindeutig froh, mich zu sehen, und ich war schon verdammt lange nicht mehr so wild darauf, eine Frau in die Arme zu ziehen.

»Du bist früh dran«, stellt sie fest, zieht mich zur Begrüßung mit einem Arm an sich heran und presst sich mit allen möglichen Körperteilen so verführerisch an mich, dass ich meine geistige Gesundheit ein weiteres Mal infrage stelle.

Warum zur Hölle habe ich auf einem Abendessen bestanden? Langsam glaube ich, ich habe eine masochistische Ader, die ich bis jetzt nur noch nicht voll entwickelt hatte.

»Ich hoffe, das ist okay.« Ich lasse meinen Arm auf ihrer Taille liegen und streichle mit den Fingern die Stelle, an der ihre Lenden in die Kurve ihres Hinterns übergehen. Und nur allzu schnell habe ich mich in diese Stelle verliebt. Ich möchte sie küssen und beißen, meine Finger in die süße Delle schmiegen und sie vorwärtsdrängen, während sie auf mir reitet.

»Es ist perfekt«, erwidert sie. »Du kannst mir helfen, meine heiße Schokolade auszutrinken.«

»Du verspeist den Nachtisch vor dem Abendessen?« Ich ziehe eine Braue in die Höhe, während ich den warmen Becher in Empfang nehme.

»Ja, da bin ich ganz wild drauf«, erklärt sie mit tanzenden Augen. »Manchmal esse ich nur einen Nachtisch zu Abend und sonst nichts. Nur eine Schüssel Haferflockenplätzchen mit besonders vielen Mandeln und Rosinen darin und einem großen Glas Milch.«

Ich gebe ein Brummen von mir, während ich einen salzig-süßen Schluck Kakao trinke. »Mit rohen Eiern drin?«

»Manchmal.« Sie wirft ihre Haare über die Schulter zurück. »Wenn ich es wirklich mal auf die Spitze treiben will.«

»Skandalös.« Ich nehme noch einen Schluck und schüttle in gespieltem Entsetzen den Kopf. »Und dabei siehst du wie ein solch nettes Mädchen aus.«

»Ich bin eine Frau, Mr. Hunter, kein Mädchen.«

Ich seufze und lasse den Blick über ihre Kurven schweifen. Sie fordert ihren Kakao zurück und lässt mit zurückgelegtem Kopf den letzten süßen Rest in ihren

Mund laufen. »Ja, gewiss. Ich habe den ganzen Tag an nichts anderes gedacht, Miss Boden.«

Ihre Lippen verziehen sich, während sie schluckt. »Ach ja? Wie erwachsen ich doch bin?«

»Etwas in der Art«, stimme ich zu.

»Ich habe meinerseits darüber nachgedacht, wie erwachsen Sie doch sind.« Sie fährt sich mit schamloser Sinnlichkeit mit der Zunge über die Unterlippe, was mich zum siebzig millionsten Mal an diesem Tag hart werden lässt. »Sind Sie sicher, dass Sie nicht lieber gegrillten Käse und Pommes Frites zum Mitnehmen holen und direkt zu mir nach Hause fahren wollen?«

»Gegrillter Käse und Pommes Frites eignen sich nicht zum Mitnehmen. Sie wären kalt und matschig, lange bevor wir in Mercyville ankommen.«

»Dann etwas anderes?« Sie weist mit dem Daumen über ihre Schulter. »Es gibt hier alles Mögliche. Nicht nur normale Gerichte. Es gibt auch Salat und Nudeln und ein paar griechische Speisen. Ich bin mir sicher, wir finden etwas, das deinen Ansprüchen gerecht wird.«

Ich schüttle den Kopf. »Nein. Ich habe einen Tisch reserviert. In einem Lokal, das dir bestimmt gefallen wird.«

Sie legt den Kopf schief. »Ach ja? Das ist lieb von dir.« Ihre Nase kräuselt sich, als sie hinzufügt: »Und es macht mich neugierig. Ich kann kaum erwarten zu sehen, was du meinst, was mir gefallen könnte.«

»Ich bin gut darin, Menschen zu lesen«, stelle ich fest. »Fast genauso gut, wie sie zu verärgern.«

Sie lacht. »Oh gut. Dann ist das Lokal vielleicht

nicht weit von hier? Lass mich nur den Becher zurückbringen und dann können wir gehen.«

»Perfekt«, erwidere ich, wobei ich hoffe, dass es auch so werden wird.

Als ich die Veranstaltung heute im Internet gesehen habe, habe ich ohne Zögern zum Telefon gegriffen und zwei Eintrittskarten reserviert. Doch jetzt, als wir über die Schnellstraße zum Messegelände fahren, beginne ich, an mir zu zweifeln, was beinahe so ungewöhnlich für mich ist wie diese unbarmherzige Lust, die mich seit dem Abend plagt, an dem ich diese Frau zum ersten Mal geküsst habe.

Diese Verabredung heute fühlt sich wie ein Test an und den will ich wirklich nicht vermasseln.

Als ich schließlich auf den Parkplatz neben dem Messegelände einbiege, schwitzen meine Hände auf dem Lenkrad. Und als Violet sich nach vorn beugt, um das Banner über dem Eingangstor mit gleichmütiger Stimme laut vorzulesen, kreuze ich im Geist zwei Finger. »Willkommen zum Vegfest, Rock und Kohl bis zum Umfallen!«

Ich war vollkommen davon überzeugt, eine Veganerin mit einer solch tiefen Liebe für Tiere, dass sie sogar für eine Kolonie Salamander Raum in ihrem Herzen hat, würde ein Festival mit diesem Thema gut gefallen, doch als ich in ihre Richtung blinzle, kann ich ihren Gesichtsausdruck nicht deuten. Ihre Augen betrachten wie gebannt den Schriftzug und sie presst die Lippen fest aufeinander. Und zum ersten Mal, seitdem wir in den Wagen gestiegen sind, ist sie absolut still.

Ich will ihr gerade sagen, dass wir woanders hingehen können, falls sie nicht während des Essens herumlaufen will, als sie sich mit glänzenden Augen zu mir herumdreht und sagt: »Beinahe zwanzig Jahre lang hat mein Ex sich darüber lustig gemacht, dass ich mich weigere, Tiere zu essen, als wäre das etwas Kindisches, das ich mir in den Kopf gesetzt hätte, und ich eines Tages aufwachen und erwachsen werden würde, um zu erkennen, wie lächerlich meine Haltung wäre.«

Ich runzle die Stirn. »Das tut mir leid. Das war nicht nett von ihm.«

»Nein, allerdings nicht. Dabei habe ich ihm seine eigene, gegensätzliche Ansicht nie vorgeworfen oder versucht, ihn von meiner zu überzeugen. Ich wollte einfach nur, dass er meine Entscheidung respektiert.«

Ich nicke. »Mit Recht.«

»Daher bedeutet es mir eine Menge, dass du mich hierher eingeladen hast«, erklärt sie und weist auf den Eingang. »Danke.«

»Ich bin nicht dein Ex, Violet.« Ich umfasse ihr Gesicht mit meinen Händen. »Und zufällig mag ich Grünkohl wirklich gern.«

Sie grinst. »Ich auch. Ich bin ganz verrückt danach. Ich esse ihn mindestens dreimal in der Woche zum Mittagessen.«

»Manchmal sogar öfter«, stimme ich zu und lehne mich näher zu ihr. »Ich verfeinere ihn gern mit Knoblauch und Olivenöl und gebe ihn über Reis.«

»Jetzt sprichst du meine Sprache«, schnurrt sie.

»Oder ich mache einen roh gekneteten Krautsalat,

dazu reibe ich die Blätter einfach mit Sesamöl zwischen meinen Händen und garniere das Ganze mit –«

»Stopp«, ruft sie und ihr Atem weht über meine Lippen. »Du machst mich total an und ich werde mich vor dem Gemüse blamieren.«

»Gespräche über rohes Kraut machen dich also an«, murmle ich und fahre mit den Fingern durch ihr Haar. »Das merke ich mir. Das behalte ich für später in der Hinterhand, für den Fall, dass ich Unterstützung brauche, um dich in Stimmung zu bringen.«

»Das wird nicht nötig sein«, erwidert sie und schmiegt ihre Hand an meine Brust. »Wenn ich mit dir zusammen bin, bin ich immer in Stimmung.«

Bevor ich ihr versichern kann, dass das Gefühl auf Gegenseitigkeit beruht, küsst sie mich. Und dann wischt sie mit der Zunge durch meinen Mund und gräbt ihre Finger in meinen Rücken, um mich so nahe, wie es die Schaltkonsole zwischen uns zulässt, an sich heranzuziehen. Und ich weiß, es wird eine lange Nacht werden. Und eine gute.

Etwas hat sich zwischen uns geändert, etwas Subtiles, aber Machtvolles, das es mir ganz natürlich erscheinen lässt, ihre Hand zu nehmen, während wir aufs Tor zugehen. Ganz natürlich lege ich auch meine Hand auf ihren Schenkel, als wir später auf dem Festival an verschiedenen Tresen hocken und Meeresalgensalat und Pilzburger und vier verschiedene Kohlsorten probieren. Wir kosten sogar von einem mit Sauerkrautsaft gespritzten Wodka mit Kürbis-Zitronen-Soda, den Violet als »eigenartig köstlich, genau wie du« bezeichnet.

»Eigenartig köstlich.« Ich verschränke die Arme und gebe vor, beleidigt zu sein.

»Unerwartet köstlich?« Sie schlingt die Arme um mich und hebt mir ihr Gesicht entgegen.

»Schon besser.« Ich küsse sie und tue mein Bestes, um den Kuss öffentlichkeitstauglich zu halten, doch innerhalb von Sekunden lässt sie ihre Zunge über meine Lippen schlüpfen und ich kralle meine Finger in ihre Pobacken.

Schließlich löse ich meinen Mund von ihrem. »Bereit zu gehen?«

»Ja, bitte«, sagt sie. »Ich muss nur noch eine Sache erledigen. Bin gleich zurück.«

Sie eilt durch das Meer an Tischen in Richtung der Verkaufsstände neben der Bühne und der dahinter liegenden Toiletten. Ich leere mein Glas, doch der Cocktail kann die Hitze nicht abkühlen, die sich in mir staut. Wenn überhaupt, macht er alles nur noch schlimmer.

Vielleicht ist Kohl ein Aphrodisiakum. Falls ja, stecken Violet und ich in Schwierigkeiten. Denn wir müssen nicht noch mehr Öl auf die lodernden Flammen gießen.

Ich ziehe mein Handy aus der Tasche und will gerade die mögliche erotische Wirkung von Kohl recherchieren, als Violet an meiner Seite auftaucht und zirpt: »Für dich. Ein Dankeschön für eine wunderbare zweite Verabredung.«

Sie entfaltet ein zusammengerolltes T-Shirt, auf dem ein karikiertes Blatt mit einem breiten Grinsen zu sehen ist, unter dem die Worte stehen: »Oh Kohl, jaa!«

Ich breche in ein solches Gelächter aus, dass ich kaum noch Luft bekomme. Ich weiß nicht, warum ich das so furchtbar witzig finde, aber es ist nun einmal so, und die Tatsache, dass Violet mit mir lachen muss, offensichtlich begeistert, dass ihr Geschenk ein Erfolg ist, macht alles nur noch schlimmer. Als ich schließlich wieder meine Beherrschung zurückfinde, schmerzt mein Kiefer vom Lachen, ich habe Seitenstiche und mein Brustkorb ist voller Luftblasen.

Glückliche Blasen, die blubbernd aufsteigen, als Violet und ich Arm in Arm dem Ausgang zustreben und ich das Gefühl habe, als pulsierten in meinen Adern Sonnenstrahlen, obwohl die Sonne bereits vor einer Stunde untergegangen ist.

KAPITEL FÜNFZEHN

VIOLET

Ich kann mich nicht daran erinnern, wann ich zum letzten Mal so heftig gelacht habe, wann ich zum letzten Mal mit jemandem Händchen gehalten habe, bei dem ich so ausgelassen war wie ein Teenager bei seiner ersten Verabredung, wann ich das letzte Mal einem Mann in die Augen gesehen und vor Erregung gezittert habe.

Deacon ist etwas Besonderes und mit ihm habe ich so viel mehr Spaß, als ich es jemals erwartet hätte. Er ist nicht nur ein griesgrämiger Alpha-Mann mit einer hoch entwickelten herrischen Seite, sondern er ist auch nett und fürsorglich und lustig und so sexy, dass ich nicht weiß, ob ich meine Kleider anbehalten kann, bis wir endlich in seinem Schlafzimmer angekommen sind.

»Mein Vater verbringt die Nacht im Haus seiner Freundin«, stellt Deacon fest und weist mit dem Kopf auf den leeren Platz neben seinem Wagen, während er den Motor abstellt. »Was bedeutet, dass dir das Spiel der zwanzig Fragen erspart bleibt. Zumindest für heute Abend.«

»Ich bin deinem Dad schon mehrere Male begegnet.« Ich schnappe mir meine Handtasche und springe aus Deacons Wagen in die kühle Abendluft hinaus. »Ich mag ihn. Und er mag mich.«

»Aber da bist du auch noch nicht mit seinem Sohn ausgegangen«, erwidert Deacon, der hinten um seinen Wagen herumgeht und mir seine Hand reicht, die ich ohne Zögern nehme. »Er ist äußerst beschützerisch veranlagt.«

»Und du brauchst definitiv Schutz«, scherze ich mit einem vielsagenden Blick, den ich an seinem kräftigen Körper auf- und abgleiten lasse. »Ich meine, wie könntest du dich jemals selbst verteidigen?«

Er macht eine Pause, dann grinst er und sieht mir in die Augen. »Oh, ich habe nicht vor, mich zu verteidigen. Du machst mit mir, was immer du willst, Baby. Ich werde mich bestimmt nicht wehren.«

Ich beiße mir auf die Lippe. »Nein? Nicht einmal ein bisschen? Nur, um die Spannung zu steigern?«

»Ich werde dir zeigen, was spannend ist, Frau«, gibt er zurück, zieht mich in seine Arme und hebt mich hoch, und ich muss kichern, als er die Verandatreppe hinauf joggt und ins Haus hineinstürmt. Ich habe kaum Zeit, einen Blick auf den langen Holztisch im Esszimmer zu erhaschen und auf die beeindruckende Sammlung von Hirschgeweihen über dem Kaminsims, als er auch schon die Stufen ins obere Stockwerk hinaufläuft.

Und dann sind wir in seinem Schlafzimmer und ich

stehe wieder auf meinen Füßen und wir reißen einander zwischen Küssen die Kleider vom Leib, während wir auf sein Bett zu taumeln. Und dann ist er auf mir und sein Mund ist überall und seine Hände sind überall und ich ertrinke vollkommen in ihm.

Ich ertrinke und gleichzeitig gehe ich fiebernd in Flammen auf.

Noch niemals habe ich jemanden auf diese Art begehrt.

»Jetzt«, bettle ich und schreie auf, als er an einer meiner Brustwarzen knabbert und eine weitere elektrische Schockwelle der Begierde über meine Haut rast. »Bitte Deacon, ich will dich jetzt in mir.«

Er reagiert mit einem zustimmenden Stöhnen auf meinen Vorschlag und küsst mich wild, während er seinen umwerfenden Schwanz an meinem Eingang positioniert und dann in mich hineinstößt. Er ... taucht einfach in mich hinein, fest und tief, was wunderbar wäre, wenn es nicht so verdammt wehtun würde.

»Au«, kreische ich und versteife mich unter ihm, weil mir ein scharfer Stich zwischen die Beine gefahren ist.

Und er hört auf. Einfach so.

Als ob ich einen Schalter umgelegt hätte. Keine einzige Sekunde des Zögerns. Er hat am Ende seines Stoßes einfach stillgehalten und bleibt tief in mir vergraben, ohne jedoch einen Muskel zu bewegen.

Und obwohl der Schmerz noch ziemlich stark ist, durchflutet mich ein Gefühl der Dankbarkeit, des Glücks und der Geborgenheit, und mein Herz schwillt mir in der

Brust. Und das mag vielleicht ein trauriger Beweis für mein bisheriges Sexleben sein, aber ich weiß, nicht viele Männer hätten aufgehört. Sie hätten einfach behauptet, nicht stoppen zu können – die Bedürfnisse ihres großen und kräftigen Penis seien einfach zu überwältigend –, oder sie hätten vorgegeben, mich nicht gehört zu haben.

Nicht so Deacon, der offensichtlich ein Mann ist, für den mein Vergnügen an erster Stelle steht.

»Was ist los?« Er streicht mir die Haare aus dem Gesicht; besorgte Augen suchen meinen Blick. »Habe ich dir wehgetan?«

Ich schüttle den Kopf. »Nein. Oder doch, ja, aber das ist nicht deine Schuld. Ich ... ich habe nicht ... Es ist lange her und ich glaube ...« Ein gepresstes Lachen entweicht mir. »Ich dachte, meine Freundin Mina würde scherzen, als sie von Scheidungsjungfräulichkeit sprach, aber ich denke, sie hatte recht. Es tut wirklich weh.«

»Das tut mir leid.« Er beginnt, sich zurückzuziehen, doch ich umfasse seinen knackigen Hintern und presse ihn an mich.

»Nein, geh nicht raus. Ich brauche nur eine Sekunde. Ich glaube, es würde auch keinen Unterschied machen, wenn du weniger groß wärst.«

»Auch wenn ich weniger groß wäre?« Er lächelt auf mich hinab und fährt mit dem Finger die Kurve meines Ohres nach, um die empfindliche Haut dahinter zu reizen. »Willst du mir schmeicheln?«

Ich presse die Lippen zusammen und ziehe die Brauen nach oben. »Hm, nicht im Augenblick. Ich wäre auch mit etwas weniger des Guten zufrieden, wenn du weißt, was ich meine.«

»Willst du, dass ich mich nach einer Schwanzreduktion erkundige?«, fragt er. Währenddessen lässt er seine Hand von meiner Hüfte zu meinen Rippen gleiten und wieder zurück, eine Liebkosung, die gleichzeitig entspannend und erotisch ist.

»Würdest du das wirklich tun?«, frage ich. Als er eine meiner Brüste mit seiner Hand umfasst, beginne ich heftig zu atmen.

»Im Moment …« Er blickt auf meine Brust hinab, deren Nippel er jetzt zwischen seinen Fingern rollt. Das Verlangen in seinen Augen verstärkt die Wellen der Lust, die von meiner Brust zwischen meine Beine pulsieren. »Ja, das würde ich. Ich würde alles tun, um hiermit weitermachen zu können. Du fühlst dich so verdammt gut an, Violet. Es tut mir leid, dass es für dich nicht auch so ist.«

»Das wird schon noch.« Ich fahre mit den Händen über seinen Rücken bis hoch zu seinen Schultern, wobei ich das Gefühl genieße, seine Stärke unter meinen Fingern zu spüren. »Ich begehre dich noch genauso sehr. Ich muss einfach nur langsam machen.«

»Wir können so langsam machen wie nötig, Baby. Ich habe nicht die geringste Eile«, erwidert er und wie um seine Worte zu beweisen, zieht er sich vorsichtig Zentimeter um Zentimeter zurück, bevor er sich mit einer Zärtlichkeit wieder in mich hinein senkt, die mich an Stellen berührt, an die noch nicht einmal seine talentierten Finger gelangen.

»Ja«, flüstere ich und blicke ihm tief in die Augen, als

er wieder ohne eine Bewegung in mir verharrt. Die Intimität des Augenblicks schnürt mir beinahe die Kehle zu. »Genauso. So ist es perfekt.«

»Du bist perfekt«, sagt er und küsst mich. Und dann gleitet er aus mir hinaus und wieder hinein und macht immer weiter, bis sein Schwanz mit jedem Zentimeter in mich hineintauchen kann. »Hier könnte ich für den Rest meines Lebens bleiben, in dir, so wie jetzt, und ich würde als glücklicher Mann sterben.«

»Oh Gott, Deacon.« Ich erbebe, der Hunger in mir erwacht brüllend zu neuem Leben. »Ich begehre dich so sehr. Ich kann mich nicht erinnern, jemals jemanden so begehrt zu haben.«

»Dann nimm mich, du kleine Zigeunerin. Zeig mir, wie du es magst. Sag mir, was du willst.«

Trunken von seinem Geruch und dem Gefühl seiner Haut und dem Rausch zu wissen, dass er jedes Wort auch so meint – er will wirklich, dass ich ihm zeige, wie er mir helfen kann, unser erstes Mal zusammen für uns beide zu einem Erlebnis zu gestalten –, flüstere ich: »Ich will oben sein. Ich will mich mit meinen Händen auf deiner Brust abstützen.«

»Und ich will meine Hände auf deine Brüste legen«, erklärt Deacon. Dann schlingt er seinen starken Arm um mich, drückt mich fest an sich und rollt sich auf den Rücken, während sein Schwanz tief in mir bleibt. »Da decken sich also unsere Wünsche.«

»Ja, gut«, stimme ich zu und schnappe nach Luft, als er meine Brüste in seinen Händen birgt und seine Daumen über meine Nippel reibt. Dann beginne ich, ihn zu reiten. Ich versuche, langsam zu machen, um sicherzugehen, dass der Schmerz wirklich für immer verschwunden ist, bevor ich zu sehr ausflippe, aber für so etwas sind Deacon und ich nun einmal nicht geschaffen. Er ist wie Zunder und ich wie ein Feld trockenen Heus, und das Feuer, das wir entzünden, wird nicht so bald erlöschen.

»Ja, oh ja«, keuche ich und grabe meine Fingernägel in seine Brust, während meine Hüften sich schneller und schneller bewegen, bis ich mit hundertvierzig Stundenkilometern gegen eine Wand aus Lust rase.

Doch der Aufprall bringt keinen Schmerz, nur das Paradies, den Himmel und Sterne, die auf mein Gesicht regnen und von meinen Lippen tröpfeln, als ich ihn küsse, bis ich nichts mehr sehen kann außer seinen strahlend blauen Augen. Jetzt rollt er sich wieder auf mich und bringt mich noch einmal in den siebten Himmel.

Und dann komme ich und explodiere in tausend Teile, bis nichts mehr übrig ist von der Violet, die man bei Tage kennt. Ich bin ganz Leib, ganz Herz und eine Nachtgestalt, die nur ein einziger Mann je erblickt hat.

Ich habe nie so ganz daran geglaubt, noch einmal mit jemandem auf diese Weise empfinden zu können – als wäre unsere Berührung mehr als Sex oder Lust; als wäre sie eine Sprache, die nur wir beide verstehen. Aber jetzt bin ich hier, mit diesem Mann, den ich kaum kenne, mit diesem Menschen, von dem ich geglaubt habe, er würde nicht zu mir passen, und es ist ... so wunderschön.

»So wunderschön«, schluchze ich an seinen Lippen.

»So gut«, murmelt er mit gepresster Stimme. »So

verdammt gut, Baby. Violet, ich komme. Ich komme so verdammt heftig, ich will, dass du mit mir kommst. Noch einmal. Komm für mich, bitte, ich –«

Seine Worte werden von dem Geheul einer Wilden übertönt, die durch ein elektrisches Universum der Wonne und des Lichts taumelt. Er ruft meinen Namen, als er den Höhepunkt erreicht, sein Schwanz pulsiert in mir und entwirrt die Spirale der Lust, bis ich gewichtslos bin, atemlos, verloren und mich auf der verwüsteten Insel unseres feuchten Lakens wiederfinde.

»Wir haben dein Betttuch mit Schweiß durchtränkt«, stelle ich viele lange Minuten später fest, immer noch nicht ganz ich selbst. Noch immer kann ich nicht gleichmäßig atmen und die Nachwehen der Lust zittern über meine Haut.

»Ich werde es niemals waschen.« Deacon schlingt einen Arm um mich und drückt mich fest an sich, als wir so liegen bleiben, die Gesichter einander zugewandt, eins meiner Beine noch um seine Taille geschlungen und seine erschlaffende Erektion noch in mir.

»Willst du für immer in meinem Schweiß schlafen?«, erkundige ich mich, grinsend wie eine Närrin, ohne dass ich einen besonderen Grund hierfür hätte ausmachen können.

»Ja, falls sich das nicht schickt, ist es mir auch egal.«

Mein Lachen wird zu einem Brummen der Lust, als er mich wieder küsst, lange und langsam. »Wir können es immer wieder mit Schweiß durchtränken, weißt du.«

»Ach ja? Obwohl es am Anfang etwas grob war?«

»Es geht nicht um den Anfang; das Ende ist wichtig«, erwidere ich und streiche ihm die Haare aus der Stirn. »Und das Ende hat eine Silbermedaille verdient.«

»Kein Gold?«, fragt er, umfasst meine Pobacken und drückt sie.

Ich lächle. »Ich wollte dir noch ein Ziel vor Augen lassen. Und nicht zu früh die Spitzenleistung erreichen.«

»Meine Spitzenleistung erreiche ich nie zu früh, Frau«, erklärt er und rollt sich wieder auf mich, während es in seinen Augen schelmisch aufblitzt.

»Oh ja?« Ich beiße mir auf die Unterlippe.

»Oh ja«, bestätigt er. Und dann legt er meine Beine über seine Arme und beweist, dass er zu seinem Wort steht.

KAPITEL SECHZEHN

*Auszug aus dem Chat zwischen
Violet Boden und Mina Smalls*

Violet: Wir müssen mal über Sex reden, Frau. Du hast mir nicht alles erzählt.

Mina: So? Was denn nicht? Meine Therapeutin hat mir gesagt, ich sei meinen Freundinnen gegenüber zu mitteilsam bezüglich meines Sexlebens und sollte gewisse Grenzen einhalten.

Violet: Deine Therapeutin ist eine Flasche. Du hättest mir mehr erzählen sollen, nicht weniger! Warum hast du mich nicht gewarnt, dass es beinahe so wehtut wie beim ersten Mal, wenn ich meine Scheidungsjungfräulichkeit verliere? Ich war vollkommen unvorbereitet!

Mina: OH MEIN GOTT! DU HAST ES GETAN! DU

HAST DEINE TRENNUNG ÜBERWUNDEN! GRATULATION, LADY, DAS WURDE AUCH ZEIT!

Violet: Danke! Es war wunderbar! Nach dem qualvollen ersten Teil. Er hat sich übrigens äußerst verständnisvoll verhalten. Trotzdem wäre es gut gewesen, wenn ich vorher gewusst hätte, welche Schmerzen mich erwarten.

Mina: Ja, leider sind Muschis wie Goldfische. Sie besitzen ein sehr kurzes Gedächtnis. Wenn du sie nicht ab und zu mit einem Schwanz attackierst, flippen sie aus und vergessen, was sie damit anstellen sollen.

Violet: Offensichtlich. Nochmal, es wäre nett gewesen, ich hätte das vor zwölf Stunden gewusst.

Mina: Es tut mir leid! Ich hätte es dir noch erklärt! Und ich hätte dir auch Tipps gegeben, wie man damit klarkommt. Ich wollte dir bloß keine Furcht einjagen, als du noch in diesem unsicheren Zustand warst, in dem du Angst hattest, das Nest deines Singledaseins zu verlassen. Du hättest mich vor dem großen Ereignis anrufen sollen, so wie ich es dir gesagt hatte!

Violet: Mir war nicht klar, dass du es ernst gemeint hast. Ich dachte, du wolltest nur ein bisschen klatschen.

Mina: Ja, natürlich, das auch. Und jetzt erzähl mal. Hält er, was er verspricht? Weiß er, was er mit dieser Liebespistole in seiner Hose anfangen kann, oder schießt er blindlings drauflos?

Violet: Ich weiß nicht, was du mit dieser Metapher meinst, aber er schießt definitiv blindlings drauflos. Er hatte eine Vasektomie und wir sind beide getestet, daher mussten wir uns nicht um Kondome kümmern. Es war so schön! Grant hatte sich geweigert, eine Vasektomie vornehmen zu lassen, daher musste ich jahrelang verhüten, obwohl ich davon Migräne und juckende Augäpfel bekommen habe.

Mina: Das ist großartig, Süße, aber ich habe über Orgasmen gesprochen. Hattest du einen Orgasmus?

Violet: So viele Orgasmen. Eine beschämende Anzahl von Orgasmen. Sein Körper ist einfach magisch, Mina. Ich kann nicht mehr aufhören, daran zu denken. An seine Hände und seinen Mund und all seine anderen Körperteile ... Ich sitze hier auf der Arbeit, fülle nervtötende Bestellformulare aus und kann nicht aufhören zu grinsen.

Mina: Ein magischer Mann. Verdammt, es ist so lange her, dass ich solch einen hatte.

Violet: Ich dachte, dein letztes heißes Baby wäre der König des Oralsex gewesen.

Mina: Ja, das stimmt. Aber das war technisches Können, keine Magie. Magie ist ein vollkommen anderes Tier.

Violet: Genau so fühle ich mich mit ihm. Wie ein Tier. Einfach wild und frei und vollkommen selbstsicher. Nach so vielen Jahren mit demselben Mann in meinem Bett und dann mit überhaupt niemandem in meinem Bett hatte ich angenommen, es würde sich seltsam oder peinlich anfühlen mit jemand Neuem. Aber so war es nicht. Kein bisschen.

Mina: Und wann siehst du ihn wieder?

Violet: Er hat gefragt, ob wir nicht zusammen ein Bier trinken gehen wollen, aber da wir bereits den Montag- und den Dienstagabend zusammen verbracht haben, sollten wir vielleicht aussetzen? Und erst einmal eine Nacht richtig schlafen?

Mina: Bist du verrückt? Natürlich solltet ihr aussetzen. Du willst es ihm doch nicht zu einfach machen, sonst verliert er noch das Interesse.

Violet: Ach, vergiss es. Ich bin zu alt für dumme Spielchen. Es gefällt mir, mit ihm zusammen zu sein, und er ist gern mit mir zusammen. Warum dem nicht einfach nachgeben? Wenn er das Interesse verliert, nur weil ich ihm ehrlich sage, dass ich seine Gesellschaft genieße, dann ist er nicht der Mann, für den ich ihn halte, und ich würde sowieso nicht mehr auf ihn stehen.

Mina: Wow. Du hast also keine Angst, den Zugang zu seinem magischen Schwert zu verlieren?

Violet: Wenn er mich schlecht behandeln würde, hätte sein Schwert für mich sowieso seine Magie verloren. Es würde seine Macht verlieren. Gemeinheit bricht den Zauber des Schwertes.

Mina: Du bist so selbstbewusst, Mädel. Ein Teil von mir möchte auch gern so sein.

Violet: Dass ich nicht lache. Und der andere Teil?

Mina: Will einfach nur auch einmal wieder ein magisches Schwert finden, es im Keller einschließen und niemals wieder gehen lassen.

Violet: Entführungen sind bei den meisten Singletreffs verpönt, wie ich gehört habe.

Mina: Ja. Ich versuche, darauf zu verzichten. Sehen wir uns später bei Pilates?

Violet: Ich kann nicht. Ich muss nach Hause gehen und früh das Abendessen auf den Tisch bringen, Adriana etwas zu essen servieren und dann irgendeine blöde Fernsehshow ansehen, um sie in Sicherheit zu wiegen, damit sie es nicht merkt, wenn ich mich später aus der Hintertür schleiche, um Deacon zu treffen.

Mina: Warum schleichst du dich aus der Hintertür? Sie ist achtzehn, Violet. Sie ist dem Gesetz nach eine Erwachsene. Sie kann sich selbst etwas zu essen machen. Besser noch, lass sie für euch beide das Abendessen zubereiten, während du dich auf deine Verabredung vorbereitest. Sie sollte begeistert sein, dass du wieder ausgehst und mal rauskommst, dein Leben lebst, so wie sie das ihre.

Violet: Es ist süß, dass du sie für erwachsen hältst. Sie ist immer noch ein Baby. Und ja, sie kann sich selbst mit Nahrung versorgen, aber ich koche gern für sie. Und ich halte meine Privatangelegenheiten auch gern privat. Falls diese Sache mit Deacon ernst wird, werde ich meinen Kindern gegenüber auch offen sein. Aber es könnte sein, dass es sich bei dieser Affäre um ein Strohfeuer handelt, das hoch auflodert, aber ebenso schnell wieder erlischt. Es besteht keine Notwendigkeit, die Kinder einzubeziehen, bis es vielleicht ernst wird.

Mina: Ich verstehe. Glaube ich. Obwohl ich irgendwie froh bin, dass ich mich nur um meine Hunde kümmern muss. Allerdings können die sich äußerst territorial verhalten, wenn unerwartete Besucher in ihr Gebiet eindringen.

Violet: Klammert sich Nugget immer noch an deine Liebhaber?

Mina: An jedes Bein, um das sie ihre kleinen Pfoten legen kann. Es ist ziemlich peinlich, aber auch ein guter Test. Falls ein Kerl sich zu sehr aufregt, wenn ein winziger staubiger Mopp sich an seiner Jeans reibt, dann passt seine Verrücktheit nicht zu meiner.

Violet: Das gefällt mir ... deine Verrücktheit. Sind wir nicht alle irgendwie verrückt?

Mina: Und wie. Pilates hilft mir, auf dem Teppich zu bleiben. Bist du sicher, dass du mich nicht begleiten willst? Es fällt mir viel leichter, meinen Hintern zum Studio zu schleppen, wenn ich weiß, dass dort jemand auf mich wartet. Ich könnte hinterher Veggieburger für dich und Adriana kaufen ...

Violet: Verlockend. Lass mich darüber nachdenken. Ich melde mich wieder bei dir. Ich muss mich beeilen. Die Pflicht ruft.

Mina: Bis später! Und noch einmal herzlichen Glückwunsch. Ich freue mich sehr für dich, Vi, und hoffe, du verlebst eine lange, glückliche Zeit mit deinem magischen Schwert.

KAPITEL SIEBZEHN

VIOLET

Magisches Schwert … Ach du meine Güte.

Ich stecke mein Handy wieder in die Tasche und ziehe das Kinn ein, um meine rot angelaufenen Wangen hinter meinen Haaren zu verstecken. Und zu Virginia sage ich: »Bin gleich bei dir, Ginny.«

Mina ist unmöglich, aber diesmal bin ich nicht in der Position, sie zu verurteilen. Ich kann nur noch an das besagte magische Schwert und den Mann, zu dem es gehört, denken. Ich hatte gehofft, endlich mit Deacon bis aufs Letzte zu gehen, würde mir helfen, mich wieder auf Wichtiges konzentrieren zu können, doch bis jetzt kein Erfolg. Ich bin eher noch trunkener vor Lust als gestern.

Ich bin so weggetreten, dass Virginia vor meinem Gesicht mit den Fingern schnipsen muss, um meine Aufmerksamkeit zu erregen. Es ist lächerlich. Ich selbst bin lächerlich.

Aber so glücklich und durcheinander von gestern Abend, dass ich nicht aufhören kann zu lächeln.

»Was ist denn los?«, frage ich und schiebe meinen Stuhl vom Schreibtisch weg.

Ginny bedeutet mir, ihr zu folgen. »Komm mit. Du musst dir das ansehen.« Ich folge ihr über den Flur, an den Hunde- und Katzenzwingern vorbei bis zur Tür, die zu den Koppeln und dem Gestrüpp auf der anderen Seite führt.

Und dort steht ein älterer Mann in einer khakifarbenen Jacke und mit einer riesigen Brille und betrachtet mit wichtiger Miene aufmerksam das Gebüsch …

»Wer ist das?«, will ich wissen, aufgeschreckt durch das plötzliche Auftauchen eines Fremden auf dem Grundstück. Wir werden zwar häufig von Besuchern überfallen, doch diese kommen gewöhnlich durch die Vordertür.

»Das ist der Biologe, den uns die Gemeinde schickt«, erklärt Ginny, während sie mit den Fingern an den Fransen ihrer regenbogenfarbenen Weste spielt. »Er würde sicher nicht mit mir reden, aber mit dir vielleicht.«

»Warum nicht mit dir?«, frage ich zurück, als ich die Treppe hinuntergehe.

»Na ja, ich weiß es nicht. Ich habe es nicht versucht. Ich dachte mir, wir sollten vielleicht zuerst schwerere Geschütze auffahren.«

Ich werfe ihr über die Schulter einen missbilligenden Blick zu. »Ach, und ich bin ein schweres Geschütz?«

»Nein, du bist diejenige mit dem Sexappeal«, stellt Virginia grinsend fest. »Du glühst übrigens heute Morgen, im wahrsten Sinne des Wortes. Ich nehme an, deine Verabredung mit Tristans großem Bruder ist gut gelaufen?«

»Gut ist das richtige Wort«, erwidere ich und versuche vergeblich, ein Grinsen zu unterdrücken. »Explosiv und umwerfend und weltbewegend wäre auch korrekt.«

Ginny rümpft die Nase. »Das hört sich gewalttätig an.«

Ich seufze. »Ein wenig, aber auf äußerst gute Art.«

»Da bin ich aber froh, dass ich aus dem Spiel bin«, sagt sie schnaufend. »Das Leben ist schon unvorhersehbar genug, auch ohne die Welt verändern zu wollen. Das ist nichts für mich, danke. Das wäre mit der Situation vergleichbar, als meine Mom den Geist ihres Bruders gesehen hat.«

Ich bleibe am Tor zu den Koppeln stehen und wende ihr das Gesicht zu. »Was?«

»Meine Mom hat den Geist ihres Bruders gesehen«, fährt Ginny fort, als ob das irgendwie zum Thema passen würde. »Aber sie war gar nicht der Typ Mensch, der Geister sah. Nicht annähernd. Sie war rational und logisch denkend. Sie hielt sich an Regeln, und Geister, die in ihrer Garage auftauchten, während sie Vorratsbehälter säuberte, passten nicht in ihr Leben. Also beschloss sie, es sei niemals geschehen.«

Ich schiele zu Ginny hinüber. »Was? Aber es ist geschehen, oder? Sie denkt wirklich, sie hätte den Geist ihres Bruders gesehen?«

»Ja, so ist es. Er hat sogar zu ihr gesprochen – er hat

sie gefragt, ob es ihr gut ginge. Sie haben sich wirklich nahegestanden. Zwillinge, die sich gegenseitig aufgezogen haben, nachdem ihre Mutter gestorben war und ihr Vater zu trinken angefangen hatte.«

Ich lege den Kopf schief. »Also, sie hat ihren Zwillingsbruder gehört und gesehen. Doch sie beschloss zu glauben, es wäre nicht so gewesen?«

»Genau. Das wäre zu weltbewegend gewesen. Also anstatt zu glauben, es sei geschehen, beschloss sie, es sei nicht geschehen, und ließ sich weiter von ihren üblichen Grundsätzen leiten. Und sie lebte lange und zufrieden, bis sie im letzten Winter im Schlaf gestorben ist, kurz vor ihrem fünfundachtzigsten Geburtstag.«

»Mein Beileid«, sage ich und vertiefe mein Stirnrunzeln.

»Schon gut. Sie war bereit zu gehen.«

Ich nicke, immer noch mit zusammengezogenen Brauen. »Ich ... ich weiß einfach nicht, was ich mit dieser Geschichte anfangen soll. Ich meine, ich persönlich würde lieber meine Grundsätze aufgeben und der Magie ihren Platz einräumen.«

Ginny schlingt die Arme um ihre Brust. »Magie macht Angst.«

»Ich glaube, sie kann beängstigend wirken, aber sie ist auch ...«

»Magisch?«, schlägt Ginny mit einem schiefen Lächeln vor.

Ich lache. »Ja. Genau. Und vielleicht ein Grund, warum wir hier sind? Um inmitten all des anderen Zeugs die Magie zu finden?«

»Ich bin eine ehemalige Geologin, Violet. Ich

komme der Magie am nächsten, wenn ich eine Geode aufbreche und es sind Kristalle darin. Doch auch das lässt sich mit Wissenschaft erklären, nicht mit Magie.«

»Na dann, Frau Wissenschaftlerin, haben Sie doch guten Grund, mit unserem Besucher zu reden. Ihr könnt eure Wissenschaftlerköpfe zusammenstecken und viel schneller herausfinden, was herausgefunden werden muss, als ich das jemals könnte.«

»Oh nein. Ich kann das nicht.« Ginny schüttelt den Kopf. »Ich bin nicht gut im Umgang mit Fremden.«

»Er ist kein Fremder, einfach nur ein Sohn seiner Mutter.« Ich schiebe meinen Arm unter ihrem durch und ziehe sie mit mir, als ich um den Zaun herumgehe. »Wissenschaftler gehören doch zu deinem Menschenschlag, richtig? Und ich bin mir sicher, er ist nur hier, um uns mitzuteilen, was wir ohnehin schon wissen. Dass die Salamander in dem alten Erdhörnchenbau leben und wir die Büsche nicht entfernen dürfen, weil das die Erosion fördern und ihr Habitat zerstören würde.«

Virginia zieht das Kinn ein und formt die Lippen zu einer fest zusammengezogenen Rosette, was ihre normalerweise attraktiven Gesichtszüge weniger angenehm erscheinen lässt. »Lächle!«, murmle ich zwischen zusammengebissenen Zähnen hindurch, als wir dem Mann in der khakifarbenen Jacke immer näher kommen. »Er ist nicht unser Feind.«

Doch Ginny lächelt keineswegs und der Mann – als er aufblickt und uns herankommen sieht – lächelt auch nicht. Seine Augen verengen sich, er wirft die Schultern zurück und streckt die Brust vor, als bereite er sich auf einen Frontalangriff vor und nicht auf ein Zusammentreffen mit zwei Angestellten eines gemeinnützigen Tierheims.

»Guten Tag!« Ich winke ihm zu und setze mein nettestes Lächeln auf. »Wir wollten Ihnen nur Hallo sagen und sehen, ob Sie etwas brauchen. Eine Flasche Wasser, eine Tasse Kaffee?«

Der Mann schüttelt den Kopf, seine humorlose Miene bleibt unbeweglich. »Nein danke.«

»Sind Sie sicher?«, frage ich. »Es macht uns nichts aus. Wir sind so froh, dass Sie da sind. Besonders Ginny. Sie ist diejenige, die im letzten Jahr die Salamanderkolonie entdeckt hat.«

Der Mann hebt seine buschigen, grauen Brauen und wendet seine Aufmerksamkeit Ginny zu. »Sie haben die Spezies klassifiziert? Haben Sie eine Ausbildung in Herpetologie?«

Ginny drückt den Rücken durch. »Nein, ich bin Geologin. Ehemalige Geologin, aber ich bin sehr vertraut mit der einheimischen Flora und Fauna. Ich verbringe schon mein ganzes Leben im Sonoma County.«

»Ich stamme aus San Diego«, sagt der Mann nickend. »Amphibien sind meine Spezialität. Der Staat zieht mich bei fast allen Problemen zu Rate, die mit Fröschen und Salamandern zu tun haben.«

»Gut, dass ein Spezialist Rufbereitschaft hat«, erwidert Ginny. »Hätte ich nicht erwartet, aber sehr gut.«

Der Mann hüstelt. »Nicht wahr? Sie haben endlich erkannt, dass ein Feld- und Wiesenbiologe keine

Gemeine Kröte von einer Amerikanischen Schaufelfußkröte unterscheiden kann.«

Ginny lebt sichtlich auf und ich presse die Lippen aufeinander, um ein Lächeln zu unterdrücken. Oh ja, diese beiden werden gut miteinander auskommen. Ach, was soll's. Vielleicht finden sie vielleicht sogar ein bisschen Magie, wenn sie über ihren Schatten springen können.

Aber ich muss erst mal zusehen, wie ich das Weite suchen kann …

Seufzend schlage ich mir mit der Hand vor die Stirn. »Oh nein, ich habe heute Morgen vergessen, die Medikamente herauszustellen. Und heute müssen die Welpen gegen Würmer behandelt werden.« Ich tätschle mit der Hand Ginnys Ellbogen. »Kannst du bei Mr. …« Ich wende mich an den Herpetologen. »Entschuldigung, wie war Ihr Name?«

»Dr. Bartholomew Sutton«, erwidert er und schiebt sich die Brille auf der Nase zurecht.

»Dr. Virginia Prentice«, sagt Ginny, ohne von mir gefragt worden zu sein. »Meine Freunde nennen mich Ginny.«

»Nett, Sie kennenzulernen, Ginny«, sagt Bart. Er hat offensichtlich wenig Interesse daran, meinen Namen zu hören. Aber das kommt mir gerade recht. Mehr als das.

»Sagen Sie Bescheid, falls Sie etwas brauchen«, schlage ich vor, während ich mich zurückziehe. »Ich bin im Haus und gebe den Welpen ihre Medizin.«

Ich drehe mich herum und strebe zügig auf das Gebäude zu, während ich zwei Finger kreuze. Wahrscheinlich kommt bei diesem Zusammentreffen nichts heraus außer einer leidenschaftlichen Diskussion über das Elend der gefährdeten Wildtiere. Trotzdem besteht die Chance, dass eine Fensterscheibe einen Riss bekommt, durch den ein bisschen Magie hineingelangt.

Ich selbst bin nicht auf einen Riss in der Fensterscheibe aus. Ich will eine weit aufstehende Tür.

Sobald ich wieder an meinem Schreibtisch sitze, hole ich mein Handy hervor und schreibe Deacon eine Nachricht. *Bin dabei heute Abend. Acht Uhr. Wo sollen wir uns treffen?*

Die Antwort trifft beinahe umgehend ein, was beweist, dass auch Deacon nicht auf ein Spielchen aus ist. *Was hältst du von Karaoke?*

Lachend schreibe ich zurück: *Ich denke, das macht irrsinnig Spaß. Solange es dir egal ist, dass ich den Ton nicht halten kann und dass* Love Shack *mein Lieblingslied ist.*

Er schickt mir ein vor Lachen schreiendes Emoji zurück und: *Perfekt. Wir treffen uns vor der Kneipe. Ich werde schon etwas früher hingehen und uns anmelden. Die Schlange kann recht lang werden.*

Ich zögere und kaue auf meiner Unterlippe, doch schließlich antworte ich: *Also macht es dir nichts aus, dass ich nicht singen kann? Macht dich das als Musiker nicht nervös?*

Eine Sekunde später klingelt mein Handy. Ich springe erschrocken auf und blinzle mit schlechtem Gewissen in Richtung Hauptbüro, doch Tristan und Zoey sind gerade irgendwo auf dem Gelände unterwegs. Und natürlich ist es Deacon. Also kann ich nicht anders, ich muss das Gespräch annehmen. »Hey, während der Arbeitszeit sollte ich keine persönlichen Telefonate führen, weißt du.«

»Tristan könnte das Tierheim ohne dich nicht führen. Dein Job ist dir sicher«, erklärt Deacon. Der Klang seiner Stimme reicht aus, um mich zu erregen. »Und ich wollte dir dies persönlich sagen: Ich liebe die Geräusche, die du machst. Alle.«

Meine Wangen und andere Stellen, denen das am Arbeitsplatz nicht passieren sollte, erröten. »Wenn du das sagst. Aber ich warne dich, wenn ich singe, hört sich das weniger angenehm fürs Ohr an als meine anderen Geräusche. Ich bin taub für Töne. Vollkommen.«

»Das ist okay. Bei Musik geht es darum, sie zu würdigen, nicht um Perfektion.«

»Das Gleiche erzähle ich meinen Schülern über Kunst. Aber ich müsste lügen zu behaupten, der Anblick einer Doo-Doo Vase würde mich nicht erschaudern lassen.«

Er lacht leise. »Eine Doo-Doo Vase?«

»Eine Vase, die in sich selbst zusammenfällt, weil sie falsch aufgebaut ist. Sie sieht aus, als hätte ein Elefant sie platt gewalzt.«

»Dann habe ich schon einige solcher Vasen fabriziert«, erwidert er, was mich überrascht.

»Du hast mit Ton gearbeitet? Wann?«

»Nachdem unsere Mission in Afghanistan so schlecht ausgegangen war, hat meine ganze Kompanie an einer Kunsttherapie teilgenommen. Wir gehörten einer Kontrollgruppe an, die beweisen sollte, ob Kunst die emotionalen Folgen lindern könnte. Und so war es. Für die meisten jedenfalls. Ich selbst mag es nicht besonders, zuzuschauen, wenn etwas auseinanderfällt, auch wenn es sich nur um meinen zehnten misslungenen Versuch einer Blumenvase handelt.«

»Und ich mag es nicht, die Ohren von Leuten zu quälen, die ein Gehör dafür haben, wie eine Melodie eigentlich klingen sollte.« Ich gleite auf den Boden und sitze mit gekreuzten Beinen auf dem Teppich, als Luke, Tristans Hund, in den Raum läuft und auf seinen Platz in der Ecke zustrebt. Ich muss diesen Anruf beenden und meine Arbeit wieder aufnehmen, aber ich kann nicht widerstehen, noch einmal nachzufragen: »Du versprichst mir, dass meine hässlichen Geräusche deine Seele nicht zum Schaudern bringen?«

»Nichts, was du tust, könnte meine Seele erschaudern lassen«, beruhigt er mich in einem heiseren Flüsterton, bei dem mir alle Haare auf den Armen zu Berge stehen. »Du machst meine Seele glücklich. Dann bis heute Abend, meine Schöne. Ich kann es kaum erwarten.«

»Ich auch nicht. Bis dann.« Ich beende das Gespräch mit einem so breiten Grinsen, dass Luke zu mir herüberkommt, um nachzusehen, was mit mir los ist. Er lässt sich auf meinen Schoß fallen und fordert von mir, ihn unter dem Halsband zu kraulen, bis er sich davon überzeugt hat, dass mit mir alles in Ordnung ist.

»Viel mehr als nur in Ordnung«, murmle ich in sein weiches Fell. »Viel, viel mehr.«

KAPITEL ACHTZEHN

VIOLET

Kurz nach sieben trete ich durch die Kneipentür und entdecke Deacon an einem langen Tisch neben der leeren Bühne, umgeben von wirklich gut aussehenden Frauen. Und Männern. Aber die Frauen fallen mir besonders ins Auge – besonders die Vollbusige, die an Deacons Arm hängt und gerade laut über etwas lacht, was ein Mann mit einem roten Bart ihr über den Tisch hinweg zugerufen hat.

Ich überlege bereits, ob ich mich nicht auf dem gleichen Weg, auf dem ich gekommen bin, wieder zurückziehen und Deacon schreiben sollte, ich wäre krank – ich wusste nicht, dass wir uns hier mit einer ganzen Gruppe treffen würden –, doch im selben Moment dreht er sich auf seinem Barhocker herum und sieht mich auf der Türschwelle stehen.

Seine Augen leuchten auf und auf seinen vollen Lippen breitet sich träge dieses gewisse Lächeln aus, bei dem einem das Höschen feucht wird.

Auf der Stelle vergesse ich die Vollbusige, mein

Lampenfieber vor dem Singen in der Öffentlichkeit und alles andere.

Gott, wie ich dieses Lachen liebe.

Er gleitet von seinem Hocker und bahnt sich einen Weg zwischen den überfüllten Tischen hindurch, an denen die Gäste über riesigen Büchern voller Karaoketexte brüten. »Hey.« Er zieht mich in eine seiner wildzärtlichen Umarmungen, die mir das Gefühl geben, vor Freude zu platzen. »Entschuldige, dass wir nicht allein sind wie verabredet. Ich wurde heute in die Feuerwehrzentrale gerufen, wie ich dachte wegen einer Notfallversammlung. Doch es stellte sich heraus, dass es sich um eine Überraschungsparty handelte, um mir zu meiner Beförderung zum leitenden Chef der Feuerwehr zu gratulieren.«

Mein Mund klappt auf. »Du hast die Stelle bekommen! Herzlichen Glückwunsch. Das ist fantastisch!«

Er grinst selbstbewusst. »Danke. Ja, ich bin begeistert. Es wird guttun, sich wieder regelmäßig gebraucht zu fühlen. Und die Freiwilligentruppe besteht aus lauter großartigen Leuten.«

Er zieht eine Grimasse. »Außer ihrer Unfähigkeit, einen Wink zu verstehen. Ich habe versucht, ihnen zu erklären, dass ich heute Abend verabredet bin, doch sie haben das als eine Einladung betrachtet, uns beim Karaoke Gesellschaft zu leisten.«

Ich drücke seinen Arm. »Ist schon gut. Ich habe zwar nicht damit gerechnet, mich vor so vielen deiner Freunde als schlechte Sängerin bloßzustellen, aber ich betrachte es als Test.«

»Als Test wofür?«, fragt er nach.

»Als Test, ob du wirklich so gut damit klarkommst, wie du behauptest, dich mit einer Frau verabredet zu haben, die singt wie ein sterbender Schwan.«

Er lacht. »Hör auf! So schlimm wird es nicht sein.«

»Oh doch«, versichere ich. »Als meine Mädchen Babys waren, habe ich versucht, Schlaflieder zu singen, doch am Ende haben sie sich immer die Augen ausgeweint. Jedes Mal. Sogar Kinder spüren, dass hier bei mir etwas nicht stimmt.« Ich deute auf meine Kehle und meinen Mund.

»Mir gefällt es«, erklärt Deacon und schlingt einen Arm um meine Taille. »Und es wäre mir egal, wenn du die schlechteste Sängerin in ganz Kalifornien wärst. Aber du musst auch nicht singen, wenn du nicht willst. Ich kann zum DJ hinübergehen und deinen Namen aus der Liste löschen.«

Ich schüttle den Kopf. »Nein, ich werde mich der Herausforderung stellen. Ich kneife nicht vor Dingen, die mir Angst machen. Eigentlich könnte ich …« Ich löse mich aus seiner Umarmung und wühle in meiner Handtasche, bis ich mein Handy finde. »Ich werde meiner Freundin Mina schreiben und fragen, ob sie sich uns nicht anschließen will.« Ich rufe Minas Nummer auf und beginne, mit meinen Daumen die Buchstaben einzugeben. »Sie besitzt eine unglaubliche Stimme und erzählt mir ständig, jeder könnte singen lernen. Dies ist eine gute Gelegenheit, ihr zu zeigen, wie falsch sie damit liegt.« Ich blicke zu Deacon auf. »Ich meine, falls es dir recht ist. Ich dachte, da wir ohnehin eine ganze Gruppe sind …«

Er nickt. »Ja, schreib ihr. Je mehr Leute, desto lustiger.«

Ich schicke die Nachricht ab und dann begeben wir uns an den Tisch der Feuerwehrleute, der bereits der lauteste im Raum ist. Ich weiß nicht, ob alle Ersthelfer so gern feiern wie diese Freiwilligen, doch als eine Stunde später Mina eintrifft, die in Overall, schwarzem Rollkragenpullover und einer kokett auf ihren karamellfarbenen Locken sitzenden Baskenmütze entzückend aussieht, geht es an unserem Tisch bereits ziemlich rüpelhaft zu. Deacons Freund Ferris probiert aus, wie viele leere Flaschen er auf seiner Stirn balancieren kann, und seine Zwillingsschwester Fiona versucht, zwei der anderen Männer davon zu überzeugen, ihr bei einem Kopfstand zu helfen, während sie einen Angry Dragon Shot hinunterkippt.

»Wow, ich hatte ja keine Ahnung, dass Karaoke eine Kontaktsportart ist«, sagt Mina, während sie an die Wand gedrückt wird, als Hoover nach seiner Darbietung von »Paradise by the Dashboard Light« von der Bühne springt und in der Menge eine Kettenreaktion in Gang setzt.

»Ich weiß.« Ich drücke ihre Hand. »Ist es in Ordnung für dich, hier allein zu bleiben, wenn ich da hochgehe? Wahrscheinlich bin ich nach Deacon dran; er hat unsere Namen zur gleichen Zeit in die Liste eingetragen.«

Mina wedelt mit den Händen. »Also bitte, Frau. Du weißt doch, dass ich ständig ausgehe. In dieser Hinsicht bin ich professionell. Ich habe keine Angst vor Massen.«

Sie beugt sich näher zu mir und fügt leise hinzu: »Und danke übrigens für die Einladung zu dem Treffen der heißen Feuerwehrmänner. Ich meine, du hast natürlich den heißesten erwischt.« Sie zeigt auf Deacon, der gerade die Stufen zur Bühne hinaufsteigt. »Aber da gibt es so einige, die ich auch nicht aus meinem Bett werfen würde. Und ich habe noch keinen Ehering entdeckt.«

Ich stoße ihr meinen Ellbogen in die Rippen. »Na dann los, Mädel! Falls es dir gelingt, ein Wort dazwischenzuschieben.« Ich blicke bedeutungsvoll in Richtung der Vollbusigen, deren Name Karen ist, wie ich jetzt weiß, die für mich jedoch immer die vollbusige Schwätzerin bleiben wird. Die Frau hat nicht ein Mal aufgehört zu reden, seitdem ich mich an den Tisch gesetzt habe. Allerdings hat sie aufgehört, Deacon alle fünf Sekunden zu betätscheln, was echt nett von ihr ist.

Mina grinst. »Mach dir keine Sorgen um mich. Ich werde einen von der Herde trennen und ihn ganz für mich allein haben, nachdem du uns alle mit deiner musikalischen Begabung erfreut hast.«

Ich schnaufe. »Du wirst schwer enttäuscht sein.«

Mina öffnet den Mund, doch ihre Antwort geht in den ersten Klängen eines Gitarrensolos unter. Ich erkenne den Auftakt zu »More than a Feeling« und auf meinem Gesicht zeigt sich ein erfreutes Lächeln.

»Weiß er, dass das dein Lieblingslied ist?«, fragt Mina mit erhobener Stimme, damit ich sie über die Musik hinweg verstehen kann.

»Ich weiß nicht. Ich habe es einmal erwähnt. Anlässlich unserer ersten Verabredung. Wir waren auf dem

Rückweg vom Mittagessen und das Lied wurde im Radio gespielt.« Strahlend blicke ich zu Deacon auf, der mit wissender Miene auf mich hinab lächelt und mir so zu verstehen gibt, dass dies kein Zufall ist.

»Oh Mann, dieser Mann hat Charme. Wir werden ihn im Auge behalten müssen«, knurrt Mina. Doch auch sie lächelt und ihr Lächeln wird noch breiter, als Deacon zu singen beginnt, in einer vollen, tragenden Stimme, die mir die Härchen auf den Armen zum Stehen bringt.

Schon nach den ersten Noten weiß man, dass er wunderbar singt. Doch als er dann beim Refrain angelangt ist und seine Stimme mit einem Selbstvertrauen, das meine Knochen weich werden lässt, zu ihrer vollen Kraft entfaltet, wird klar, dass er ein Talent besitzt. Eine köstliche Gabe. Und ich weiß es zu schätzen, dass ich hier sein darf und in deren Genuss komme. Jedes Mal wenn er mir in die Augen blickt, fährt ein elektrischer Schock durch meinen Körper. Als er dann zum Ende kommt, vibriere ich in einer vollkommen anderen Frequenz als zuvor.

Ich würde am liebsten quer durch den Raum zu ihm laufen, ihm die Arme um den Hals werfen und den sexy Mund verschlingen, der all diese wunderschönen Laute von sich gegeben hat.

Doch jetzt ruft der DJ meinen Namen auf.

Ich hole tief Luft und bahne mir meinen Weg durch die Menge. Wie leid mir all diese unschuldigen, unwissenden Ohren tun, an denen ich auf meinem Weg zur Bühne vorbeigehe. Sie haben nicht die geringste

Ahnung, was ihnen droht, und obwohl ich versuchen werde, sie zu warnen, weiß ich bereits, dass sie mir nicht glauben werden. So ist es immer, die Leute nehmen an, dass es nicht allzu schlimm sein kann.

Das ist ein Irrtum, den sie bereuen werden.

»Ihr wollt vielleicht nach draußen gehen und etwas frische Luft schnappen, bis ich fertig bin, Leute«, sage ich, während ich das Mikrofon in die Hand nehme und meine Finger um das noch warme Metall lege. Dann trete ich ins Scheinwerferlicht. »Ehrlich. Ich werde euch mehr Schmerzen bereiten als mir selbst.«

»Du machst das schon, meine Schöne«, ruft Deacon mir zu, der beinahe ganz vorn steht und beide Daumen hebt. Und dann erfüllen die Eröffnungstakte von »Love Shack« die Luft.

Ich lächle auf Deacon hinunter und schüttle den Kopf. »Du wirst dich noch an deinen Worten verschlucken, Baby. Und dir wünschen, du hättest Ohrstöpsel dabei.«

Gelächter schallt durch den Saal. Auch Deacon lacht und hört nicht auf zu lachen – leise zwar und mit einer Hand vor dem Mund, hinter der er sein breites Grinsen versteckt –, als ich den Mund öffne und tierische Laute daraus entströmen.

Beinahe auf der Stelle wird es still im Raum und Entsetzen und Ungläubigkeit schleichen sich in jedes Gesicht im Zuschauerraum. Nur Deacon macht eine Ausnahme. Doch seine Schultern hören einfach nicht zu zucken auf, was beweist, dass er meine Ton-Taubheit absolut zum Lachen findet. Als ich mich zur Hälfte durch das Lied gequält habe, lache auch ich, was meinen

Gesang nicht gerade verbessert, ihn aber auch nicht verschlimmert – denn schlimmer kann er nicht werden.

Doch sobald die Leute sehen, dass ich mich über mich selbst amüsiere, beginnen auch sie zu lächeln. Und dann fängt Mina an mitzusingen, gefolgt von der Abteilung der Freiwilligen Feuerwehr und den Gästen nahe der Bühne. Und schon bald heult die ganze Kneipe »Love Shack, Baby!« und auf den freien Flächen zwischen den Tischen wird getanzt, sodass meine Katzenmusik von dem süßen Gesang aus hundert Kehlen übertönt wird.

Als ich die letzten Noten heule, stoße ich beide Arme zum Sieg in die Luft und donnernder Applaus erfüllt den Saal. Der Beifall ist sogar lauter als der, den Deacon nach seiner Nummer geerntet hat. Und ich kann nicht aufhören zu grinsen, als ich das Mikrofon in seine Halterung zurückstelle.

Ich verlasse die Bühne, klatsche die Handflächen ab, die mir auf meinem Weg entgegengehalten werden, und als ich bei Deacon ankomme, zieht er mich in seine Arme und drückt mich so fest, dass meine Füße vom Boden abheben. Er knurrt mir ins Ohr: »Du bist ein Schlitzohr, Violet Boden.«

Kichernd löse ich mich von ihm, damit ich ihm in die Augen schauen kann. »Und ich habe dich nicht verschreckt?«

Er schüttelt den Kopf. »Auf keinen Fall. Ich bin sogar noch verrückter nach dir als zuvor. Du bist furchtlos, Frau, und das ist verdammt sexy.«

Ich beiße mir auf die Unterlippe. »Nicht so sexy wie deine unglaubliche Stimme. Ich möchte, dass du allein für mich singst. In meinem Bett. Während wir nackt sind. Am besten sofort.«

Seine Augen leuchten auf. »Ich werde die Rechnung bezahlen. Wir treffen uns draußen. In fünf Minuten.«

Ich verabschiede mich von Mina und dem Rest der Feuerwehr und eile wie ein geölter Blitz zur Tür.

Und zum ersten Mal gehen wir zu mir nach Hause. Wir schleichen uns die Treppe hoch, doch dann merken wir, dass Adriana nicht zu Hause lernt, wie sie es versprochen hat. Doch nicht einmal mein eigensinniger Teenager kann meine Gier mindern, mit diesem Mann ins Bett zu steigen.

»Ich werde ihr einen Sender in den Mantel nähen«, murmle ich an Deacons Lippen, als wir in Richtung meines Zimmers taumeln.

»Ich werde dir helfen. Ich weiß, wo wir billig einen kaufen können.«

»Ich habe doch nur Witze gemacht«, erkläre ich. »Jedenfalls zum größten Teil. Aber danke. Ich sollte mir allerdings nicht so große Sorgen machen, oder? Es wird schon alles in Ordnung sein. Sie hat immer noch gute Noten und ich rieche niemals Alkohol in ihrem Atem. Sie könnte bei Georgia sein und mit ihr lernen.«

»Das könnte sein. Was auch immer sie vorhat, sie ist jedenfalls ein kluges Kind«, beruhigt er mich. »Es geht ihr bestimmt gut. Und dir wird es auch gleich gut gehen, wenn es nach mir geht.«

»Bei dir fühle ich mich immer gut.« Ich küsse ihn, dann füge ich hinzu: »Noch viel besser als gut.«

Und so ist es. Stundenlang geht es mir gut, bis wir ungefähr um Mitternacht hören, wie Addie sich auf

Zehenspitzen ins Haus schleicht, und wir beide darin übereinstimmen, es sei an der Zeit, etwas auszuruhen.

Ich schlafe besser als in den vergangenen Monaten, in der Löffelchenstellung an den Mann gekuschelt, von dem ich zu glauben anfange, dass er doch perfekt für mich sein könnte.

KAPITEL NEUNZEHN

*Auszug aus dem Chat zwischen
Tristan Hunter und Deacon Hunter*

Tristan: Hey! Gerade habe ich einen Anruf von Dad erhalten. Hört sich so an, als wären Glückwünsche angebracht!

Deacon: Danke. Ja, gestern wurde mir die Neuigkeit mitgeteilt. Nächste Woche beginne ich, Vollzeit zu arbeiten. Zwei Tage arbeiten, drei Tage frei, zusätzlich teile ich mir mit dem vorherigen Chef Bereitschaftsstunden. Er wird noch so lange Teilzeit arbeiten, bis wir jemanden ausgebildet haben, der seine Stelle einnehmen kann.

Tristan: Ich rede nicht von deinem Job – obwohl das natürlich großartig ist und ich mich für dich freue –, ich rede von der Tatsache, dass du gestern Abend nicht nach Hause gekommen bist. Violet hat dich bei ihr übernachten lassen, hä? Das scheint ernst zu werden.

Deacon: Ich hätte auch ohnmächtig in der Straße hinter dem Karaokeladen liegen können. Oder einen Autounfall gehabt haben können. Oder ich hätte mich entschließen können, eine Last-Minute-Reise nach Las Vegas zu unternehmen.

Tristan: Offensichtlich trifft aber nichts davon zu. Du liegst doch jetzt gerade in ihrem Bett, habe ich recht?

Deacon: Kein Kommentar.

Tristan: Ha! Ich wusste es. Gut für dich, Bruder. Sag ihr, sie kann sich heute freinehmen, wenn sie will. Heute steht nicht viel an, nur ein paar Adoptionen und ein weiterer Besuch des Herpetologen. Er sagt übrigens, er brauche noch mindestens einen Monat, um seinen Abschlussbericht und seine Empfehlungen auszuarbeiten. Mir bleibt also genügend Zeit, mich bezüglich der Beseitigung des Gestrüpps nach jemand anderem umzusehen, wenn es an der Zeit ist, da du ja beschäftigt bist.

Deacon: Ich werde nicht zu beschäftigt sein. Wenn es soweit ist, werde ich zur Stelle sein. Ich würde die Arbeit lieber selbst überwachen. In dem Tierheim arbeiten eine Menge Leute, an denen mir etwas liegt. Ich will mich selbst davon überzeugen, dass ihr dort sicher seid.

Und Violet bedankt sich.
Sie könnte einen freien Tag gebrauchen, um ihrer Tochter die Leviten zu lesen, weil diese sich gestern Abend davongeschlichen hat.

Tristan: Ha, ich wusste, dass du noch mit ihr im Bett liegst.

Deacon: Halt die Klappe!

Tristan: Ich wünsche ihr viel Glück mit Adriana und ich bin mir sicher, du wirst ihr all die Geschichten von Rafe und Dylan erzählen, aus der Zeit, als sie noch Teenager waren. Wie sie gelogen und sich um ihren Vollzeitjob gedrückt haben. Und doch ist aus beiden etwas geworden.

Deacon: Das werde ich. Doch die Geschichte, als Rafe beinahe erschossen wurde, als er mitten in der Nacht durchs Fenster seiner Freundin steigen wollte, lasse ich aus.

Tristan: Ja, lass die weg. Ich bin mir sicher, Adriana ist nicht so dumm, in das Haus eines Mannes einzubrechen, der auf seinem Besitz Schilder aufgestellt hat, auf denen zu lesen ist: »Kein Durchgang. Eindringlinge werden erschossen. Überlebende werden noch einmal erschossen.«

Deacon: Sie scheint ein kluges Kind zu sein. Ich

wünschte nur, sie würde Violet nicht so sauer machen und ich könnte irgendwie helfen.

Tristan: Gemessen an Violets Lächeln, das sie während der letzten Tage auf dem Gesicht getragen hat, würde ich sagen, du machst deine Sache bereits gut. Sie wirkt glücklich. Und du auch.

Deacon: Das bin ich auch. Sie ist etwas Besonderes. Ich weiß zwar nicht, wie lange sie es mit mir aushalten kann, aber ich werde es genießen, solange es dauert.

Tristan: Ich würde mir über die Dauer keine Sorgen machen. Ich habe das Gefühl, ihr beide bleibt zusammen.

Deacon: Fordere das Glück nicht heraus!

Tristan: Glück in der Liebe kann man nicht herausfordern. Das hat mir Violet erklärt. Und sie ist eine kluge Frau, besonders in diesen Dingen.

Deacon: Das stimmt. Eine der klügsten, die ich je getroffen habe. Reden wir später! Ich werde ihr jetzt Pfannkuchen backen, um ihr zu zeigen, wie sehr ich das Privileg zu schätzen weiß, bei ihr übernachten zu dürfen.

Tristan: Super Gedanke.

Deacon: Ich mag vielleicht angerostet sein, kleiner Bruder, aber ich bin kein Narr. Besonders nicht, wenn es um Menschen geht, die ich nicht so bald wieder verlieren will.

KAPITEL ZWANZIG

VIOLET

*D*ie Zeit vergeht wie im Flug, wenn man Spaß hat.

Und wenn man sich verliebt hat ...

Na ja, dann fliegt sie mit Lichtgeschwindigkeit an einem vorbei.

Es ist, als hätte ich nur einmal mit den Augen geblinzelt und schon neigt sich der November dem Ende entgegen und wir feiern Thanksgiving mit den Mädchen bei meiner Mutter und am Tag danach ein Truthahn-Sandwich-Picknick mit Deacon an der Feuerstelle hinter meinem Haus, mit einer Flasche Chardonnay und zwei winzigen Kürbispasteten aus seinem Restevorrat. Und obwohl ich das niemals meiner Mutter oder irgendeinem anderen Gast ihres Festmahls erzählen würde, empfinde ich das verspätete Thanksgiving mit Deacon als besten Abschnitt des langen Wochenendes.

Geht es an Thanksgiving nicht um Dankbarkeit? Und von allem, wofür ich dieses Jahr dankbar sein kann, hat Deacon schnell einen Platz unter den ersten zwei eingenommen, zusammen mit der Gesundheit meiner Kinder und aller anderen Menschen, die ich liebe.

Er macht mich einfach so ... glücklich. Auf eine Art, die ich wahrscheinlich nie wieder erleben werde.

Und dann kommt der Dezember mit einem verrückten Kälteeinbruch und die Rohre in meinem alten Keller frieren ein und platzen. Die Südost-Ecke wird überflutet und meine Waschmaschine und der Trockner geben den Geist auf. Innerhalb einer Stunde erscheinen Deacon und seine neuen Angestellten von der Freiwilligen Feuerwehr auf der Bildfläche. Obwohl es Sonntag ist und sie alle gerade eine Nachtschicht hinter sich haben und ich mir sicher bin, dass sie alle bestimmt keine Lust haben, am ersten frostigen Tag des Jahres Wasser aus einem Keller zu pumpen.

Aber sie tun es trotzdem. Sie pumpen und schrubben und stellen Ventilatoren auf, und das alles mit einem Lächeln auf dem Gesicht. Ich denke, teilweise ist das den Tabletts voller heißem Kakao mit Schuss zu verdanken, die ich während des Nachmittags hinuntertrage, doch der Hauptgrund ist der Mann, der mich in seine Arme zieht, als das Chaos einigermaßen unter Kontrolle ist, und mir erklärt, er kenne einen Mann, der billig Elektrogeräte verkaufe und ihm einen Gefallen schulde.

Deacon inspiriert die Leute, die er anführt, und füllt seine neue Stelle als Leiter der Freiwilligen Feuerwehr perfekt aus. Und obwohl ich die Zeit vermisse, als er nur ein paar Nachmittage in der Woche arbeiten musste, bin ich so stolz auf ihn.

»Du bist ein guter Boss«, flüstere ich und tätschle ihm die Brust mit einer Hand, während ich mit der anderen seinen Mitarbeitern zuwinke.

»Ich bin mir nicht so sicher, ob Ferris und Fiona dem zustimmen würden«, sagt er schmunzelnd. »Sie wollten heute eigentlich den ganzen Tag Fußball gucken. Aber heiße Schokolade mit Schuss scheint die Enttäuschung etwas gemildert zu haben. Hoffentlich finde ich keine Reißzwecken auf meinem Bürostuhl, wenn ich Mittwoch dort erscheine.«

Ich brumme glücklich und schmiege meine Wange an seine Brust. »Richtig. Dein Wochenende beginnt jetzt. Was steht auf der Wunschliste für deine freie Zeit?«

»Nickerchen«, gähnt er. »Viele Nickerchen.«

»Alter Mann«, necke ich ihn und drücke ihn fester an mich.

»So alt. Und müde. So alt und müde, dass ich wahrscheinlich Hilfe brauche, um ins Bett zu gelangen, Vi.«

Ich lege den Kopf in den Nacken und schenke ihm ein schiefes Lächeln. »Ist das so?«

Er nickt und seine Brauen ziehen sich mitleidheischend zusammen. »Ja.«

»Du armes Ding, lass mich dir helfen, die Treppe hochzugehen. Wir werden dich ins Bett bringen und dann kannst du solange schlafen, wie es dauert, deine Kräfte zu sammeln. Ich werde dir heiße Wärmflaschen und Tee bringen, bis du wieder fit bist.«

»An eine heiße Wärmflasche hatte ich nicht gerade

gedacht.« Er lässt seine Arme fallen, um meinen jeansbekleideten Hintern zu umfassen. Dann schließen wir die Tür und steigen die Treppe hoch. »Ich dachte eher an eine heiße Brünette. Eine mit richtig langen Haaren, die ich gern um meine Hände wickle, wenn ich sie von hinten ficke.«

»Leise!« Ich drehe mich auf der Treppe herum und blicke ihn mit weit aufgerissenen Augen an, während ich einen Finger auf meine Lippen lege und flüstere: »Adriana ist oben in ihrem Zimmer und lernt für die Fahrprüfung. Sie ist bei dem Test bereits dreimal durchgefallen.«

Er verzieht das Gesicht und wirft einen besorgten Blick über meine Schulter nach oben. »Mist. Glaubst du, sie hat das gehört? Ich wusste nicht, dass sie zu Hause ist. Ich habe sie zuletzt vor dem Mittagessen gesehen.«

Ich runzle die Stirn. »Nicht das schon wieder. Sie sollte zu Hause sein. Sie hat mir nichts davon gesagt, dass sie weggehen will.« Ich gehe weiter die Treppe hinauf und dann links den Flur entlang, bis ich vor Adrianas Zimmer stehe. »Addie, Liebes, würde es dir etwas ausmachen, gleich für mich zum Laden zu gehen? Nur in den Supermarkt an der Ecke. Wir brauchen Brot und schwarze Bohnen und Mandelmilch für den Kaffee.«

Ich halte inne und warte auf eine Antwort, die nicht kommt. »Addie? Bist du eingeschlafen?« Ich warte noch einen Augenblick, bevor ich nach dem Türknauf greife und ihn herumdrehe. Ich öffne die Tür und sehe Addies verlassenes Bett, ihren verlassenen Schreibtisch und eine verlassene zerschlissene, alte Couch, die sie vor zwei Jahren unbedingt vom Flohmarkt nach Hause schleppen musste.

Deacon hinter mir knurrt und ich seufze.

»Du hattest recht. Ich nehme an, ich hätte auf einen Sender bestehen sollen. Ich hatte so sehr gehofft, wir hätten diese Phase hinter uns. Sie hat sich seit Wochen nicht mehr davongeschlichen, ohne mir zu sagen, wo sie hingeht.«

»Soweit du weißt«, stellt Deacon fest. Und obwohl ich es ungern zugebe, hat er recht.

»Was soll ich nur machen?« Ich fahre mir mit der Hand durchs Haar. Plötzlich spüre ich all die Stunden, während derer ich mit Getränken und Werkzeugen die Kellertreppe hinauf- und hinuntergelaufen bin. »Ich meine, es scheint ihr gut zu gehen, daher will ich mir eigentlich keine Sorgen machen, aber mein Mutterinstinkt sagt mir, dass etwas ganz und gar nicht stimmt. Dass sie meine Hilfe braucht, aber aus irgendeinem Grund Angst hat, mich darum zu bitten.«

Deacon legt mir beruhigend eine Hand auf den Rücken. »Dann lass uns die Köpfe zusammenstecken und uns einen Plan ausdenken. Wir sollten herausfinden, was in ihr vorgeht.«

Ich drehe mich zu ihm herum. Plötzlich überkommt mich eine solche Welle der Dankbarkeit, dass ich nicht anders kann, ich muss ihm die Arme um die Taille schlingen und ihn fest drücken. »Danke«, murmle ich in den weichen Stoff seines Sweatshirts.

»Dank mir nicht zu früh«, wehrt er ab, während er meine Umarmung erwidert. »Wir haben noch keinen

Plan und im Augenblick bin ich zu müde, um darüber nachzudenken. Ich bin seit über vierundzwanzig Stunden auf den Beinen und hatte möglicherweise einen Schuss Schnaps zu viel in meinem Kakao.«

Ich nehme seine Hand und führe ihn lächelnd den Flur entlang. »Wir brauchen nicht unbedingt jetzt sofort einen Plan. Allein das Wissen, dass ich einen Partner bei ihrer Überwachung gefunden habe, reicht mir für heute. Und ich gebe mich auch gern mit einer Mütze Schlaf zufrieden, wenn du zu müde bist für anderen Spaß.«

»Dafür bin ich niemals zu müde«, erwidert er. Dann schließt er meine Schlafzimmertür hinter uns.

Und wie immer hält er sein Wort.

KAPITEL EINUNDZWANZIG

*Auszug aus dem Chat zwischen
Deacon Hunter und Violet Boden*

Deacon: Wie ist dein Donnerstag, Sexy? Ich habe dich gestern Nacht in meinem Bett vermisst.

Violet: Ich dich auch. Ich habe gefroren. Ich habe mich daran gewöhnt, einen menschlichen Ofen unter der Decke in meinem Bett zu haben.

Deacon: Dein Ofen ist bald wieder einsatzbereit. Um Mitternacht bin ich fertig. Steht für morgen immer noch die Operation »Folgen wir Addie« auf dem Plan?

Violet: Ich denke schon ... Sie hat definitiv immer noch vor auszugehen. Es ist doch nicht falsch, ihr hinterherzuspionieren, oder? Bin ich eine schreckliche Mutter, die das Vertrauen ihrer Tochter missbraucht? Sollte ich für eine Auszeit in die Ecke geschickt werden?

Deacon: Nein, du bist eine gute Mutter, die befürchtet, ihre Tochter könnte sich mit jemandem eingelassen haben, der nicht gut für sie ist. Du bist ein offener Mensch mit einem großen Herzen – immerhin missbilligst du Adrianas Partnerwahl ja nicht aus einem oberflächlichen Grund heraus. Wenn sie diesen Kerl vor dir versteckt, gibt es wahrscheinlich wirklich etwas zu verbergen.

Violet: Das denke ich auch! Aber es ist gut, das von jemand anderem zu hören. Ich bin mir sicher, ihr Dad würde das auch so sehen, aber ich will ihm jetzt noch nichts erzählen. Es besteht kein Anlass, ihn zu beunruhigen, bis ich sicher bin, was los ist. Er neigt dazu, schnell auszuflippen, wenn es um die Kinder geht. Wenn es nach ihm ginge, würden die Mädchen alle bis zu ihrem dreißigsten Lebensjahr in einen Turm eingeschlossen werden.

Deacon: Wenn ich Mädchen hätte, wäre ich sicher genauso. Meine Jungs sind Gentlemen, aber ich weiß, die meisten Männer in ihrem Alter sind das nicht.

Violet: Danke, dass du die zwei so gut erzogen hast. Es ist gut zu wissen, dass zumindest zwei gute Männer dort draußen herumlaufen. Aber das wirft auch die Frage auf – was tun wir, wenn wir herausfinden, dass Adriana sich mit einem von den Bösen trifft? Ich meine, vor dem Gesetz ist sie erwachsen und kann sich mit jedem Menschen ihrer Wahl verabreden.

Deacon: Sie lebt unter deinem Dach, lässt sich von dir ernähren und schläft in einem Zimmer, dessen Heizung du bezahlst. Solange das alles sich nicht ändert, ist sie noch ein Kind und den im Haus ihrer Mutter geltenden Regeln unterworfen.

Violet: Ich kann ihr doch nicht drohen, sie aus dem Haus zu werfen, wenn sie nicht mit diesem Arschloch Schluss macht, Deacon. Das ist zu herzlos. Außerdem, wenn man Adriana kennt, weiß man, dass dies ihr Verlangen nach dem Kerl nur noch fördern würde. Sie ist dickköpfig.

Deacon: Wie ihre Mutter?

Violet: Schlimmer. Viel schlimmer. Mein Geist ist relativ offen und ich kann meine Meinung ändern. Gelegentlich.

Deacon: Dafür bin ich jedes Mal dankbar, wenn ich dich küsse ...

Violet: Oh Gott, rede nicht vom Küssen. Ich würde alles für einen Kuss geben und es ist noch nicht einmal zwei volle Tage her.

Deacon: Ich könnte nach der Arbeit vorbeikommen. Oder du könntest zu mir kommen ...

Violet: Ich kann nicht. Ich nehme an Adrianas Mountainbiketreffen teil und danach gehe ich mit ihr und ihren Freundinnen zum Pizzaessen und in einen Spätfilm. Sie haben morgen schulfrei und keine von ihnen hat einen Führerschein, außer Georgia, und die ist so traumatisiert, nachdem sie Dash überfahren hat, dass sie im Moment mit den anderen Bus fährt.

Deacon: Wie geht es Dash?

Violet: Er wird gesund, langsam, aber sicher. Wenn alles gut geht, sagt Dr. Moshin, sollte er in ein oder zwei Wochen zur Adoption freigegeben werden können.

Deacon: Und du wirst das tatsächlich zulassen?

Violet: Das werde ich wohl müssen. Er ist ein Süßer, aber ich habe doch bereits vier Katzen, drei Vögel, zwei Ratten, von denen meine Älteste versprochen hat, sie mit ins Studentenwohnheim zu nehmen, wozu es aber nie kommt, und ein Aquarium voller Fische. Ich habe alle Hände voll zu tun.

Deacon: Aber einen Hund hast du nicht. Hunde sind am besten. Die Zuneigung eines Hundes ist dir immer gewiss. Wenn du dich auf eine Sache auf der Welt verlassen kannst, so ist es die Liebe eines Hundes.

Violet: Ich hatte einst einen Hund. Zwei, um genau zu sein. Aber Grant hat Frankie und Penelope mitgenommen, als er ausgezogen ist.

Deacon: Arschloch.

Violet: Ist schon in Ordnung. Jetzt leben sie mit Tracey zusammen, lieben sie über alles und sind sehr glücklich. Das ist auch so eine gute Seite an Hunden – sie gedeihen, wohin man sie auch verpflanzt. Wenn der Mensch, den sie lieben, nicht mehr verfügbar ist, finden sie jemand anderen, dem sie ihre Zuneigung schenken können, und sind genauso glücklich wie vorher.

Deacon: Ich würde dir niemals die Hunde wegnehmen und dich mit einer Bande launischer Katzen sitzen lassen.

Violet: Meine Katzen sind nicht launisch! Manchmal kotzen sie, aber launisch sind sie nicht.

Deacon: Trotzdem ... es bleiben Katzen.

Violet: Das ist wahr. Und ich weiß dein Versprechen zu schätzen, obwohl ich glaube, dass wir uns darüber im Moment noch keine Gedanken machen müssen. Um uns trennen zu können, müssten wir erst einmal offiziell zusammen sein.

Deacon: Dann lass uns offiziell zusammen sein.

Violet: Wir treffen uns doch erst seit sechs Wochen. Du könntest heimlich eine Familie in Peoria haben, ohne dass ich davon weiß.

Deacon: Glaubst du wirklich, ich hätte heimlich eine Familie? Und wo liegt Peoria überhaupt? In Illinois?

Violet: Ich weiß es auch nicht so genau. Und nein, ich glaube nicht, dass du heimlich noch eine Familie hast. Ich denke, du bist ehrlich, beinahe übertrieben ehrlich. Das ist einer der Charakterzüge, die ich an dir mag.

Deacon: Mir gefällt das Gleiche an dir. Und ich brauche nicht noch mehr Zeit, um zu wissen, dass ich mehr Zeit mit dir will. Ich stehe auf dich, Violet Boden. Vollkommen. Aber wenn du noch nicht bereit bist, unserer Beziehung einen offiziellen Stempel aufzudrücken, ist das in Ordnung. Ich kann warten.

Violet: Ich stehe auch wahnsinnig auf dich. Ich meine, zwei Tage getrennt voneinander fühlen sich so an, als würden bleibende Schäden entstehen. Ich würde sagen, du hast mich an der Angel.

Deacon: Dann sei meine Freundin. Lass es uns offiziell machen.

Violet: Okay.

Deacon: Du zeigst nicht gerade den Enthusiasmus, den ich mir gewünscht hätte, aber das muss ich wohl so hinnehmen.

Violet: Dass ich nicht lache! Entschuldige! Ich bin enthusiastisch. Ich trage im Moment ein solch breites Grinsen auf dem Gesicht, dass die Leute auf den Sitzen um mich herum mich langsam seltsam betrachten. Ich bin unverschämt glücklich, deine Freundin zu sein. Wirklich.

Deacon: Gut. Es gefällt mir, wenn du wahnsinnig glücklich bist. Ich kann es kaum erwarten, dich wiederzusehen, Baby.

Violet: Mir geht es ebenso. Morgen kann für mich nicht schnell genug kommen. Übrigens, Adriana sagt, sie würde ungefähr mittags das Haus verlassen.

Deacon: Dann komme ich um elf Uhr. Für den Fall, dass sie schon früher aufbricht.

Violet: Oder du kommst bereits um zehn Uhr und wir gehen vorher noch zum Imbiss und holen uns etwas für ein Brunch. Ich meine, wer weiß, wo sie hingeht? Es könnte ein langer Tag werden. Da starten wir doch besser mit einem herzhaften Frühstück.

Deacon: Du hast recht. Und manchmal bildet sich freitags eine Schlange zur Brunchzeit. Ich sollte besser bereits um neun Uhr dort sein, nur für den Fall.

Violet: Oder besser noch um acht Uhr. Dann können wir noch ein bisschen bei einer Tasse Kaffee klönen …

Deacon: Ich mag deine Art zu denken, Frau. Und ich mag die Art, wie du schmeckst. Bist du sicher, dass ich nicht rüberkommen soll? Du wirst es nicht bereuen …

Violet: Das weiß ich. Das erinnert mich an eine Frage, die ich dir stellen wollte.

Deacon: Dann mal los. Du weißt, ich bin ein offenes Buch.

Violet: Wie um alles in der Welt hast du es geschafft, so lange Single zu bleiben? Ein solch guter Fang wie du bist?

Deacon: Als wir uns zum ersten Mal getroffen haben, hast du mich nicht für einen guten Fang gehalten.

Violet: Stimmt. Nun, du gefällst mir immer besser. Viel besser. Und doch, ab und zu hätte es doch auch in den vergangenen zwölf Jahren eine andere Frau geben müssen, die auf dein hübsches Gesicht abgefahren wäre und auf deine entzückenden Muskeln und deine umwerfende Singstimme und darauf, wie unverschämt hilfsbereit und großzügig du bist.

Deacon: Es gab ein paar. Aber mein Bauchgefühl verriet mir, keine dieser Beziehungen würde auf lange Sicht halten. Wie eine weise Frau, die ich kenne, einst sagte, ich bleibe lieber allein, als dass ich mit jemandem zusammen bin, der meine Ansprüche nicht erfüllt.

Violet: Und was haben Sie für Ansprüche, Mr. Hunter?

Deacon: Das würde ich Ihnen lieber persönlich mitteilen, Miss Boden, während ich versuche, Ihre Ansprüche zufriedenzustellen, bis Sie meinen Namen schreien.

Violet: Addie und ihre Freundinnen schlafen bei mir. Da sind Schreie strengstens verboten.

Deacon: Dann hole ich dich doch besser bei dir zu Hause ab, wenn ihr aus dem Kino zurückgekehrt seid, und dann fahren wir zu mir. Zwar sind die Zwillinge übers Wochenende zu Hause, aber sie haben im Gästehaus Quartier bezogen und Dad ist bei Sophie, dann wären also nur wir beide im Haupthaus.

Violet: Das hört sich gut an, nur wir beide … Und die Mädchen kommen gut allein zurecht. Aber ich muss morgen früh um sieben Uhr wieder bei mir zu Hause sein, um Frühstück zu machen. Ich habe ihnen Omeletts mit Pilzen und Schafskäse versprochen.

Deacon: Abgemacht.

Violet: Perfekt. *mit den Augen zwinkerndes Emoji* Bis später.

Deacon: Ich kann es kaum erwarten.

KAPITEL ZWEIUNDZWANZIG

VIOLET

Ich verbringe gern Zeit mit meinen Kindern. Jedes Alter und jede Entwicklungsphase sind mir kostbar gewesen – selbst die furchtbaren Kleinkinderjahre und das ähnlich herausfordernde zwischenmenschliche Hindernisrennen als Elternteil von Teenagern. Ich würde keine Sekunde eintauschen, die ich damit verbracht habe, Filme anzusehen oder Fahrrad zu fahren oder mit meinen Mädchen in den Second-Hand-Läden auf Schnäppchenjagd zu gehen, auch nicht für ein ewiges Leben oder einen Sack voll Geld.

Heute Abend jedoch bin ich im Geiste nicht bei Addie und ihren Freundinnen.

Ich versuche, mich auf das Geschwätz der Mädchen zu konzentrieren, das wie aus einem Schnellfeuergewehr durch den Wagen hallt, während ich vom Parkplatz der Pizzeria hinunterfahre und das Kino ansteuere. Doch ich kann bei den Namen und Hintergrundgeschichten einfach keinen Zusammenhang erkennen, wenn es darum geht, wer wen mit wessen ehemaliger bester Freundin aus Cloverdale betrogen hat.

Normalerweise genieße ich es, wenn sich mir ein solches Fenster zu Addies Welt öffnet, doch heute Abend sind meine Gedanken nicht in diesem Auto. Sie sind in Mercyville bei dem Mann, den ich nicht aus dem Kopf bekommen kann.

Bei meinem neuen offiziellen Freund …

Zum ersten Mal, seitdem ich in Addies Alter war, habe ich einen *Freund*. Und das ist wunderbar. Umwerfend. So viel besser als in meiner Erinnerung.

Deacon ist so besonders, und was wir gefunden haben, ist so viel intensiver als alles, was ich jemals zuvor empfunden habe, selbst nicht am Anfang mit Grant, als so viele Sterne in meinen Augen funkelten, dass ich in meiner Eile, mich zu verlieben, über meine eigenen Füße gestolpert bin.

Aber nicht einmal Grant hat mich so in Brand gesetzt, ein solches Begehren in mir geweckt, eine solche *Sehnsucht* nach ihm. Und es ist nicht mehr nur rein körperliche Sehnsucht. Bereits seit Wochen nicht mehr. Es ist Deacons Lächeln, sein Lachen, die Art, wie er meine Bedürfnisse an erste Stelle setzt, und wie er mich festhält, als wollte er mich niemals wieder loslassen.

Gott, es hat mich so schlimm erwischt – so schlimm, dass ich weiß, ich kann es nicht mehr lange für mich behalten.

»Erde an Mom«, höre ich Addies Stimme vom Rücksitz in einem Tonfall, der mich glauben lässt, dass sie mich nicht zum ersten Mal beim Namen gerufen hat. »Alles in Ordnung?«

»Alles gut.« Ich zwinge mich zu einem Lächeln und blicke ihr im Rückspiegel in die Augen. »Ich habe gerade darüber nachgedacht, was ich morgen alles erledigen muss.«

»Du hast die Einfahrt in die Parkgarage verpasst«, stellt Addie fest, offensichtlich davon überzeugt, dass ich nun letztlich doch senil geworden bin, was sie schon seit Jahren voraussieht.

Ich blinzle mit den Augen und lache unbehaglich, als ich merke, dass ich beinahe bis zum Einkaufszentrum gefahren bin. »Es tut mir leid. Ich habe geträumt. Gut, dass wir so früh dran sind.«

Ich wende den Wagen und zwinge mich, mich auf die Straße zu konzentrieren, die Unterhaltung und dass Addie seltsam still wird, als Georgia erwähnt, in den Frühlingsferien zelten zu gehen – normalerweise zeltet sie gern –, doch meine Gedanken kehren immer wieder zu Deacon zurück.

Lange bevor ich in seinen Wagen klettere, nachdem ich die Mädchen in Adrianas Zimmer abgesetzt habe mit der strikten Anweisung, das Haus nicht zu verlassen, bis ich morgen früh zurückgekehrt sein werde, außer es würde brennen, bin ich im Geiste bei Deacon.

Mit Herz und Seele.

»Und endlich auch mit meinem Körper«, seufze ich und lehne mich quer durch die Fahrerkabine zu Deacon hinüber, um ihn zu küssen.

»Was ist mit deinem Körper?«, murmelt er gegen meine Lippen.

»Er ist glücklich, wieder bei dir zu sein.«

»Meinem geht es genauso. Ich habe dich so vermisst«, erwidert er und legt den Gang ein, bevor er seine Hand auf meinen Oberschenkel legt. »Das ist zum Beispiel einer meiner Ansprüche, dass sich das Leben besser anfühlen muss als allein, wenn ich mit einem Menschen zusammen bin.«

Ich wende mich ihm zu und mustere sein von den Straßenlaternen erleuchtetes kräftiges Profil, während er den Wagen steuert. »Dann habe ich also den Test ›Das Leben muss besser sein‹ bestanden?«

»Du machst alles besser«, sagt er und wirft mir einen zärtlichen Blick zu. »Mich eingeschlossen.«

Mir zieht sich das Herz zusammen und in meinem Bauch tanzen Schmetterlinge, obwohl ich nicht mehr damit gerechnet hatte, das noch einmal erleben zu dürfen. Aber jetzt stellt sich heraus, dass Verliebtsein nicht nur den Jungen und Naiven vorbehalten ist. Es ist für jedermann, jeden Alters, von der offenherzigsten bis zur abgespanntesten Seele, die auf dieser Erde herumwandert und insgeheim darauf hofft, dass es da draußen jemanden gibt, der nur für sie geschaffen ist.

»Ich möchte gern mehr über deine Ansprüche erfahren«, flüstere ich.

»Und ich möchte dich so schnell wie möglich nackt ausziehen.«

»Dann solltest du besser schnell reden. Die Fahrt dauert nur zehn Minuten, Kumpel.«

Er lächelt und holt tief Luft, dann verrät er mir all seine Geheimnisse, als wäre es nichts. Als ob er niemals in Erwägung gezogen hätte, etwas von dem zu verbergen, was er jetzt im Dunkeln preisgibt, während wir durch die stille Nacht auf den Fluss zufahren.

Doch ich weiß es besser. Deacon ist wild auf seine Privatsphäre bedacht. Die Tatsache, dass er seine Schutzmauern für mich fallen lässt, ist etwas ganz Besonderes. Und so schnell sind sie wahrscheinlich noch nie gefallen, nehme ich an, und dieses Gefühl bestätigt sich, als er sagt: »Über den größten Teil dieser Dinge habe ich noch nie mit jemandem gesprochen. Nicht einmal mit meiner Ex-Frau während unserer Eheberatung. Aber bei dir habe ich nicht das Gefühl, etwas verstecken oder vortäuschen zu müssen, als hätte ich alles unter Kontrolle.« Er lacht so leise, dass der Laut beinahe von dem Gerassel des Schotters übertönt wird, als er in seine Auffahrt einbiegt. »Manchmal glaube ich, du magst mich lieber, wenn ich darum kämpfe, mit etwas klarzukommen.«

Grinsend streiche ich ihm sein immer länger werdendes Haar hinters Ohr. »Manchmal. Wenn du kämpfst, heißt das, du wächst, und Wachsen ist sexy.«

»Ich wachse definitiv«, stellt er fest, während er seine Finger auf meinem Schenkel höher hinaufgleiten lässt.

»Du bist schamlos«, erwidere ich. Mein Kichern verwandelt sich in einen Seufzer, als er seine Hand zwischen meinen Beinen ruhen lässt. »Das gehört auch zu den Dingen, die ich an dir liebe.«

Irgendwie schafft er es, den Wagen zu parken und den Motor abzustellen, ohne seine rechte Hand zu bewegen, und dann sind seine Lippen auf meinen. »Ich liebe alles an dir.«

»Lügner«, flüstere ich. Mein Herz klopft mir bis zum Hals. »Manchmal mache ich dich auch wahnsinnig.«

»Was mir ebenfalls gefällt. Du hältst mich auf Trab.« Seine Hand liegt jetzt auf meiner Taille. Er lehnt sich zurück, um mir in dem gedämpften Licht, das vom Scheunendach herab leuchtet, in die Augen zu blicken. »Was ich zu sagen versuche, ist …« Er stößt den Atem aus. »Etwas, das ich schon lange nicht mehr gesagt habe.«

Ich nicke, mein Herz rast und ich halte den Atem an. »Für mich ist es noch nicht ganz so lange her, aber man hat Angst, es auszusprechen.«

»Nur, wenn der andere nicht das Gleiche empfindet«, erwidert er. »Aber es ist schon in Ordnung. Falls du noch nicht so weit bist, kann ich warten, Vi. Wir machen uns keinen Druck.«

»Wirst du es sagen?«, frage ich flüsternd. »Oder wartest du, bis ich einen Herzinfarkt bekommen habe?«

Seine Lippen verziehen sich. »Ich verstehe mich auf Mund-zu-Mund-Beatmung. Aber natürlich will ich nicht riskieren, dass du einen Herzinfarkt bekommst. Dafür liebe ich dich zu sehr. Ich will dich und dein Herz in einem guten Zustand erhalten.«

In meinen Adern explodieren kleine Freudenbläschen. Ich schlinge die Arme um seinen Hals und drücke ihn fest. »Ich liebe dich und dein Herz auch.«

»So sehr wie du meinen Schwanz liebst?«

Ich löse mich von ihm und gebe vor, ernsthaft zu überlegen. »Beinahe. Beinahe genauso sehr.«

»Wer ist jetzt schamlos?« Er lacht und kitzelt mich,

bis ich aus dem Wagen hüpfe, um seinen Fingern zu entkommen.

Auf der Veranda lasse ich mich jedoch von ihm einfangen und dann auf der Treppe und noch einmal vor seinem Schlafzimmer, bevor wir dort hinein taumeln und die Tür hinter uns schließen. Und dann beweisen wir uns mit jedem süßen, erregenden Kuss, wie verliebt wir ineinander sind.

KAPITEL DREIUNDZWANZIG

DEACON

Es ist wunderschön, mit Violet in den Armen einzuschlafen, um dann aufzuwachen und festzustellen, dass sie immer noch da ist.

Obwohl ich zugeben muss, lieber durch die Sonnenstrahlen, die durch die Gardinen scheinen, geweckt zu werden als von dem schrillen Klingelton von Violets Handy.

»Oh mein Gott, was?« Sie tastet sich über die Decke vorwärts und greift sich mit noch geschlossenen Augen das Handy vom Nachttisch. Ich schiele in ihre Richtung und unterdrücke ein Stöhnen, als ich die Uhrzeit sehe.

Viertel vor fünf morgens. Ein Anruf um diese Zeit kann nur eines bedeuten – jemand ist in Schwierigkeiten. Ich hoffe, es ist keins ihrer Kinder. Oder etwas Ernstes. Oder beides zusammen.

Ich setze mich aufrecht hin und lange nach meinem T-Shirt und der Jeans, die Violet gestern Abend, als sie mir die Kleider vom Leib gerissen hat, achtlos zu Boden geworfen hat. Ich denke, ich sollte mich anziehen und mich darauf vorbereiten, uns zu fahren, wo auch immer wir hinfahren müssen. Ich werde sie auf jeden Fall begleiten, selbst wenn sie sich darüber mit mir streiten sollte. Auf keinen Fall lasse ich sie nach den paar Stunden Schlaf allein mit einem Notfall fertigwerden. Vor ein Uhr morgens sind wir nicht ins Bett gekommen.

Also gut, wir sind zu Bett gegangen ...

Sind aber nicht sofort eingeschlafen.

»Wow, wow, mach mal langsam, Ginny«, sagt Violet und schwingt ihre Beine über die Bettkante, während sie sich aufrecht hinsetzt. »Was ist los?« Mitten in der Bewegung hält sie plötzlich inne, während sie sich die Augen reibt. »Was? Sag das noch einmal.«

Ihre Augen weiten sich und lächelnd lässt sie den Blick in meine Richtung schweifen, was mich hoffen lässt, dass dies doch kein Notruf ist. »Wie schön für dich, Frau. Das ist wunderbar. Ich hatte gehofft, ihr beide würdet euch finden, aber ich hätte niemals ...« Violet unterbricht sich und verzieht ihr Gesicht wegen etwas, das Virginia am anderen Ende gesagt hat. »Ja, ich weiß. Das geschieht angeblich. Beim nächsten Mal sollte es nicht mehr wehtun. Mmhm. Ja. Ehrlich.« Sie kuschelt sich wieder ins Bett, lehnt sich mit dem Rücken gegen das Kopfende und zieht die Decke über ihre verführerischen Beine. Dann bedeutet sie mir, sich zu ihr zu gesellen.

Ich halte einen Finger in die Höhe, dann zeige ich mit dem Daumen in Richtung Badezimmer. Sie lächelt wieder und nickt, während sie Ginny fragt: »Ist das die schlechte Nachricht? Du sagtest, du hättest eine gute und eine schlechte Nachricht.«

Ich gehe ins Badezimmer, benutze die Toilette, wasche mir die Hände und gönne meinen Zähnen eine schnelle Säuberung. Denn es besteht die Chance, dass Violet mir gestattet, sie für ein frühmorgendliches Nickerchen in den Schlaf zu küssen. Aber als ich zurückkehre, schreitet sie mit nachdenklicher Miene auf dem Bettvorleger auf und ab und ich weiß, dass wir so bald nicht ins Bett zurückkehren werden.

»Was ist los?«, erkundige ich mich und schiebe meine Enttäuschung beiseite.

»Die Tigersalamander«, beginnt sie und wickelt eine Locke um ihren Finger, so wie sie es immer tut, wenn sie nachdenkt oder sich Sorgen macht oder beides. »Es sieht so aus, als wären es keine Tigersalamander. Deshalb hat Ginny mich so früh morgens angerufen. Sie flippt aus, weil sie befürchtet, Tristan und du, ihr könntet sie umbringen, weil sie zu keiner vom Aussterben bedrohten Art gehören.«

»Ich habe nicht vor, irgendjemanden oder irgendetwas umzubringen.« Ich setze mich in den Schaukelstuhl in der Nähe des Fensters und lege die Handflächen aufeinander. »Ich bin mir sicher, Tristan ebenso wenig, obwohl die Entscheidung am Ende bei ihm liegt. Hoffentlich können wir einen Kompromiss finden. Aber irgendetwas müssen wir wegen des Gestrüpps unternehmen. Es ist ein Feuerrisiko und du weißt, wie tödlich die Wildfeuer während der letzten Jahre waren.«

»Ich weiß, es ist nur –« Sie unterbricht sich, denn

draußen hat es laut gekracht. »Was zum Teufel war das?«

»Wahrscheinlich wieder Waschbären, die im Abfall stöbern«, erkläre ich und drehe mich herum, um die Gardine beiseitezuziehen. »Die Jungs vergessen immer, die Steine wieder auf die Deckel zu legen, wenn sie den Müll weggebracht haben.«

Doch als meine Augen sich an das Dämmerlicht gewöhnt haben, das von der Scheunenlampe den Bereich um die Garage erhellt, sehe ich keinen Müllräuber in den Resten des gestrigen Abends herumwühlen.

Ich sehe, wie ein Mädchen mit einer Mütze, unter der ein langer Zopf hervor baumelt, den Mülleimer wieder aufrichtet, während einer der Zwillinge die verstreuten Müllbeutel wieder hineinstopft. Zuerst bin ich mir nicht sicher, ob es sich um Jacob oder Blake handelt, aber dann lacht er auf und ich erkenne an der Art, wie seine Schultern zucken, dass es Jacob ist.

Nur dass es nicht Raney ist, seine Freundin, mit der er nun seit beinahe drei Jahren zusammen ist, die er jetzt in seine Arme zieht und zärtlich auf die Stirn küsst. Dies ist jemand Neues, ein Mädchen, von dem er mir noch nichts erzählt hat. Und außerdem haben wir noch nicht darüber gesprochen, ob es okay ist, wenn Mädchen über Nacht bleiben. Ich weiß, meinen Dad kümmert es wenig, wer auf seinem Grundstück lebt, aber ich bin mir nicht sicher, ob ich bereit bin, ab jetzt jedes Mal, wenn ich vorbeikomme, um zu Abend zu essen oder mit meinen Söhnen Xbox zu spielen, auf die

Fickkumpel meiner zwanzig Jahre alten Söhne zu treffen.

Ganz zu schweigen von der Tatsache, dass die zwei winzigen Schlafzimmer im Gästehaus lediglich durch ein zentimeterdünnes Sperrholzbrett voneinander getrennt sind, das Dad zusammengezimmert hat, als die Jungs vor ein paar Jahren den Wunsch geäußert haben, dass sie jeder ihr eigenes Zimmer haben möchten. Aus Respekt vor Blake, der mit Sicherheit nicht begeistert ist, im benachbarten Raum jedes Knarren und jedes Stöhnen vom Bett seines Bruders mitzubekommen, hätte Jacob zuerst mit der Familie reden sollen.

»Was ist da unten los?«, fragt Violet und stellt sich hinter mich.

»Sieht so aus, als hätte Jacob eine Freundin mit nach Hause gebracht, ohne es mir zu sagen«, flüstere ich, damit meine Stimme nicht durch das Glas bis zu dem Paar dringt, das sich gerade unter uns küsst.

»Das scheint in der Familie zu liegen«, sagt Violet lachend. Doch dann zieht sie scharf die Luft ein, als sie sich vorbeugt, um aus dem Fenster zu spähen. »Ach du meine Güte ...« Sie stützt sich mit einer Hand auf meine Schulter und zeigt mit dem Finger auf den Lichtkegel. »Das ist Adriana. Das ist meine Tochter.«

KAPITEL VIERUNDZWANZIG

VIOLET

Meine Tochter ist nicht zu Hause in ihrem Bett, obwohl sie es mir versprochen hat. Meine Tochter treibt sich um fünf Uhr morgens im Sonoma County herum und knutscht mit Deacons Sohn direkt vor meiner Nase.

Buchstäblich.

Wenn ich das Fenster öffnen und mich hinauslehnen würde, wäre ich in der Lage, ein Klavier auf ihren lügenden, herumschleichenden Kopf fallen zu lassen.

»Was werden wir unternehmen?«, fauche ich, während ich entsetzt beobachte, wie Jacob mit besitzergreifender Art, die mir viel zu vertraut erscheint, Adrianas langen Zopf um seine Hand wickelt. Hat er diese Bewegung von seinem Vater gelernt? Tauschen Väter und Söhne solche Tipps aus? Und noch wichtiger, hat Deacon geahnt, was hier vor sich geht?

Ich werfe einen scharfen Blick in seine Richtung. »Du wusstest nichts davon, oder?«

Deacon runzelt die Stirn und schüttelt den Kopf.

»Nein. Natürlich nicht. Bist du sicher, dass es deine Tochter ist? Ich habe ihr Gesicht nicht gesehen, es könnte auch ein anderes –«

»Ich bin mir sicher«, bestätige ich und wende meine Aufmerksamkeit wieder der immer erotischer werdenden Szene unter uns zu. »Ich kenne meine Tochter. Das sind ihre Haare, ihre Schultern und ihr magerer kleiner Hintern, an dem gerade herumgefummelt wird.«

Jacob umfasst jetzt mit beiden Händen Addies Pobacken und zieht sie näher an sich heran, während sie ihm die Arme fest um den Hals schlingt und ihn küsst, als bestünden seine Lippen aus diesen Churro Chips, von denen sie im letzten Sommer nicht genug bekommen konnte. Wenn nicht jemand den beiden bald einen Eimer Wasser über den Kopf kippt, ficken sie gegen die Scheunenwand, bevor wir uns versehen.

»Zieh dich an.« Deacon steht bereits und schnappt sich seinen Pullover vom Boden in der Nähe des Bettes. »Wir gehen jetzt dort hinunter.«

Ich zögere, hin- und hergerissen zwischen meinem Ärger, dass er so einfach dazu übergeht, Befehle zu erteilen, und die Diskussion, die zu jedem Entscheidungsprozess gehört, einfach übergeht, und der Erleichterung, dass sich jemand der Sache annimmt. Aber das da draußen ist schließlich *meine* Tochter und mir fällt die Entscheidung zu, was das Beste für sie ist. Ich muss diesen Fall mit erhobenem Kopf angehen, egal wie gern ich ihn in den Sand stecken und jemand anderem die Entscheidung überlassen möchte, wie mit dieser prekären Situation umzugehen ist.

»Warte.« Ich hebe die Hand und stelle mich Deacon in den Weg, als er bereits auf die Tür zugehen will. »Lass uns erst einmal die Situation überdenken.«

»Das brauche ich nicht«, erwidert er. »Ich muss meinen Sohn fragen, ob er es in Ordnung findet, gewisse Dinge vor mir geheim zu halten und mit einem Mädchen herumzulaufen, das noch zur Highschool geht.«

»Und ich würde gern seine Hände mit einer Weidenrute von ihrem Hintern schlagen, sie am Ohr nach Hause schleifen und sie für die nächsten zehn Jahre in ihrem Zimmer einsperren. Aber das wird uns mit keinem von beiden zu einer erwachsenen Beziehung verhelfen.«

»Sie ist noch nicht erwachsen«, erklärt Deacon und stößt einen Arm in Richtung Tür. »Zur Hölle, er ist mal so gerade erwachsen, und sie ist definitiv zu jung für ihn. Er müsste das doch wissen.«

»Sie ist achtzehn und macht in sechs Monaten ihren Schulabschluss«, höre ich mich sagen, obwohl ich mich wundere, wer mir die Worte in den Mund gelegt hat. »Ich wünschte, sie hätte mich nicht angelogen, aber sie ist volljährig und vielleicht gibt es eine vernünftige Erklärung für ihr Verhalten. Vielleicht wussten sie, dass wir beide uns regelmäßig treffen, und wollten uns nicht –«

»Du hast doch gesagt, Adriana hätte schon vor Monaten begonnen, sich aus dem Haus zu schleichen, lange bevor wir etwas miteinander angefangen haben«, unterbricht er mich. »Außer du glaubst, sie hätte sich mit jemand anderem herumgetrieben, bevor sie sich mit Jacob eingelassen hat.«

Meine Brauen schießen so schnell in die Höhe, dass ich einen Schritt zurücktaumle. »Wow. Halt mal die Luft an. Das hört sich verdammt danach an, als würdest du meine Tochter für eine Hure halten.«

Deacon zieht den Kopf ein. »Natürlich nicht. Aber bis jetzt war Jacob jahrelang mit demselben Mädchen zusammen. Er ist ein loyales Kind. Ein liebevolles Kind.«

»Und jetzt ist er was? Jetzt hurt er mit meiner wilden Tochter herum?«

»Nein!« Er stößt den Atem aus und spreizt die Finger weit vor meinem Gesicht. »Lass uns einfach mit ihnen reden und sehen, was los ist, bevor sie weggehen.«

»Ich denke, wir sollten sie gehen lassen«, erkläre ich und verschränke die Arme. »Wir sind beide überrascht und sauer. Wir sollten warten, bis der Schock sich gelegt hat. Wir wollen doch nicht –«

»Ich will mit meinem Sohn reden. Und das werde ich auch tun. Jetzt. Du kannst selbst entscheiden, wie du mit Adriana verfahren willst«, sagt er und geht auf die Tür zu.

Für einen Augenblick überlege ich, ob ich ihm nicht wieder den Weg versperren sollte, doch ich kenne Deacon lange genug, um sein »ich bin nicht zu stoppen« Gesicht zu erkennen. Er wird dort hinuntergehen, gleichgültig, was ich dazu zu sagen habe.

Ich muss mich lediglich entscheiden, ob ich ihm folge.

»Mist, Mist, Mist«, fluche ich, während ich mir das Kleid und den Pullover von gestern Abend anziehe und hinter ihm her eile. Ich renne die Treppe hinunter, schlüpfe in meine Clogs und stürze durch die Hintertür in den frostigen Dezembermorgen, wo Deacon bereits dabei ist, den beiden die Leviten zu lesen. Sie pressen sich mit dem Rücken gegen die dem Wetter ausgesetzte Seite des Gästehauses. Jacob wirkt beschämt und Adriana so ganz und gar geschockt, dass mir sofort klar ist, dass sie keine Ahnung hatte, dass mein Deacon der Vater ihres Jacobs ist.

Mein Deacon ...

Nach heute Abend wird er vielleicht nicht mehr mein Deacon sein. Wie kann ich mich weiter mit einem Mann treffen, der mich jedes Mal wie eine Dampfwalze überrollt, wenn seine Meinung mit meiner kollidiert? Entscheidungen muss man gemeinsam fällen, besonders wenn sie ernste Folgen haben wie in diesem Fall. Jacob und Adriana mögen sich – sehr. Das ist ebenfalls deutlich erkennbar. Selbst jetzt, obwohl ihm sein Vater den Garaus macht, hält Jacob fest Adrianas Hand und streichelt mit seinem Daumen über ihre Knöchel. Und Addie hängt an seinem Arm, als wäre er ihre Rettungsleine in einer verrückt gewordenen Welt.

Sie vertraut ihm, liebt ihn vielleicht sogar, erkenne ich, als sich in ihren Augen die Tränen stauen und ihre Unterlippe zu zittern beginnt. Sie verliert jeden Augenblick die Fassung und Deacon schreit immer noch auf Jacob ein, so etwas wie, er solle Respekt vor seinem Bruder zeigen, was im Moment vollkommen ohne Bedeutung ist.

»Jetzt ist es aber genug«, rufe ich und steige die Verandastufen hinunter, um den Rasen zu überqueren.

Adrianas Blick wendet sich mir sofort zu; ihre Augen weiten sich vor Erleichterung, vermischt mit Angst, was meinem Herz einen Stich versetzt. »Mom? Was machst du denn hier?«

»Diese Frage solltest du vielleicht zuerst beantworten«, sagt Deacon. »Wir sind erwachsen und verantworten uns vor uns selbst. Wir müssen unser Verhalten niemandem erklären.«

»Halt die Luft an, Deacon«, wende ich ein und deute auf die beiden definitiv bestürzten Beinahe-Erwachsenen vor uns. »Sie sind sauer. Wir sind sauer. Wir sollten uns erst einmal beruhigen. Warum machen wir uns nicht einen Tee und setzen uns ins Haus, wo es warm ist, und reden dann in aller Ruhe miteinander?«

»Dad kann nicht ruhig über etwas reden, wenn er verrücktspielt«, stellt Jacob fest, sichtlich verstimmt. »Er schaltet dann auf den Rekrutenausbilder-Modus um und das war's. Er lässt niemand anderen zu Wort kommen.«

»Pass bloß auf!«, droht Deacon ihm leise. »Ich dulde in meinem eigenen Haus keine Respektlosigkeit mir gegenüber.«

»Ich bin nicht respektlos. Ich versuche, etwas zu erklären, aber du hörst nicht zu«, erwidert Jacob. »Und Blake ist überhaupt nicht hier, es gibt also keinen Grund zu befürchten, er könnte sich von Adriana und mir gestört fühlen. Er ist drüben in Miss Baxters Haus. Die beiden rammeln schon seit letztem Sommer wie die Kaninchen und sie ist zehn Jahre älter als er. Falls du also vor Wut einen Herzschlag bekommen willst, solltest du dich lieber darüber aufregen.«

»Zumindest ist sie eine erwachsene Frau und kein Kind«, schlägt Deacon zurück.

»Ich bin kein Kind mehr«, mischt sich nun Adriana ein. Ihre Stimme bricht und Tränen laufen ihr über die Wangen. »Ich bin schwanger und Kinder werden nicht schwanger.«

Ihre Worte treffen mich, als wäre ein Schwimmbecken voller Eiswürfel über unseren Köpfen ausgeleert worden.

Mir klappt die Kinnlade herunter, meine Kehle schnürt sich zu und ich bin mir sicher, dass mein Herz zu schlagen aufhört.

Einfach ... stehen bleibt, für einen langen Augenblick, als könnte es durch seine Arbeitsverweigerung die Realität negieren. Als könnte es so ungeschehen machen, dass meine Teenagertochter Mutter wird und so in meine Fußstapfen tritt und ihr Leben sich so viel härter gestalten wird, als es sein müsste.

Ich war neunzehn, als ich mit Beatrice schwanger wurde, und Grant machte mir einen Heiratsantrag, sobald er es erfahren hatte. Doch so jung Kinder zu bekommen änderte die Richtung meines Lebens drastisch. Ich verließ das College, denn die Kunstschule erschien mir als lächerlicher Luxus, da doch zu Hause ein Baby auf mich wartete und so wenig Geld für eine Betreuung zur Verfügung stand. Und dann wurde ich mit Emily schwanger, obwohl Grant Kondome benutzte. Und es schien, als ob das Schicksal mir meinen Weg vorgeschrieben hätte.

Ich fand mich mit meiner Rolle als Ehefrau und Mutter ab und verzichtete auf das, was ich sonst noch sein wollte. Und es gefiel mir, Grants Frau zu sein – er war viele Jahre lang so gut zu mir, bevor alles schiefging –, und die Mutter meiner Mädchen zu sein ist das Beste an meinem Leben, ohne Zweifel. Allerdings werde ich nie herausfinden, wer ich außer all dem gewesen wäre. Ich wanderte direkt von dem Haus meiner Mutter in das Haus meines Mannes. Ich habe niemals allein gelebt, niemals herausgefunden, was ich gern getan hätte, wenn ich mich nur um mich hätte kümmern müssen. Ich hatte niemals den Raum, die Erwachsene in mir ins Dasein zu träumen. Stattdessen musste ich so gut es eben ging die Erwachsene spielen, bis ich es geschafft hatte. Ich gab vor, elterliche Verantwortung zu übernehmen, obwohl ich selbst kaum mehr als ein Kind war.

Und Addie ist sogar noch jünger.

So verdammt jung. Mit ihrem ungeschminkten Gesicht und den vor Tränen glänzenden Wangen wirkt sie wie vierzehn. Ein Baby. *Mein* Baby.

Mein Baby wird ein Baby haben.

Ich öffne die Arme und Adriana lässt sich mit einem erleichterten Seufzer in meine Umarmung fallen.

»Es tut mir so leid, Mommy«, sagt sie zu mir und klammert sich noch heftiger weinend an mich. »Es war das erste Mal. Das Kondom ist gerissen und ich wusste nicht, was ich tun sollte. Es tut mir so leid.«

»Schsch, ist ja gut.« Ich streiche ihr die Haare aus der Stirn und küsse sie auf den Scheitel. »Wir werden das schon schaffen. Du bist nicht allein. Ich bin da. Ich werde immer für dich da sein, Baby, egal, was passiert.«

»Ich bin auch noch da. Ich werde dich nicht allein lassen«, versichert Jacob und seine Stimme ist schwer vor Gefühl. Ich blicke auf und entdecke auch in seinen Augen Tränen, und mein Herz bricht noch einmal.

Ich nicke und verziehe angespannt die Lippen. »Danke, Jacob. Das ist gut zu wissen. Aber jetzt werde ich Adriana nach Hause bringen. Wir haben eine Menge zu besprechen.«

»Ich will nichts ohne Jake besprechen«, widerspricht Adriana und löst sich von mir, um mir in die Augen zu blicken. Ihre funkeln so wild, dass ich sofort weiß, dass wir so schnell nicht von hier wegkommen werden. »Wir lieben uns, Mom. Zuerst habe ich es geheim gehalten, weil ich wusste, dass du mir nicht erlauben würdest, mich mit einem Jungen zu verabreden, der bereits das College besucht. Wir wollten es dir sagen, sobald ich achtzehn war. Aber dann ist meine Periode ausgeblieben und wir haben uns so gesorgt, dass wir weiter geschwiegen haben, und dann habe ich den Test gemacht und …«

Ich nicke und würge den Kloß in meiner Kehle hinunter, als ich zu rechnen beginne. »Also seid ihr seit dem Sommer zusammen? Als du noch siebzehn warst?«

Addie nickt. »Es tut mir leid.«

»Oh Süße«, seufze ich. »Das ist jetzt unsere geringste Sorge, aber du hättest es mir erzählen sollen. Du hättest mir auch von dem gerissenen Kondom erzählen sollen.«

»Ich hatte zu viel Angst«, erklärt Addie und ihre

Augen füllen sich wieder mit Tränen. »Ich dachte, du würdest verrücktspielen.«

Ich berge ihr süßes Gesicht in meinen Händen. »Warum hätte ich verrücktspielen sollen? Süße, über diese Dinge haben wir doch schon geredet, als du noch ein Kind warst. Ich habe dir immer gesagt, dass ich dir helfen werde, ein Verhütungsmittel oder die Pille für den Morgen danach zu besorgen oder –«

»Aber es war nicht am Morgen danach, als ich herausgefunden habe, dass ich schwanger bin«, meint Addie und blinzelt heftig. »Es war sechs Wochen später und sobald ich es auf dem Bildschirm gesehen hatte, wusste ich, dass ich es behalten will. Es ist mir gleichgültig, wie schwierig es werden wird, das College zu besuchen und so weiter. Ich will dieses Baby.«

»*Wir* wollen dieses Baby«, bestätigt Jacob.

Deacon flucht leise vor sich hin, das Erste, was er von sich gibt, seitdem die Bombe geplatzt ist. Ich wende ihm meine Aufmerksamkeit zu und sehe, dass er unbewegt im Dämmerlicht steht, mit zusammengepressten Lippen und blutleer. Er wirkt, als wäre er unter schwerem Feindbeschuss mitten in einer Kriegszone abgesetzt worden.

KAPITEL FÜNFUNDZWANZIG

VIOLET

Addie drückt den Rücken durch, ihre Stimme bebt, aber ihr Blick ist fest. »Ich bin im dritten Monat. Ich werde das Baby erst nach meinem Abschluss bekommen und es wird drei Monate alt sein, wenn im Herbst das College beginnt. Außerdem bezuschusst Cal Poly Kinderbetreuung für Studenten, die Eltern sind, ein großartiges Programm. Ich habe bereits alles recherchiert, Mom. Das Baby wird dort gut aufgehoben sein, wenn ich im Unterricht bin, und lernen kann ich abends, wenn sie oder er im Bett ist. Eigentlich muss sich nichts an meinen Zukunftsplänen ändern.«

»Das ist großartig, Ad«, sage ich. Ich hasse es, ihre Zuversicht zu dämpfen, doch sie braucht einen Schuss Realität. »Aber Babys machen eine Menge Arbeit, selbst wenn eine Tagesbetreuung dir einen Teil der Bürde abnimmt. Und selbst wenn das Baby gesund und ein anständiger Schläfer ist, gibt es Zeiten, in denen du überhaupt nicht zur Ruhe kommen wirst, in denen du vollkommen erschöpft bist, nachdem du die ganze Nacht lang ein zahnendes Kind beruhigt hast, sodass du noch nicht einmal mehr in der Lage bist, dich zum Lebensmittelladen zu schleppen, geschweige denn den Unterricht zu besuchen. Und wenn du so weit weg bist, werde ich dir nicht regelmäßig helfen können.«

»Dann werde ich zum Einkaufen gehen. Oder mit dem Baby wach bleiben«, meldet sich Jacob zu Wort und reckt das Kinn in die Höhe, als er in einem Versuch-gar-nicht-erst-mit-mir-zu-diskutieren-Tonfall, der hundertprozentig an Deacon erinnert, hinzufügt: »Ich werde das College verlassen und mit Addie nach San Luis Obispo ziehen. Das haben wir bereits beschlossen.«

»Das wirst du auf keinen Fall tun«, knurrt Deacon.

»Ich werde mir einen Job mit flexiblen Arbeitszeiten suchen, sodass ich mir freinehmen kann, wenn es nötig ist«, führt er weiter aus, seinen Blick fest auf mein Gesicht gerichtet, seine Worte aber eine klare Herausforderung an seinen Vater. »Adriana ist weit besser im Lernen, als ich es jemals sein werde. Es macht keinen Sinn, dass sie mit der Schule aufhört und ihr Stipendium verliert. Ich werde mich am Ende des Semesters ausschreiben und meinen Abschluss machen, wenn das Baby älter ist und Addie die Universität besucht.«

Ich öffne bereits den Mund, klappe ihn aber wieder zu, denn ich will die Worte, die mir auf der Zunge liegen, nicht in die Welt hinauslassen. Sie sind noch so jung und die Liebe ist so hart und Eltern zu sein ist noch härter. Trotzdem hat es bei Addies Vater und mir lange funktioniert. Ich würde kein einziges jener glücklichen Jahre eintauschen, nicht einmal um von dem Schmerz verschont zu bleiben, als Grant alles wegwarf, was wir zusammen aufgebaut hatten, um mit einer Frau anzubändeln, die halb so alt ist wie ich.

Grant …

Oh Gott, er wird den Verstand verlieren.

»Ich nehme an, du hast deinem Vater nichts erzählt«, sage ich. »Da er bis jetzt noch nicht ins Haus gestürmt ist und deine Zimmertür zugemauert hat.«

Addie schüttelt hastig den Kopf und ihre geröteten Wangen erbleichen. »Nein, ich kann es ihm nicht sagen, Mom. Er wird mich umbringen.«

»Er wird dich nicht umbringen.«

»Er wird Jacob umbringen«, erklärt Addie und ihre Augen beginnen wieder, feucht zu schimmern. »Und ohne Jacob kann ich das nicht. Ich kann es einfach nicht.«

»Niemand wird Jacob umbringen«, versichere ich ihr. »Ich werde mit deinem Vater reden. Mal sehen, ob ich nicht die Wogen einigermaßen glätten kann, bevor du ihn wiedersiehst.«

»Wenn sie sich nicht ihrem eigenen Vater gegenüber behaupten kann, dann ist sie nicht bereit, Mutter zu sein.« Deacons Worte sind freundlich, sogar nett, aber trotz alledem bringen sie das Fass zum Überlaufen. Ich will mich gerade umdrehen und ihm die Meinung sagen – und zwar gehörig –, als Jacob das für mich übernimmt.

»Hör auf, Dad!«, schreit er. »Du kennst Addie nicht, sie ist einer der stärksten, klügsten und besten

Menschen, die ich je kennengelernt habe. Sie will nicht mit ihrem Vater reden, weil der ihre Mutter verlassen hat für ein Mädchen, das so alt ist wie ihre Schwester und Addie herumkommandiert und sie wie ein Kind behandelt, obwohl ihr das überhaupt nicht zusteht.«

Um genau zu sein, ist sie ein Jahr älter als Beatrice. Aber er hat den Nagel auf den Kopf getroffen. Über genau das Problem haben Grant und ich schon oft ausgiebig gestritten, jedes Mal wenn er seiner nicht besonders gescheiten und unerfahrenen neuen Braut erlaubt, ihren Senf dazuzugeben, wenn es um Adrianas Erziehung geht.

Aber jetzt stehe ich da mit einer Tochter im Teenageralter, die von dem Sohn meines Freundes geschwängert wurde, daher sollte ich vielleicht nicht mit Steinen um mich werfen.

»Ich will Adriana nicht beleidigen«, rechtfertigt sich Deacon mit einer Geduld, die gezwungen wirkt. »Ich mag Adriana. Sehr. Soweit ich es beurteilen kann, ist sie ein großartiges Mädchen. Aber sie ist noch ein Kind, Jacob, und in vieler Hinsicht bist du das auch noch. Ich denke, es wäre ein Fehler, nicht alle Möglichkeiten zu bedenken.«

»Wie zum Beispiel eine Abtreibung?«, fragt Jacob mit stählerner Stimme. »Denn das kommt nicht infrage. Darüber haben Adriana und ich bereits gesprochen. Wir können anderen nicht vorschreiben, was für sie richtig ist, aber für uns steht das nicht zur Wahl.«

»Dann Adoption«, schlägt Deacon vor. »Es gibt so viele Paare, die alles für eine Chance auf ein gesundes Baby geben würden. Insbesondere von solchen Kindern wie euch beiden. Ihr seid beide süß, klug, sportlich und –«

»Und wir werden unser Baby nicht weggeben.« Jacob tritt näher an Adriana heran, die von mir weggeht, ihre Arme um ihn legt und sich an den Menschen lehnt, der offensichtlich dabei ist, meinen Platz als ihren Felsen und Prüfstein einzunehmen.

Es tut ein bisschen weh zu sehen, wie weit sie sich bereits vom Nest entfernt hat, ohne dass ich es überhaupt bemerkt habe, aber andererseits ist es gut so. Richtig. Wenn sie eine Chance haben sollen, ihre Beziehung unter Höchstbelastung durchzuhalten, dann werden sie das als unzerrüttbares Team tun müssen.

»Bitte, Jake«, schaltet Deacon sich ein und fährt sich müde mit der Hand durch seine ohnehin schon wild zu Berge stehenden Haare. »Können wir ins Haus gehen und darüber reden, von Mann zu Mann? Ich gebe Violet den Schlüssel von meinem Wagen, sie kann Adriana nach Hause bringen und dann können wir uns später alle zusammen darüber unterhalten.« Er blickt in meine Richtung und fragt mit gepresster Stimme: »Falls das für dich in Ordnung ist, Violet. Ich nehme an, unsere Pläne für heute sind abgeblasen.«

Abgeblasen, weil wir wissen, was mit Adriana los ist, oder abgeblasen, weil *wir* unsere Beziehung abblasen, ich weiß es nicht. Ich mache mir im Augenblick zu viele Sorgen um Adriana, um mich mit der Frage zu stressen, was aus Deacon und mir wird. Dafür ist später immer noch Zeit genug, nachdem ich mich an den Gedanken gewöhnt haben werde, dass ich in sechs Monaten Großmutter werde.

Ich nicke. »Das ist mir recht. Ich denke, Adriana und ich sollten nach Hause gehen und uns ausruhen. Offensichtlich war dies für uns alle eine anstrengende Nacht.«

»Ich wollte vor dir zu Hause sein«, erklärt Addie kleinlaut. »Deshalb sind wir so früh aufgestanden. Ich wollte nicht, dass du dir Sorgen um mich machst. Und ich hatte keine Ahnung, dass Deacon Jacobs Vater ist, sonst hätte ich euch beide doch niemals ermutigt ...« Sie unterbricht sich und wirft Deacon einen schnellen Blick zu, bevor sie sich wieder nervös mir zuwendet. »Du weißt schon. Aber wenn du glücklich bist, bin ich es auch. Nur weil Jake und ich zusammen sind, heißt das noch lange nicht, dass du mit seinem Vater nicht ... etwas haben kannst. Oder was auch immer.«

»Das ist großzügig von dir, Addie«, stelle ich spöttisch fest. »Aber das müssen wir jetzt nicht besprechen. Zuerst müssen wir uns darum kümmern, dass das Baby seine Vorsorgeuntersuchungen erhält, damit es die bestmöglichsten Chancen hat.«

»Ich war bereits bei einer Ärztin. Sie sagt, alles würde gut aussehen, und hat mir bestätigt, ich könnte weiterhin Mountainbike fahren. Ich meine, Alysia Montaño ist die achthundert Meter gelaufen, als sie in der vierunddreißigsten Woche schwanger war. Daher wusste ich, dass es wahrscheinlich ganz in Ordnung ist, aber ich wollte es genau wissen und ganz sicher sein. Hundert Prozent sicher.« Addie macht eine Pause und beißt sich auf die Lippe, während sie Jacob über die Schulter einen Blick zuwirft. »Wir haben morgen einen Termin. Dorthin gehe ich am Mittag, nicht zu Georgia nach Hause, um Kekse zu backen. Es tut mir leid, dass ich gelogen habe.«

Ich hätte ihr am liebsten hundert verschiedene Fragen gestellt, alle gleichzeitig – wie hat sie die Termine vereinbart, wie lange wollte sie die Schwangerschaft vor der Familie verheimlichen und wann ist sie so verantwortlich und organisiert geworden, denn ich kann mich erinnern, dass man ihr vor nicht allzu langer Zeit nicht einmal zutrauen konnte, pünktlich an der Bushaltestelle zu sein, geschweige denn eine Anzahl pränataler Vorsorgeuntersuchungen einzuhalten –, doch plötzlich bin ich müde.

So müde.

»Gib mir dann bitte den Schlüssel, Deacon.« Ich drehe mich zu ihm herum, hin- und hergerissen zwischen dem Drang, ihn anzuschreien, dass er die ohnehin schwierige Situation noch verschlimmert hat, und dem Wunsch, mich in seine Arme zu stürzen.

»Gewiss. Bin gleich zurück.« Er trottet über den Hof und verschwindet im Haus. Im selben Moment, in dem die Tür hinter ihm ins Schloss fällt, lässt Jacob die Schultern sinken und Schmerz zeigt sich auf seinem Gesicht. Kurz erhasche ich einen Blick auf das verängstigte Kind hinter dem fürsorglichen Partner, der er sich so sehr zu sein bemüht.

Ich lege ihm eine Hand auf den Arm und drücke ihn sanft. »Alles wird gut. Dein Vater gehört zu den Menschen, denen es schwerfällt, von *ihren* Vorstellungen abzulassen, wie die Dinge sein sollten. Aber er liebt dich sehr. Er wird sich damit abfinden.«

»Wahrscheinlich«, erwidert Jacob seufzend, »aber

zuerst wird er monatelang versuchen, mich unter Druck zu setzen, um meine Meinung zu ändern.«

Ich würde ihm gern versichern, dass es so schlimm nicht werden wird – dass sein Dad lediglich sichergehen will, dass er all seine Optionen und die möglichen Konsequenzen seiner Handlungen versteht –, aber ich bin mir dessen nicht so sicher. Ich verstehe, warum Deacon so geworden ist, aber es gibt einen Punkt, an dem man zulassen muss, dass jemand seine eigene Entscheidung trifft, auch wenn man es für einen Fehler hält. Und selbst wenn es sich um Menschen handelt, die man liebt.

Jacob beugt sich zu Addie hinüber und drückt ihr einen Kuss auf die Stirn. »Kommt gut nach Hause. Ich werde um halb zwölf bei dir sein.«

»Macht es dir etwas aus, wenn meine Mutter mitkommt?«, erkundigt sich Addie. »Es wäre schön, sie dabeizuhaben.«

Jacob lächelt mich an. »Ja, wenn Sie gern möchten, Miss Boden. Das wäre großartig.«

»Nenn mich Violet, bitte. Und ja, ich würde euch gern begleiten. Danke, dass ihr mich mit einbeziehlt.«

Das ist alles, was ich will – einbezogen werden und am Leben meines Kindes teilhaben, wenn es wächst und sich ändert und eine eigene Familie gründet. Ich habe zwar nicht erwartet, dass dies schon so früh geschieht, und ich hasse es, dass sie es jetzt viel schwerer haben wird, als wenn sie mit dem Mutterwerden noch gewartet hätte, aber sie ist mir so kostbar. Egal, welchen Weg Addie auch wählen wird, sie wird immer ein

Mensch sein, den ich kennen und lieben und unterstützen will, solange sie mich lässt.

Als Deacon mit dem Schlüssel aus dem Haus kommt, möchte ich ihn am liebsten beiseitenehmen und ihm die Wahrheit erklären, die mein Herz mir eingibt – dass wir dazu da sind, unseren Kindern zu helfen, so stark zu werden, dass sie ihre eigenen Entscheidungen treffen können, anstatt für sie zu entscheiden –, doch sein Kiefer ist so fest zusammengepresst, dass sich ein kleiner fester Muskelknoten bis zu seinem Ohr hochgerollt hat.

Er ist nicht bereit zu reden. Er will meine Meinung nicht hören. Und ich bin mir sicher, sobald Adriana und ich gegangen sind, wird er auf Jacob mit der ungezügelten Leidenschaft eines Mannes einreden, der glaubt, dass sein Weg der richtige ist. Der einzig richtige.

Ich klopfe Jacob auf den Rücken und wünsche ihm insgeheim Stärke. »Bis später. Lass uns gehen, Addie.« Ich strecke die Hand aus und halte sie auf, und Deacon lässt den Schlüssel hineinfallen, ohne mich zu berühren.

»Ich werde den Wagen später abholen. Leg den Schlüssel einfach ins Handschuhfach«, sagt er mit einer Stimme so kühl wie die Morgenluft.

Ohne aufzublicken, schließe ich meine Finger um den Schlüssel, denn ich möchte nicht, dass er den Schmerz sieht, der mir sicher in die Augen geschrieben steht. »Danke. Viel Glück.«

»Es ist noch nicht zu spät. Wir werden das regeln«, erklärt er, doch ich höre, was er eigentlich sagen will.

Nämlich, dass *er* alles regeln wird. Dass er die Welt

seinem eisernen Willen unterwerfen will und Gott stehe allen bei, die ihm im Wege stehen.

Doch ich glaube nicht, dass das diesmal funktionieren wird.

Die Kraft des Willens kann vieles verwandeln, aber nicht das menschliche Herz. Die Liebe spielt nach ihren eigenen Regeln und ist ebenso unerbittlich wie Deacon Hunter.

KAPITEL SECHSUNDZWANZIG

DEACON

Geh nicht. Bleib bei mir. Lass mich nicht allein hier zurück.

Ich war so nahe daran, diese Worte auszusprechen, dass es schon peinlich ist. Das Einzige, was mich davon abgehalten hat, ist mein angespannter Kiefer, den ich fest zusammengepresst habe, bis Violet und Adriana davongefahren sind.

Seit über zwei Jahrzehnten bin ich ein alleinerziehender Elternteil und noch länger ein erwachsener Mann. Auch als ich verheiratet war, war ich nicht der Typ Mensch, der seinen Partner zur moralischen Unterstützung an seiner Seite braucht.

Ich bestärke mich selbst und biete den Menschen, die ich liebe, ein Paar starker, solider Schultern an, damit sie sich daran anlehnen können. Ich breche nicht zusammen, ich zweifle auch mein Urteil nicht an oder hinterfrage mich selbst. Und ich wünsche auch nicht, dass sich jemand anderes einmischt und das Steuer übernimmt.

Doch als ich zehn Minuten später meinem Sohn vor einer Tasse Kaffee am Küchentisch gegenübersitze, wünsche ich mir sehnlichst, Violet wäre noch hier, was natürlich Unsinn ist. Ich stimme nicht mit ihr darin überein, wie sie mit dieser Sache umgeht. Sie ist zu entgegenkommend, zu weich, zu schnell beeindruckt von den naiven Äußerungen zweier Kinder, die keine Ahnung haben, auf was sie sich einlassen.

Wenn es nach ihr ginge, würden wir bereits Namen für das Baby aussuchen und Wickeldecken aus organischer Baumwolle und vegane Babynahrung horten.

Und dennoch ...

Ich hätte sie gern hier. Ich würde gern ihre Hand halten. Ich würde gern wissen, was sie antworten würde, als Jake mit flacher Stimme sagt: »Du verschwendest deinen Atem, Dad. Ich werde die Schule verlassen und Addie und ich werden das Baby bekommen. Punkt.«

Man sagt, die Liebe bringt einen dazu, verrückte Dinge zu tun, doch ich habe das Gefühl, sie macht mich vollkommen verrückt. Ich bin so weit weg von meiner üblichen Verhaltensweise, dass ich mit einem langen, müden Seufzer antworte und sage: »Wir sollten später darüber reden. Nachdem wir uns etwas ausgeruht haben.«

Ausruhen.

Der alte Deacon brauchte keine Ruhe oder Zeit zum Nachdenken. Der alte Deacon konnte Richtig von Falsch und Schwarz von Weiß unterscheiden. Aber jetzt nehme ich alles in verwirrenden Grauschattierungen wahr und es tauchen Fragen auf, die ich nicht sicher beantworten kann.

Als ich die Treppe hinaufsteige, weiß ich nur noch, dass ich mich ohne Violet nicht als ganzer Mensch fühle.

KAPITEL SIEBENUNDZWANZIG

VIOLET

Adrianas Vorsorgeuntersuchung, die im dritten Monat stattfindet, verläuft problemlos. Nachdem sie ihren nächsten Termin vereinbart hat, mache ich mich mit ihr und Jacob auf den Weg zu uns nach Hause, wo wir ein spätes Mittagessen einnehmen, währenddessen ich langsam zu der Vermutung gelange, meine Tochter könnte die Liebe ihres Lebens gefunden haben.

Jacob scheint wirklich perfekt zu ihr zu passen. Er ist ein lustiger, freundlicher, neugieriger, sich auf keinen Schwachsinn einlassender Mensch – und sehr verliebt –, der meine Tochter in den kommenden Jahren auf Trab halten wird.

Er bleibt noch, um sich mit Addie einen Film anzuschauen, und danach bleibt er zum Abendessen und danach für eine Tasse Tee und ein Kartenspiel, bis Addie und ich hinter vorgehaltener Hand gähnen und er sich genötigt fühlt, zum Haus seines Vaters zurückzukehren, worauf er sich offensichtlich nicht gerade freut.

Deacon ruft nicht an. Er schickt auch keine Nachricht. Und ich gehe zu Bett mit einer Kanonenkugel an der Stelle, wo sich eigentlich mein Herz befinden sollte.

Ich vermisse ihn. So sehr.

Aber es bleibt keine Zeit, dem nachzutrauern, was wir hatten, oder was ich glaubte zu haben.

Ich muss meinem Ex-Mann erklären, dass unsere Teenagertochter schwanger ist.

»Willst du, dass ich dich begleite?«, fragt mich Adriana am nächsten Abend. Sie liegt auf der Couch und hat sich unter eine gemütliche Decke gekuschelt, vor sich eine riesige Schüssel Popcorn. »Ich könnte mich auf dem Rücksitz verstecken und mich erst zu erkennen geben, wenn du mir das Zeichen gibst, dass alles geklärt ist.«

»Es ist zu kalt, um im Auto zu warten. Und ich erwarte nicht, dass heute Abend alles geklärt ist.«

Addie versinkt tiefer in ihren Kissen und ein Ausdruck von Besorgnis schleicht sich in ihre Augen. »Was glaubst du, wird er sagen?«

»Ich weiß es nicht, aber ich werde ihm Jacobs Namen nicht nennen, nur für den Fall.« Ich ziehe meinen Mantel über. »Keine Sorge. Er wird damit klarkommen. Dein Dad mag zwar seine Fehler haben, aber tief in seinem Inneren ist er jemand, der liebt, nicht jemand, der kämpft. Er wird nicht lange böse bleiben.«

»Okay«, sagt Addie kleinlaut. »Viel Glück und danke, dass du es ihm erklärst, Mom. Ich weiß das wirklich zu schätzen.«

»In ein paar Stunden bin ich wieder da«, sage ich und werfe ihr eine Kusshand zu, bevor ich zur Tür hinaustrete. Ich ziehe meinen Mantel enger um den Hals zusammen, denn der kalte Wind fegt mir zwischen die Kleider.

Der Winter hat sich wie ein Dieb über Nacht herbei geschlichen und einen frostigen Hauch in der Luft hinterlassen, der uns ahnen lässt, dass Weihnachten vor der Tür steht, bevor wir es noch merken. Am besten schaffen wir bis dahin das Drama aus dem Weg, damit wir alle die Feiertage genießen können.

Ich schlüpfe in den Wagen und mache mich auf den Weg ins Mama Theresa.

Als ich Grant heute angerufen habe, um unser Gespräch betreffs Adriana wieder aufzugreifen, hat Grant vorgeschlagen, anstatt einen Kaffee lieber etwas in unserem alten Lieblingslokal zu trinken. Normalerweise hätte ich abgelehnt – im Mama's gibt es zu viele Erinnerungen –, aber heute Abend hoffe ich, dass die Geister jener glücklichen Zeit Grants Wutausbruch etwas lindern werden.

Und außerdem tun die alten Erinnerungen heute nicht mehr so weh wie noch vor ein paar Wochen. Deacon hat seinen Teil zu diesem Wunder beigetragen und dafür werde ich ihm immer dankbar sein, auch wenn ich nie mehr sein magisches Schwert berühren würde.

Das ist es, was ich vermisse, rede ich mir ein. Sein Schwert, nicht den Mann, zu dem es gehört, den Mann, in den ich so verliebt war, dass sich mein Herz jetzt so anfühlt, als wäre es mit einem Steakhammer bearbeitet worden.

Als ich durch die Tür des Mama trete und einen Moment stehen bleibe, um meinen Augen Zeit zu geben, sich an das Dämmerlicht zu gewöhnen, welches in der an das Restaurant angeschlossenen Bar herrscht, trifft mich der Geruch von Knoblauch und Marinarasoße so heftig, dass mich eine Welle der Nostalgie überrollt. Nicht wegen meiner Ehe mit Grant, sondern wegen unserer Freundschaft, wie wir miteinander gelacht haben und wie relativ einfach damals alles war. Damals, bevor ich wusste, dass auch ewige Liebe dir zwischen den Fingern verrinnen kann und so schnell schwindet, dass man kaum glauben kann, dass zu Beginn eine gewisse Substanz vorhanden war.

Aber sie war da, und sie war real. Und sie war gut.

Und vielleicht ist das genug. Vielleicht müssen Dinge nicht für immer andauern. Vielleicht war das nie so beabsichtigt. Vielleicht sollten wir alle beginnen, über die Liebe so zu denken wie über unsere Berufe in der heutigen modernen Welt – Dinge, die sich im Laufe eines Lebens viele Male ändern und nicht das Fundament für das gegenwärtige und zukünftige Glück bilden.

Grant entdeckt mich und hält einen Arm in die Höhe. Sein Lächeln fällt ihm von den Lippen, als ich auf die Bank neben ihm gleite. »Hey, was ist los?«, erkundigt er sich und man hört ihm die Besorgnis an. »Weinst du etwa?«

Ich wische mir über die Wange. Es überrascht mich,

Tränen auf meinen Fingerspitzen zu spüren. »Hm. Ja. Scheinbar. Ich dachte gerade an …«

»Woran hast du gedacht?«

»An Liebe«, antworte ich ehrlich. Wir sind heute Abend hier, um eine ernste Unterhaltung zu führen, daher kann ich auch sofort mit der Tür ins Haus fallen.

Grants graue Augen, die mir einst Geborgenheit boten, werden weich vor Verständnis. »Ja. In letzter Zeit denke ich auch viel darüber nach.«

Ich blinzle heftig. »Tust du das?«

»Ja.« Er rutscht auf seinem Stuhl hin und her, bis seine Knie meine berühren. Ich verziehe missbilligend das Gesicht. In den letzten zwei Jahren haben wir einander nicht oft berührt und das einerseits vertraute, aber andererseits doch nicht so vertraute Gefühl ist befremdend. »Aber ich bin mir sicher, meine Gedanken sind nicht so interessant wie deine. Du hattest schon immer Gutes über die Liebe zu sagen.«

Ich presse die Lippen zusammen und kämpfe gegen die Tränen an. Ich schüttle den Kopf. »Nein, heute fällt mir nichts Interessantes ein. Nur … verwirrende Gedanken. Viele Fragen, keine klaren Antworten.«

»Das kann ich auch gut nachempfinden«, bestätigt er seufzend. »Wie wäre es mit einem Glas Wein? Oder drei Gläsern?«

Meine Lippen verziehen sich. »Zwei. Ich muss fahren.« *Und ich muss ausreichend nüchtern bleiben, um dir die schlechten Nachrichten auf möglichst schonende Art beizubringen*, füge ich im Stillen hinzu, während Grant uns beiden je ein Glas des Haus-Chianti und Wasser ohne Eis bestellt.

Er weiß, was ich mag, dieser Mann. Nach fast zwanzig Jahren, die wir zusammen verbracht haben, sollte das auch so sein, trotzdem ist es nett. Es ist nett, dass einen jemand kennt, selbst wenn dieser jemand beschlossen hat, dass meine Bekanntschaft nicht so interessant ist wie die seiner neuen Empfangsdame.

Die vertraute Umgebung, der vertraute Geschmack des Weins, die vertraute Art, wie Grant sich um alles kümmert – er bestellt Knoblauchbrot und gefüllte Pilze, obwohl ich einwende, dass ich bereits gegessen habe –, diese Kombination erschafft einen Hauch alltäglichen Zaubers. Schon bald merke ich, dass ich unerwarteterweise den Wein und das Gespräch genieße. Wir bleiben bei neutralen Themen, wie Grants letztem albtraumartigen Kunden auf der Arbeit oder dem Salamanderdrama im Tierheim, und sparen uns in stiller Übereinkunft den härteren Stoff für später auf.

Gewiss, Grant hat nicht die geringste Ahnung, wie hart es noch werden wird, und mit der Zeit geht uns der Gesprächsstoff aus. Ich nehme einen Schluck von meinem zweiten Glas Wein und schiebe mit der Gabel einen gefüllten Champignon auf meinem Teller hin und her, während ich im Geiste die Rede durchgehe, die ich heute Nachmittag vorbereitet habe.

Doch jetzt fühlen sich die zurechtgelegten Worte falsch an.

Ich bin so abgelenkt, so voller Furcht, dass es mich völlig unvorbereitet trifft, als Grant seine eigene Bombe hochgehen lässt.

»Ich kann so nicht weitermachen, Vi«, beginnt er und legt mir unter dem Tresen eine Hand aufs Knie.

»Ich kann nicht weiter so tun, als ob ich mit meiner Wahl glücklich wäre. Ich bin nicht glücklich. Ich fühle mich elend und schäme mich meiner und bereue jede Sekunde der vergangenen zwei Jahre. Wenn ich die Zeit zurückdrehen könnte, würde ich es sofort tun.«

»W-was?«, stammle ich; mein müdes Gehirn versucht zu verstehen, was er meint.

Er beugt sich zu mir und bringt sein Gesicht näher an meins. »Ich dachte, ich wollte mich noch einmal verlieben. Auf diese verrückte Art, welche einem die ganze Haut in Flammen setzt aus lauter Verliebtheit, wie wir es am Anfang hatten.« Er schüttelt den Kopf. »Aber das ist keine Liebe. Das ist einfach nur unverbrauchte Chemie. Was du und ich zusammen hatten, das war Liebe. Einhundert Prozent. Ich war bloß zu dumm, das zu erkennen.«

Ich spüre, wie mein Gesicht zu einer Maske erstarrt – was soll der Scheiß? Das tut er mir doch sicher nicht an. Nicht jetzt. Nicht hier.

Doch leider ist es so. Dies ist kein Traum, sondern die nackte Realität, was er beweist, indem er auch noch die andere Hand auf mein Knie legt. Seine Hände sind so verschwitzt, dass ich es durch den Stoff meiner Jeans spüren kann.

In Träumen haben Menschen keine verschwitzten Handflächen. Schweiß kommt in Träumen nicht vor. Auch Knoblauch nicht, doch von Grant weht definitiv eine Knoblauchwolke zu mir herüber, als er verstohlen flüstert: »Aber jetzt bin ich nicht mehr so dumm, Vi. Ich habe verstanden. Ich habe es verdammt gut verstanden, aber ich fürchte, es könnte zu spät sein.«

Ich will ihm gerade versichern, dass es definitiv zu spät ist – selbst wenn ich ihn noch so vermissen würde wie damals, bevor ich Deacon kennengelernt habe, denn das letzte bisschen unserer Liebe starb an dem Tag, als er mich gebeten hat, Adriana zu helfen, ein Kleid für seine Hochzeit mit Tracey auszusuchen –, aber scheinbar ist Grant noch nicht all seine verrückten Neuigkeiten losgeworden.

»Tracey ist schwanger«, blubbert es aus ihm heraus; er reißt seine Augen ebenso weit auf, wie Adriana es getan hat, als ich das Haus verlassen habe.

Mir klappt der Mund auf und ein keuchender Laut entweicht, während Grant weiterredet: »Es war ein Unfall. Wir hatten nicht vor, Kinder zu bekommen, haben niemals darüber gesprochen. Aber jetzt ist sie schwanger und sie will das Baby behalten und ich kann an nichts anderes denken als daran, wie gern ich alles zurückdrehen würde. Alles – die Affäre, die Hochzeit, die Schwangerschaft –, einfach alles.« Er stößt hastig die Luft aus. Meine Aufmerksamkeit wird magisch von dem Schweiß auf seiner Oberlippe angezogen. »Ich will nicht noch einmal mit einem neuen Baby von vorn beginnen. Ich bin fast zweiundfünfzig Jahre alt. Wenn das Kind alt genug ist, um die Highschool zu besuchen, bin ich ein alter Mann. Das ist nicht das Leben, das ich mir vorstelle. Niemals wollte ich, dass so etwas geschieht. Jede Nacht träume ich, ich wäre wieder zu Hause bei dir und den Mädchen, und dann wache ich neben Tracey im Bett auf und habe das Gefühl, mir selbst eine Ohrfeige geben zu müssen.«

Ich setze mich gerade hin und versuche, in dem

Ansturm der Emotionen meine eigene Mitte zu finden. »Okay. Lass uns mal Atem schöpfen. Geh einen Schritt zurück und –«

»Ich will keinen Schritt zurückgehen. Ich will mich darauf konzentrieren, mich mit dir zu versöhnen, Violet«, erklärt er und klammert sich fester an mein Knie. »Gib mir eine Chance und ich schwöre dir, ich werde alles wiedergutmachen. Und wenn Tracey sieht, dass wir wieder zusammenkommen, wird sie vielleicht ihre Meinung bezüglich des Babys ändern.«

»Ihre Meinung ändern«, wiederhole ich mechanisch. Mein Magen dreht sich herum, als mir plötzlich klar wird, was hinter diesem plötzlichen Hunger nach Versöhnung steckt.

»Ja, ich meine, ich weiß, sie möchte gern Mutter werden, aber sie will nicht allein auf sich gestellt sein.«

»Also willst du sie einfach … verlassen? Ist es das?«

»Nein«, sagt er und fügt in einem verschwörerischen Tonfall hinzu, der deutlich macht, dass er keine Ahnung hat, wie arm sein Versuch wirkt, mich zurückzugewinnen: »Aber ich kann ihr klarmachen, dass ich nicht mehr als Geld zu bieten habe. Sie wird Unterhalt bekommen, das ist alles. Wenn sie trotzdem die Sache durchziehen will, ist das ihre Entscheidung, ich werde jedenfalls nicht so für dieses Kind da sein, wie ich es für die Mädchen war. Dieser Abschnitt meines Lebens ist vorüber.«

Ich schüttle den Kopf. Meine Lippen verziehen sich und ich schiebe seine Hände von meinem Knie. »Ich kann es nicht glauben. Ich kann es ehrlich nicht glauben. Ich habe dich für einen besseren Mann gehalten.«

»Oh, komm schon, Violet«, erwidert er. »Sei einmal ehrlich mit dir selbst. Du empfindest doch das Gleiche. Du würdest jetzt auch kein Baby haben wollen.«

»Nein, da hast du recht, aber wenn ein Kind in mein Leben träte, würde ich es über alles lieben. Denn das ist es, was man mit Kindern tut, besonders wenn es sich um dein eigen Fleisch und Blut handelt.« Ich ziehe einen Zwanziger aus meiner Handtasche und knalle ihn auf den Tresen. »Dass du auch nur für eine Sekunde gedacht hast, ich könnte etwas anderes fühlen, beweist, dass du mich nicht mehr kennst. Vielleicht hast du mich sowieso niemals gekannt.«

»Violet, warte«, verlangt er und greift nach meinem Arm, als ich mich von meinem Hocker erhebe. »Bleib. Wir können doch darüber reden. Das konnten wir doch immer.«

»Ich habe dir nichts mehr zu sagen«, fauche ich ihn an, bevor ich ihm schonungslos eröffne: »Außer dass Adriana auch schwanger ist und sich entschlossen hat, das Baby zu behalten. Und ich werde sie nach bestem Können in ihrer Wahl unterstützen.«

Grant wirkt, als verkrieche er sich in seine eigene Haut.

»Falls du irgendwelche Fragen hast«, fahre ich fort, »kannst du sie mir per E-Mail zuschicken. Ich will deine Stimme mindestens zwei Wochen lang nicht mehr hören. Vielleicht sogar drei oder vier.«

Ich stürme aus dem Restaurant und fange an zu rennen, als Grant mir von der Tür aus zuruft zu warten. Doch ich warte nicht. Ich bewege meinen Hintern von hier fort, als wäre der Teufel hinter mir her.

Ich fahre nach Hause, teile Adriana mit, dass wir morgen miteinander reden, nachdem ich Zeit hatte, mich abzuregen, und verkrieche mich in meinem Schlafzimmer, wo ich einen ganzen Becher gesalzene Karamelleiscreme verspeise.

So ist das Leben, Mann. Manchmal muss man auf alles scheißen und einfach das ganze Eis vertilgen. Alles.

Als ich am nächsten Morgen aufwache, habe ich das Gefühl, von einem Bus überfahren worden zu sein. Auf meinem Handy finde ich zwei verpasste Anrufe von Grant und drei von Ginny, aber nur eine Nachricht. Ich sehe nach, von wem sie ist, und mein Magen hüpft vor Erleichterung. Ich möchte wirklich heute Morgen nicht als Erstes Grants Stimme hören müssen.

Gestern Abend habe ich mehr als genug davon mitbekommen.

Wenn ich nur daran denke, wie gemein er sich verhält, werden meine Kopfschmerzen stärker. Er ist solch ein Arschloch, dass es mir sogar für Tracey leidtut, obwohl ich niemals erwartet hätte, Mitleid mit der Frau zu empfinden, deren Mission es gewesen war, meinen Mann zu verführen.

Doch während ich Ginnys Nachricht aufrufe, kann ich nur noch daran denken, wie Tracey versuchen wird, ihr Leben als alleinerziehende Mutter zu meistern, während Grant zum nächsten süßen jungen Ding übergeht. Oder vielleicht wird er diesmal jemanden seines

Alters aufreißen. In beiden Fällen wird er es in der aktuellen Ehe nicht lange aushalten. Ich kenne den »Ich habe mich bereits verabschiedet« Ausdruck in seinen Augen nur allzu gut.

»Violet, du musst unbedingt zum Tierheim kommen«, sagt Ginny. Ihre Stimme lenkt meine Gedanken von der zukünftigen Ex meines Ex ab. »Ich weiß, es ist dein freier Tag, aber du musst dir das ansehen. Die Einsatzmannschaft ist hier und das Gestrüpp ist beinahe vollkommen beseitigt und also ... Ich denke, du solltest auch hier sein. Ich hoffe, ich sehe dich gleich.«

Stirnrunzelnd lösche ich die Nachricht. Ich frage mich, was zum Teufel dort vorgeht und warum Ginny sich nicht hysterischer anhört angesichts der Tatsache, dass der Lebensraum der Salamander zerstört wird. Hat der neue Mann sie bereits so radikal geändert, hat sich ihr zärtliches Herz durch die heiße Liebe ihres verschrobenen Herpetologen gewandelt?

Einerseits bin ich froh, dass sie nicht hysterisch ist.

Andererseits bin ich frustriert, dass so viele Frauen sich von den Männern überrollen lassen und ohne Kampf zulassen, dass die Männer sich zum Zentrum ihres Universums machen.

Was wir wollen, ist wichtig. Die Hoffnungen und Träume und Ziele einer Frau sind ebenso wichtig wie die der Männer.

Warum also geben wir sie so oft ... einfach auf?

Also gut, Ginny mag sich damit abfinden, dass die nicht vom Aussterben bedrohten Salamander ihrem Ende entgegensehen, ich nicht. Ich werde nicht dasitzen und auf den nächsten großen Regen warten, der dann ihre Bauten auswäscht und ihre einst gemütlichen Heime auf ihre kleinen schleimigen Köpfe krachen lässt. Ich werde etwas unternehmen.

Jetzt. Auf der Stelle.

»Adriana, du musst mir einen Erdbeer-Bananen-Smoothie bringen, ein Glas Wasser, eine Magen- und eine Kopfschmerztablette«, rufe ich, entschlossen, den Gefallen einzulösen, den meine Tochter mir dafür schuldet, dass ich gestern Abend bei ihrem Vater den ersten heißen Kampf übernommen habe.

»Wird erledigt«, ruft Adriana von unten herauf. »Willst du auch trockenes Toastbrot? Tammys ältere Schwester sagt, es hilft bei einem Kater.«

»Ich habe keinen Kater«, schreie ich zurück. Mein Magen dreht sich herum, als ich die Beine über die Bettkante schwinge, und gibt zu erkennen, dass er sich auch weiterhin über all das Eis von gestern Abend beschweren wird. »Wenn ich es mir recht überlege, ja. Trockenes Toastbrot. Zwei Scheiben.«

»Ich bringe es dir gleich hoch, liebste Mama«, erwidert Adriana, was mir einen Stich ins Herz versetzt. Sie ist solch ein gutes Kind. Sie wird eine wunderbare Mutter werden. Sicher, sie ist jung und wird gewiss ihre Fehler machen, doch tun wir das nicht alle, egal wie alt wir sind, wenn wir Eltern werden? Aber ihr Baby wird eine hart arbeitende Mutter haben, mit einem scharfen Verstand und einem goldenen Herzen. Mein Enkelkind hätte es viel schlechter treffen können.

Außerdem werde ich da sein und ihr helfen, wenn sie mich braucht.

Gott sei Dank muss ich mich heute nicht um ein Baby kümmern. Mein Magen ist ein Wrack. Ein paar Minuten lang – während ich den Rekord im Schnellduschen breche – befürchte ich, es überhaupt nicht aus dem Haus heraus zu schaffen, doch am Ende wirken Toastbrot, Wasser und der Smoothie Wunder. Als ich dann schließlich fertig angekleidet bin, fühle ich mich menschlich genug, um weitere Befehle zu erteilen.

»Könntest du alle Tiertransportbehälter, die wir besitzen, auf den Rücksitz und in den Kofferraum meines Autos laden? Ich glaube, die meisten befinden sich im Schuppen, oder?«, frage ich Addie, während ich mein Handy in die Handtasche werfe und zum Kühlschrank gehe, denn ich hoffe, darin etwas zu finden, was ein Salamander verlockend findet.

»Ja, ich glaube. Ich werde nachsehen. Ich wüsste ja zu gern, was du vorhast«, fragt Addie, die den Kopf durch die Hintertür zur Küche hineinstreckt.

»Ich werde es dir später erklären«, versichere ich ihr. »Im Moment bin ich voll im Einsatzmodus. Zeit ist kostbar.«

»Ich verstehe«, erwidert Addie. »Gib mir fünf Minuten und ich habe alles ins Auto geladen.«

»Danke, Baby.« Ich öffne die Kühlschranktür und rümpfe die Nase angesichts der schon sehr verschrumpelten weißen Babykarotten in der unteren Schublade. Fressen Salamander vielleicht Karotten?

Ein schneller Blick ins Internet lehrt mich, dass dies nicht der Fall ist und dass ein Abstecher ins Zoogeschäft, um Mehlwürmer zu kaufen, angesagt ist, was mich mindestens zusätzliche fünfzehn Minuten kosten wird. Eigentlich glaube ich, dass es nicht wirklich wichtig ist, wann ich dort eintreffe. Das Gestrüpp ist ohnehin bereits entfernt. Der Zug ist abgefahren. Und solange ich das Projekt »Umsiedlung der Salamander« vor dem nächsten Sturm abgeschlossen habe, sollte alles in Ordnung sein.

Ich schicke Ginny eine kurze Nachricht. *Werde in ungefähr vierzig Minuten eintreffen. Ich muss unterwegs noch etwas erledigen. Wirst du noch dort sein? Falls nicht, ist es auch nicht so schlimm.*

Beinahe sofort antwortet Ginny. *Ich werde noch hier sein. Und ebenso das Ding, das du unbedingt sehen musst. Dafür werde ich sorgen.*

Was für ein Ding? Schieße ich zurück.

Das wirst du sehen, wenn du hier angekommen bist. Fahr vorsichtig, meine liebe Freundin. Sie fügt ein Emoji hinzu, das die Arme zur Umarmung ausbreitet, und drei Herz-Emojis, was mich vermuten lässt, dass sie von der Schwangerschaft meines Teenagers weiß. Ich hatte bisher noch keine Zeit, mit ihr oder irgendjemand anderem zu reden – natürlich mit Ausnahme von Grant –, aber Tristan ist ihr Boss und er tratscht mehr, als er zugeben will. Deacon könnte mit Tristan geredet haben und dieser wiederum mit seiner Frau Zoey, und Zoey kann ein Geheimnis wie dieses ums Verrecken nicht für sich behalten. Ginny hat ihr vielleicht nur ein Mal ins Gesicht sehen müssen und hat sofort gewusst, dass etwas nicht stimmt in ihrem Bekanntenkreis.

Eine Sekunde lang überlege ich, Ginny anzurufen – um ihr zu versichern, dass es mir gut geht und dass ich mich stetig besser fühle, je mehr ich mich von dem

Schock erhole –, aber da kommt bereits Addie zur Tür herein und hält einen Daumen in die Höhe: »Es kann losgehen, Mamacita.«

»Danke, Baby.« Ich gebe ihr einen Kuss auf den Scheitel. »Vergiss nicht, deine Hausaufgaben zu erledigen, wenn ich weg bin.«

Sie verdreht die Augen. »Ja, Mom. Das habe ich bereits auf dem Schirm.«

»Und denk auch an deinen Online-Unterricht. Vergiss ihn nicht schon wieder oder dein Vater wird einen zweiten Herzinfarkt bekommen.«

»Alles unter Kontrolle«, bestätigt Addie und fügt dann mit einer Stimme, die für ihr Alter zu weise klingt, hinzu: »Und außerdem glaube ich, Dad wird sich über meine Noten nicht mehr aufregen. Er hat jetzt Wichtigeres, weswegen er ausflippen kann.«

»Oh, meine Süße, du hast ja keine Ahnung«, seufze ich und bedeute Addie zu schweigen, als sie etwas sagen will. »Später. Wir sprechen später darüber, wenn es sein muss. Aber ich denke, dein Dad will dir die großen Neuigkeiten selbst mitteilen.«

Addies Augen verengen sich. »Das klingt ja geheimnisvoll. Er hat heute Morgen bereits zweimal angerufen. Ich habe gewartet, dass du aufwachst. Ich wollte das Gespräch nicht annehmen, ohne zu wissen, ob die Wetterfront sich geklärt hat.«

»Sie hat sich genügend geklärt. Rede mit ihm. Und falls er sich weigert, vernünftig zu sein, leg auf.«

Ihre Brauen schnellen in die Höhe. »Du ermunterst mich aufzulegen? Was zum Teufel hat er gestern Abend gemacht?«

»Ich ermuntere dich, für dich selbst einzustehen, das ist alles. Sei respektvoll, solange er es auch ist. Falls er es nicht ist, beende das Gespräch. Du bist jetzt auch erwachsen wie er. Es ist an der Zeit, dass ihr euch auch so benehmt.«

Addie strafft die Schulter. »Richtig. Gut. Also dann hör auf, mich an meine Hausaufgaben zu erinnern, Mom. Ich habe das unter Kontrolle und ich werde auch den Bus nicht mehr verpassen. Und falls doch, werde ich mich bemühen, allein zur Schule zu kommen. Ich werde jetzt ganz schnell erwachsen, bis das Baby geboren wird. Ich werde dafür sorgen, so gut wie möglich darauf vorbereitet zu sein, ihre Mutter zu sein.«

»Ein Mädchen?«, frage ich und kämpfe gegen die Tränen an, die mir in die Augen steigen. »Du glaubst, es wird ein Mädchen?«

»Ich hoffe es. Ich mag Mädchen«, erklärt Addie und streckt die Arme aus. »Und meine Mom hat mir beigebracht, wie man gute Mädchen erzieht, also ...«

Mehr ist nicht nötig. Der Damm bricht, die Tränen strömen und ich ziehe Addie in meine Arme und drücke sie fest an mich, während ich in ihre Haare flenne. Dann muss ich schnell nach oben hasten, mein Gesicht waschen und meine Wimperntusche neu auftragen. Und als ich am Zoogeschäft ankomme, weiß ich, dass ich nicht in den beabsichtigten vierzig Minuten am Tierheim sein werde.

Aber das bereitet mir keine Sorgen. Wenn Ginny es leid wird zu warten, wird sie einfach gehen. Das gefällt mir an ihr. Sie lässt sich nicht alles gefallen.

Ich werde mir auch nicht alles gefallen lassen, beschließe ich. Ich werde meine Haare grau werden lassen, sackartige Leinenkleider bevorzugen und die Abende, an denen ich ausgehe, beim Bingo verbringen. Ich werde für jeden Bingoabend im County eine Tabellenkalkulation aufstellen und die exzentrische Dame werden, die fünfzig Karten gleichzeitig spielt und so damit beschäftigt ist, ihr Leben als eine Bingolegende abzuschließen, dass sie keine Zeit haben wird, Deacon zu vermissen. Oder den Sex. Oder eine solch süße Liebe, die mich beinahe dazu gebracht hätte, noch einmal an ein Happy End zu glauben.

Als ich dann vor dem Tierheim mit zwei Käfigen und einem Plastikbehälter voller Mehlwürmer aus meinem Auto taumle, weine ich schon wieder.

Und als ich dann um das Gebäude herumgehe zu dem neuerdings kahlen Hügel hinter dem Tierheim, wo alles Gestrüpp entfernt worden ist, sehe ich, wie der Mann, wegen dem ich weine, Tiertransportbehälter hinten auf seinen Pritschenwagen lädt.

Behälter voller Salamander.

Ich weiß, dass es Salamander sind, noch bevor ich nahe genug herangekommen bin, um die schleimigen kleinen Kriechtiere darin herum sausen zu sehen.

Wie gebannt bleibe ich mit wild schlagendem Herzen auf dem frisch aufgewühlten Boden stehen, als Deacon sich herumdreht und der Schmerz in seinen Augen den in meinem Herzen so perfekt widerspiegelt, dass ich kaum atmen kann.

KAPITEL ACHTUNDZWANZIG

DEACON

Meine Hände zittern, als ich sie an meiner Hose abwische. »Wir bringen die gesamte Kolonie zur Farm. Auf den Hügel am Teich.« Auch meine Stimme zittert. Verdammt. Mir war zwar bewusst, dass ich nervös bin, aber ich habe nicht gemerkt, dass ich vollkommen daneben bin. Ich will einfach nur, dass mit uns alles gut wird. Das wünsche ich mir sehnlichst. »Dr. Baryt wird mir morgen früh helfen, sie dort anzusiedeln.«

Violet steht dort bewegungslos im schwindenden Licht und schweigt so lange, dass mein fiebriger Verstand beginnt, sich die schlimmsten Szenarios auszumalen. Sie macht mich nieder und lässt mich hier stehen, unbeeindruckt von meiner Bemühung, alles in Ordnung zu bringen. Sie ist freundlich, aber distanziert, und viel zu enttäuscht von mir, um in Betracht zu ziehen, mich wieder in ihr Leben einzulassen. Oder – am schlimmsten von allen – sie blickt mit ihren Augen, in denen sie ihr Herz offenlegt, zu mir auf und gibt mir zu verstehen, dass dies einfach zu wenig ist und dass es zu spät ist.

Und sie hätte recht.

Gewiss, ich habe mich für die Salamander stark gemacht, aber bei meinem eigenen Kind habe ich – hoffnungslos – über die Stränge geschlagen. Bei ihrem Kind auch, was nicht gerade ein Pluspunkt ist für die Zukunft mit einer Frau, die ihre Mädchen mit einer solch wilden und zärtlichen Hingabe liebt, dass ich wünschte, ich könnte die Zeit zurückdrehen und es mit meinen Jungs genauso machen. Sie noch mehr lieben. Auf sanftere Art. Besser. Ihre Mädchen sind der Mittelpunkt ihrer Welt und anders als ich selbst, der ständig hadert, scheint sie stets zu wissen, was ihre Kinder brauchen, und bringt den Mut auf, es ihnen auch zu geben – zärtliche Liebe und starke Liebe und alles dazwischen.

Als Elternteil und Mensch übertrifft sie mich in jeder Hinsicht, trotzdem bete ich, dass wir eine Chance haben. Ich liebe sie zu sehr, um kampflos aufzugeben. Ich will mit ihr mein Leben teilen, gleichgültig, wie kompliziert dieses Leben plötzlich geworden ist.

Schließlich, als die Stille sich so lange hingezogen hat, dass meine Haut zu jucken beginnt, sage ich: »Es tut mir leid, Vi. Ich war ein Arschloch. Ich habe Angst bekommen und wollte durchsetzen, was ich für das Beste hielt, und ...« Meine Stimme bricht und ich schüttle den Kopf, während ich ihrem undurchschaubaren Blick standhalte. »Ich habe immer noch Angst«, gebe ich zu. »Um die Kinder und um uns.«

»Ich auch«, gesteht sie leise. »Aber wir sind keine

Rekruten, die in der Befehlskette unter dir stehen, Deacon. Wir sind deine Freunde und Familie. Und, ob es dir gefällt oder nicht, keiner von uns scheint gut auf deinen Befehlston zu reagieren.«

»Mir gefällt er eigentlich auch nicht. Ich wäre beinahe aus der Grundausbildung geflogen, weil ich meinen Ausbilder kritisiert habe.« Ich seufze. »Ich entschuldige mich noch einmal. Es war ... ein Reflex, nehme ich an. Als ich ein Kind war, hat mein Vater sich oft genug davor gedrückt, meine kleinen Brüder zur Ordnung zu rufen. Als der Älteste hatte ich das Gefühl, ich müsste für ihn einspringen, und der einzige Weg, Dylan und Rafe vor Schwierigkeiten zu bewahren, bestand darin, so herrisch wie möglich aufzutreten.« Ich zucke mit den Schultern und kaue auf meiner Lippe. »Und es hat funktioniert. Ich habe ihnen ordentlich die Hölle heißgemacht und sie sind nach der Schule direkt nach Hause gekommen, ohne fremdes Eigentum zu randalieren oder in Kämpfe verwickelt zu werden oder sich den Arm zu brechen, weil sie vom Dachfirst einer Scheune gefallen sind, nachdem jemand sie herausgefordert hat, dort hinaufzuklettern. Bei meinen Jungs hat es auch funktioniert. Als sie klein waren. Ich dachte, sie würden zu guten Männern heranwachsen. Aber jetzt ...« Ich umklammere mit den Fingern meinen Nacken und spüre knallharte Muskeln. »Kein Wunder, dass ich alles von Grund auf vermasselt habe.«

»Du hast nicht alles vermasselt«, erwidert Violet mit glänzenden Augen. »Blake kenne ich ja nicht gut, aber Jacob ist wundervoll. Er ist einer der nettesten, stärksten Jugendlichen, die ich je kennengelernt habe.

Er weiß genau, wer er ist und wozu er in der Lage ist, und das hat er von seinem Vater gelernt, den er ganz offensichtlich liebt und respektiert.«

Ich schlucke heftig. Jetzt beginnen sogar meine Augen zu brennen. »Meinst du? Ich dachte, er müsste mich jetzt hassen. Er ist nicht nach Hause gekommen. Er ist bei einem Freund in der Stadt geblieben.«

»Natürlich hasst er dich nicht.« Sie tritt näher an mich heran und bringt ihren Geißblatt- und Salbei-Duft mit sich, der auf ewig mein Lieblingsduft bleiben wird, weil er mich an sie erinnert. »Du musst ihn nur ein bisschen loslassen, Deacon, und ihm vertrauen, dass er seine eigenen Entscheidungen treffen kann. Ich weiß, wie schwer das ist. Ich verstehe das, wirklich. Sie sind noch so jung und haben einen solch harten Weg vor sich.«

Ich stoße heftig die Luft aus. »Die Elternschaft wird ihnen alles abfordern.«

»So ist es«, stimmt sie zu, doch ihre Stimme wird weicher, als sie hinzufügt: »Aber sie sind so verliebt. Sie sind sich vollkommen einig und wollen ihr Bestes geben als Eltern. Und vielleicht bin ich ja eine hoffnungslose Optimistin, aber wenn je ein Paar dummer Kinder eine Chance auf ein Happy End gehabt hat, dann sind es unsere beiden, glaube ich.«

Meine Lippen zucken, doch ich bringe noch kein Lächeln zustande. Nicht jetzt. Noch nicht. »Ich liebe sie, Vi. Beide. Ich hoffe, Adriana wird mir mein Verhalten verzeihen.«

Sie wedelt mit der Hand meine Bedenken fort. »Dir ist bereits vergeben. Addie ist nicht nachtragend.«

»Und was ist mit dir?«, frage ich und rücke näher an sie heran. »Denkst du, du kannst in deinem Herzen Vergebung für mich finden?«

»Natürlich«, erwidert sie. Eine einzelne Träne kullert über ihre Wange. »Aber vielleicht ist es das Beste, wenn wir einfach nur Freunde sind.«

»Sag das nicht«, bitte ich sie. Mein Herz steigt mir in die Kehle auf und bleibt dort stecken. »Bitte nicht. Wir passen doch so gut zusammen, Violet. Und das weißt du.«

»Ja, das stimmt, aber –«

»Und ich kann mich bessern«, schwöre ich. Ich habe sie unterbrochen, bevor sie einen weiteren Schritt auf diesem undenkbaren Weg tut. »Ich weiß, ich bin ein alter Esel, aber es ist noch nicht zu spät für mich, Vi. Ich kann mich ändern. Ich kann mein Rekrutenausbilderverhalten ablegen. Ich kann lernen, besser zuzuhören, öfter und geduldiger. Ich kann ein besserer Mann werden.«

»Du bist bereits der Mann meiner Träume«, gesteht sie mit brechender Stimme. »Aber was ist mit den Kindern? Wie können wir ihnen helfen in all den schweren Stunden, die auf sie zukommen, wenn wir in unserem eigenen Beziehungsdrama gefangen sind?«

»Das werden wir nicht sein.« Ich wische mit einer Hand durch die Luft. »Das ist vorbei.«

Mit einem schiefen Lächeln reibt sie sich über die nassen Wangen. »Vielleicht. Oder vielleicht ist es auch erst der Anfang. Wir könnten am Ende mit Pauken und Trompeten untergehen, Deacon, und ich kann mir vorstellen, das würde Familientreffen mit unserem Enkelkind ziemlich unbehaglich gestalten.«

»Also fühlst du dich mit mir unbehaglich? Wirklich?«, frage ich und ziehe die Brauen fest zusammen.

»Es ist doch das Risiko wert, Violet. Zumindest für mich. Ich würde mich lieber die nächsten dreißig Jahre dafür verfluchen, dass ich es mit dir vermasselt habe, als jetzt aufzugeben und niemals zu wissen, ob wir beide das hätten haben können, was ich glaube.«

»Und was glaubst du?«, erkundigt sie sich und in ihren Augen flackert Hoffnung auf.

Ich hebe eine Hand und fahre mit meinen Fingern über ihre Stirn bis zur Schläfe. Ich fühle ihren Puls unter meinen Fingerspitzen und das genügt mir, um zu wissen, dass die Welt in Ordnung ist – weil sie hier ist und voller Leben und an meiner Seite, diese Frau, die alle Türen und alle Fenster in meinem Herzen geöffnet und ihr Licht hat hineinströmen lassen.

»Dass wir das große Los gezogen haben«, sage ich. »Dass ich die Straße gefunden habe, die ich nicht mehr zu finden geglaubt habe, nicht mehr in meinem Alter, nicht nachdem ich so lange in der Wildnis verloren war.« Ich schlucke heftig, der Schmerz in meiner Kehle strahlt in meine Brust aus. »Du bist alles, was ich jemals wollte, Violet, und alles, was ich je gebraucht habe. Ich liebe dich so sehr, Baby. Und wenn du es zulässt, schwöre ich, werde ich den Rest meines Lebens damit verbringen, dir zu beweisen, dass es das Richtige ist, mir eine Chance zu geben. Uns eine Chance zu geben.«

Ihre Augen weiten sich. »Machst du …« Sie fährt sich mit einer Hand an die Kehle. »War das …«

»Ja, aber ich sollte es auf die richtige Art tun.« Ich lasse mich in dem Staub hinter meinem Pritschenwagen auf ein Knie nieder. Sie hält sich die Finger vor den Mund. »Violet Boden, willst du mich heiraten? Willst du zulassen, dass ich dich so liebe, wie du es verdient hast?«

Sie blinzelt heftig, ihre Hand liegt noch immer auf ihrem Mund, sodass die Worte erstickt klingen. »Ich kann nicht Ja sagen. Die Kinder werden uns für verrückt halten.«

»Vergiss die Kinder. Hier geht es nicht um die Kinder oder sonst jemanden. Hier geht es um dich. Was willst du, Vi?«, frage ich und bete, dass ich sie nicht zu schnell zu heftig bedrängt habe.

Sie blickt mir lange in die Augen, während mein Herz gegen meine Rippen schlägt und meine Handflächen schwitzen und mein Knie zu schmerzen beginnt, weil ich jetzt zwanzig Jahre älter bin als das letzte Mal, da ich dies getan habe. Doch jetzt weiß ich Dinge, die ich damals nicht gewusst habe. Ich weiß, dass man Frauen wie Violet nur einmal unter einer Million findet, dass Liebe das Kostbarste auf Erden ist und dass du manchmal all deine so sorgfältig zurechtgelegten Pläne über den Haufen werfen und deinem Herzen folgen musst.

»Ich will dich«, füge ich zärtlich hinzu. »Nur dich. Ich will dein Lächeln und dein Gelächter und deine Tränen. Ich will das zerknautschte Gesicht, das du hast, wenn du hungrig bist, und die Unordnung, die du in der Küche hinterlässt, sobald du einen Fuß hineingesetzt hast.«

Sie schnauft und lässt ihre Finger nach unten gleiten, um sie gegen ihre Brust zu pressen, und endlich sehe ich die süße Kurve ihrer Lippen.

»Ich will dich, wenn deine Hände von deinem letzten Meisterstück mit Lehm beschmiert sind, und ich will dich, wenn du in hundert Schals eingewickelt bist, weil du den kalten Wind an deinem Hals hasst. Ich will deine Gedanken und deine Ängste und deine Fragen«, fahre ich fort. »Weil du die besten Fragen stellst. Fragen, die mich zum Nachdenken anregen und zum Fühlen und mir zeigen, was mir gefehlt hat, bevor ich dich kennengelernt habe. Du bist das Abenteuer, das ich nicht habe kommen sehen, Vi, aber jetzt kann ich mir nicht mehr vorstellen umzukehren.«

»Ich auch nicht«, stimmt sie zu und frische Tränen schimmern in ihren Augen.

»Ist das ein Ja?«, frage ich.

»Ja«, flüstert sie, was eine Explosion der Erleichterung in meiner Brust auslöst. »Ich will auch alles von dir. Solange ich es bekommen kann.«

»Gott sei Dank.« Ich erhebe mich und sie fällt mir um den Hals, drückt mich fest, während ich sie mit meinen Armen umschlinge und sie umklammere, als hinge mein Leben davon ab. Das war knapp. Viel zu knapp. »Ich habe keinen Ring«, murmle ich in ihre Haare. »Aber ich werde einen besorgen. Morgen. Willst du mitkommen und mir helfen, ihn auszusuchen? Ich möchte, dass es ein Ring ist, den du niemals ablegen möchtest.«

Sie löst sich von mir und umfasst lächelnd mein Gesicht mit ihren Händen. »Du hättest mir einen Ring aus dem Kaugummiautomaten geben können und ich hätte ihn trotzdem niemals ablegen wollen. Aber ja. Und wenn wir schon einmal dort sind, werde ich dir auch einen Ring aussuchen und dich als mein Eigentum markieren, sodass die vollbusige Schwätzerin aufgeben und dir etwas Raum zum Atmen lassen wird, wenn du im Dienst bist.«

Ich brauche eine Sekunde, um die richtigen Schlüsse zu ziehen. Als ich verstanden habe, grinse ich. »Du meinst Karen?«

»Natürlich, wen denn sonst.« Sie zwinkert. »Arme Frau. Sie hat keine Ahnung, dass du Frauen mit winzigen Titten magst.«

»Ich liebe einfach nur dich. Jeden Teil von dir«, sage ich und streiche ihr die Haare über die Schulter. »Ich liebe dich. Und ich sehe es als eine Ehre an, deinen Ring zu tragen.«

Violets Lächeln wird sogar noch breiter. »Mein Gott, wir werden es wirklich tun, nicht wahr? Wir werden heiraten.«

»Ja, das werden wir.« Ich nicke. »Sobald du bereit bist.«

»Wie wäre es mit Heiligabend?«, fragt sie mit einem aufreizenden Trällern in der Stimme. »Ich meine, das gäbe uns ein paar Wochen Zeit, alles zu organisieren. Es sollte nicht zu viele Schwierigkeiten geben.«

»Dann lass es uns tun. Wir können gleich morgen durchbrennen, wenn du willst. Ich bin bereit, Vi. Ich habe keine Angst.«

Ihr Lächeln wird weicher. »Gut. Ich auch nicht. Aber ich finde, wir sollten bis zum Frühling warten. Ich will dich barfuß am Strand heiraten.« Sie lehnt sich näher zu mir herüber und presst mir seufzend einen zärtlichen Kuss auf die Lippen. »Aber ich sollte dich warnen ... es könnte sich ein Drama am Horizont ankündigen. Ich habe gestern Abend Grant getroffen, um ihm zu erzählen, dass Addie schwanger ist.«

Ich zucke zusammen. »Ich nehme an, das lief nicht allzu gut.«

»Nein, da hast du recht. Grant kommt nicht damit klar, gleichzeitig Großvater und noch einmal Vater zu werden.«

»Was?«, frage ich.

»Offensichtlich sind er und seine Frau auch schwanger.«

»Mist. Er ist fünfzig, oder?«

»Einundfünfzig«, verbessert sie.

Ich blase Luft durch meine geschürzten Lippen. »Ich weiß, dass Männer in dem Alter noch Familien gründen, aber selbst jetzt, mit fünfundvierzig kann ich mir nicht mehr vorstellen, in die Babyjahre zurückzukehren.«

»Das empfindet Grant auch so.« Ihre Lippen kurven sich zu einem schiefen Lächeln. »Er hat solche Angst, dass er beschlossen hat, es sei an der Zeit, Schluss zu machen und davonzulaufen und Tracey und das Baby sich selbst zu überlassen, während er wieder mit mir zusammenkommen würde.«

Mit Donner und Blitz gefüllte Sturmwolken ziehen über mein Gesicht bei dem Gedanken. Violet lacht. »Ja. Ich habe auch so reagiert. Nicht die geringste Chance.«

»Hat er ehrlich geglaubt, er hätte eine Chance?«

Sie schüttelt den Kopf. »Ich weiß es nicht. Aber Grant ist es nicht gewohnt, eine Abfuhr zu bekommen. Ich bin mir sicher, dass er jetzt weniger umgänglich ist als normalerweise. Er wird es uns allen schwer machen – mir, dir, Addie und Jacob.« Sie deutet auf die Käfige auf der Ladefläche des Pritschenwagens. »Den Salamandern wahrscheinlich auch, einfach nur, um das Leben besonders zu verkomplizieren.«

»Ich habe keine Angst vor deinem Ex.«

»Er kann die reinste Nervensäge sein«, warnt sie mich. »Und ich weiß, es wird dir auch nicht leichtfallen, die Entscheidung der Kinder zu verteidigen, wenn du selbst nicht mit ihrer Wahl einverstanden bist. Aber sie werden ihre Meinung nicht ändern, Deacon, und sie brauchen uns.«

Ich nicke. »Ich weiß. Und ich werde für sie da sein. Ich werde ihnen auch nicht vorhalten, dass ich ihnen das vorher gesagt habe, wenn sie ihren ersten Zusammenbruch wegen der neuen Situation haben werden.«

»Zumindest nicht öfter als ein- oder zweimal«, neckt sie mich. Dann stöhnt sie und hält sich mit der Hand den Magen.

»Alles in Ordnung?«

»Ja. Ich habe nur einen kleinen Kater. Ich habe nur zwei Gläser Wein getrunken, aber manchmal reicht das, wenn man einen leeren Magen hat. Ich habe gestern außer Eiscreme nicht viel gegessen. Ich war zu traurig und gestresst.«

»Es tut mir leid.« Ich nehme ihre Hand und lege sie zwischen meine beiden.

»Es war nicht deine Schuld«, beruhigt sie mich und

lacht. »Oder nicht allein deine Schuld. Ich bin auch wegen der Kinder gestresst. Nur weil ich mich entschlossen habe, sie zu unterstützen, heißt das nicht, dass ich mir keine Sorgen mache. Es wird eine große Umstellung sein. Für uns alle.«

»Aber wir werden es schaffen«, verspreche ich. »Wir müssen uns alle nur noch ein bisschen stärker lieben während der nächsten Jahre.«

»Ich mag starke Liebe.« Sie zieht betont die Brauen hoch und schmiegt sich an mich.

»Das ist mir schon zu Ohren gekommen.« Ich umfasse ihre Pobacken, so dankbar, dass ich sie wieder berühren darf, dass ich nicht aufhören kann zu grinsen. »Ich muss jetzt gehen und ein paar Salamander in meiner Scheune abstellen, aber danach würde ich mich geehrt fühlen, mich für Ihre Bedürfnisse an starker Liebe zur Verfügung zu stellen, Mylady.«

»Ich würde gern ein paar Salamander in *deiner* Scheune abstellen«, schnurrt sie.

»Ach ja? Was soll das nun schon wieder bedeuten?« Mein Lachen verwandelt sich in ein zufriedenes Brummen, als sie ihre Lippen auf meine presst. Verdammt, wie sie küssen kann! Ihre Küsse sind die besten, ihre Lippen sind die besten und beides gehört mir für immer.

Was bin ich doch für ein glücklicher Hurensohn. Daran gibt es nichts zu zweifeln.

Auch wenn Violet am Schluss die halbe Nacht im Badezimmer hängt und unter einer, wie sich herausstellt, Lebensmittelvergiftung anstatt eines Katers leidet, bin ich froh, der Mensch zu sein, der ihr die Haare zu einem Pferdeschwanz bindet und den Waschlappen für ihr Gesicht holt. Und als Grant sie am frühen Montagmorgen der unterlassenen Aufsichtspflicht anklagt – ein sinnloses Verschwenden von Geld und Herzschmerz, denn der Fall wird vor Gericht unausweichlich niedergeschlagen werden, wenn der Richter bemerkt, dass Adriana achtzehn, eine wunderbare junge Frau und mehr als fähig ist, ihre eigenen Entscheidungen zu treffen –, werde ich spielend damit fertig und lächle weiter.

Ich habe hundert Gründe zu lächeln, einschließlich Jacobs Einverständnis, sich an einem Gemeinschaftscollege in der Nähe von Cal Poly zu bewerben, sodass er weiter auf seinen Wirtschaftsabschluss hinarbeiten kann, während Addie ihr erstes Jahr am College beginnt, und der Umarmung, die er mir schenkt, als ich ihm sage, wie stolz ich auf ihn bin, dass für ihn seine Familie an erster Stelle kommt.

Ich liebe dieses Kind. Und seine Verlobte. Und seinen Bruder. Und meine zukünftige Frau. Sie ist der beste Mensch, den ich kenne, selbst wenn sie mich über den Frühstückstisch hinweg niedermacht, mit Feuer in den Augen und einem weißen Stab in der Hand.

Einem weißen Stab mit zwei rosafarbenen Streifen …

»Du machst Witze«, sage ich. Toast und Messer

fallen mir aus der Hand und klappern auf meinen beinahe leeren Teller.

»Ich mache keine Witze, Mr. Angeblich Sterilisiert.« Sie verengt die Augen zu Schlitzen, als sie mit dem Teststreifen auf meine Brust zielt. »Nicht ein bisschen.«

Ich werfe die Arme in die Luft und spreize die Finger. »Da ist nichts angeblich. Ich hatte vor sieben Jahren eine Vasektomie, Violet. Ich schwöre es bei Gott. Auf keinen Fall können wir schwanger sein.«

Und doch ist es so.

Rosafarbene Streifen lügen nicht.

Violet vereinbart einen Termin bei ihrer Ärztin und ich einen bei meinem Arzt, von dem ich nach einigen Tests die Information erhalte, dass meine durchtrennten Teile offensichtlich wieder zueinandergefunden haben. Das schändliche Kinderzeuger-Gen der Hunter-Familie hat sich also geweigert, sich kampflos ausschalten zu lassen.

Ich entschuldige mich später im Restaurant mithilfe von Waffeln bei Violet – überschwänglich – und verspreche: »Wie immer du damit umgehen willst, ich bin dabei. Was immer du von mir brauchst, bekommst du, selbst wenn ich nur schweigen soll, bis du eine Entscheidung getroffen hast.«

»Ich habe mich bereits entschieden«, stellt sie fest und wirkt weitaus friedlicher als heute Morgen, nachdem sie zu ihrem Termin aufgebrochen war. »Die Ärztin sagt, meine Hormonpegel seien großartig, ich wäre in perfekter gesundheitlicher Verfassung und es gäbe keinen Grund, warum diese Schwangerschaft nicht ebenso leicht verlaufen sollte wie die mit meinen

Mädels. Zumindest sobald die morgendliche und abendliche Übelkeit nach einem oder zwei Monaten verschwunden ist. Also ... werde ich die Schwangerschaft durchziehen. Ich werde das Baby bekommen.«

Meine Schultern sacken nach unten, die Erleichterung ist so groß, dass sich mir für eine Sekunde der Kopf dreht.

»Aber wenn du mit sechsundvierzig nicht bereit bist, noch einmal Vater zu werden, so verstehe ich das«, fährt sie fort. »Das war nicht das, was wir uns vorgestellt haben, als wir uns –«

Ich bringe sie mit einem Kuss zum Schweigen, einem langsamen, tiefen, alle Zweifel tötenden Kuss, nach dem wir beide wie zwei Idioten grinsen. »Wir werden ein Baby haben«, flüstert sie und ihre Augen tanzen. »Ein Baby im gleichen Alter wie unser Enkelkind.«

»Wir sind wahnsinnig«, erkläre ich, immer noch grinsend.

»Das sind wir«, stimmt sie freudig zu. »Und ich könnte nicht glücklicher sein.«

EPILOG

VIOLET

Drei Jahre später

Was ist besser, als eine Kleinkinder-Geburtstagsparty?

Ein dreifacher Kindergeburtstag, komplett mit Ponyreiten, Babyziegen und einem Hasen-Streichelzoo mit so vielen kuscheligen Tierchen, dass unsere Kleinen kaum ihre Begeisterung zügeln können.

»Hasen!«, ruft Nelson wohl zum hundertsten Mal und hüpft auf seinen pummligen Beinchen auf und ab, während Grant und Tracey sich bemühen, den Ziegenschiss von seinen Händchen zu entfernen, bevor er den Hasen seine Liebe schenkt. Nelson ist *das* Kind – dasjenige, das es immer schafft, seine Hände zu den unmöglichsten Zeitpunkten in die schlimmsten Sachen zu stecken –, doch wir lieben ihn wahnsinnig.

Er ist der süßeste Halbbruder, den sich meine

Mädels hätten wünschen können, und ich danke Gott jeden Tag, dass Tracey es geschafft hat, Grant davon zu überzeugen, über seinen Schatten zu springen und mitzuspielen.

Sie gefällt mir immer besser, sogar so sehr, dass ich nicht zögere, ihr frische Tücher in die Hand zu drücken, während ich von Grant mit einer sorgfältig gefalteten Serviette die schmutzigen in Empfang nehme.

»Danke«, sagt er und Erleichterung macht sich in seinen Augen breit.

»Kein Problem.« Grinsend werfe ich die Tücher in den Mülleimer neben dem Picknicktisch, wo mein entzückendes Enkelkind sich immer noch mit der Nase in der Geburtstagstorte vergräbt und scheinbar nicht vorhat, bald einmal aufzutauchen, um Luft zu schnappen. Die Torte ist in ihrem Haar und über ihr ganzes Gesicht verschmiert und fällt vom Kinn auf ihr Kleid hinab, um es mit blauen und violetten Flecken zu verzieren.

»Macht es dir Spaß, das Krümelmonster zu spielen, Bella Bee?« Ich beuge mich zu ihr hinunter und lache, als Bella wild kichernd mit den Händen durch die Luft wedelt.

»Ermutige sie nicht noch, Mom«, sagt Addie, die einem fliegenden Stückchen Zuckerglasur ausweicht. »Oder ich werde sie niemals dazu bekommen, zum Ponyreiten hinüberzugehen.«

»Ich mag keine Ponys, ich mag Kuchen«, stellt Bella fest, so stur wie ihre Mutter und genauso hübsch, mit den dunklen Augen ihres Vaters und den schwarzen Locken, die ich mir so gern um den Finger wickle, wenn Oma und Bella sich für ein Nickerchen zusammen kuscheln.

»Aber du magst doch Hasen. Warum gehen wir dann nicht los, um uns die Hasen anzusehen?«, fragt Jacob, wirft seine leere Bierdose in den Recyclingbehälter und drückt Addie einen Kuss auf die Schläfe. »Geh und hol dir ein Bier, Babe. Ich übernehme.«

»Sie wird erst morgen einundzwanzig«, ermahne ich sie und ernte einen Stoß in die Rippen von Addie.

»Halt deine Zunge im Zaum, Frau«, faucht sie, als ich sie fest umarme. »Ich habe ein Bier verdient. Die Abschlussprüfung hat mich beinahe umgebracht.«

»Aber du hast nur Einser, mein brillantes Mädchen.« Ich küsse sie auf den Scheitel. »Weil du beinahe genauso klug bist wie deine kleine Schwester.«

Sie lacht und erwidert die Umarmung. »Keine Chance. So klug werde ich niemals sein. Delilah ist ein Genie. Ein teuflisches Genie, aber ...«

»Lügen«, erwidere ich, als ich mich von Addie löse, damit sie sich ihr wohlverdientes Bier holen kann. »Delilah ist ein Engel. Oder nicht, D?«

»Nein, ich bin ein Einhorn. Sei nicht dumm, Mama!«, ruft Delilah, die mit einer grauen Babyziege mit einem schwarzen Fleck über einem Auge ein wahrscheinlich unseliges Band eingegangen ist, von der anderen Seite der Hüpfburg zu uns herüber, wo sie und ihr Daddy eine riesige Tüte mit Babykarotten gebunkert haben.

Dash springt um sie herum, stiehlt sich fingergroße, orangefarbene Leckerlies von den Ziegen und zittert vor kaum gezügelter Begeisterung. Unser geretteter

Welpe mag vielleicht nur drei gesunde Beine haben, doch er ist die glücklichste Kreatur, die ich je gesehen habe, und ist seit dem Tag, an dem Delilah geboren wurde, ihr hingebungsvollster Beschützer.

»Gewiss, ein Einhorn«, sagt Deacon trocken und weist auf Delilahs Stirn. »Ich meine, seht sie euch doch einmal an.«

Wie gewöhnlich trägt meine Tochter ihr Haar in einer Art Zopf oder Pferdeschwanz oder Horn mitten auf dem Kopf, so wie Addie es getan hat, als sie klein war. Doch selbst die exzentrische Wahl ihrer Frisur kann von ihrem Engelsgesicht nicht ablenken. Sie ist eine perfekte, winzige, pummelige, weibliche Version ihres Vaters, angefangen bei ihren blauen Augen über ihr welliges, braunes Haar bis zu ihrem überraschend kräftigen Oberkörper, den sie gerade zur Schau trägt, als sie ihre kleine Ziege unter den Arm klemmt und sich nach einer weiteren umsieht.

»Pass auf, dass sie das Zicklein nicht fallen lässt, Deacon«, sage ich und greife nach der Rolle Papierhandtücher, um Jacob zu helfen, Belle zu säubern, damit sie zu den Hasen gehen können.

»Mache ich, Baby«, erwidert Deacon und lächelt mir zu, als er seinem Augapfel folgt. Delilah kann ihn um den kleinen Finger wickeln. Ebenso Bella. Und Deacon ist der beste, hingebungsvollste Vater und Großvater auf der Welt.

Ganz zu schweigen davon, dass er der beste Ehemann ist.

Damals, als Grant und ich die Mädchen aufgezogen haben, dachte ich, ich hätte alles. Und ich glaubte, diese

Jahre für nichts eintauschen zu wollen, doch jetzt weiß ich, um wie viel süßer ein glückliches Leben bis in alle Ewigkeit sein kann, wenn man mit dem Menschen zusammen ist, der für einen bestimmt war. In so vieler Hinsicht sind wir unterschiedlich, aber ich habe nicht den geringsten Zweifel mehr, dass ich für diesen Mann geschaffen bin und er für mich, oder dass Delilah das beste unerwartete Geschenk des Himmels ist, das ein Paar sich nur wünschen kann.

Ich nehme immer noch brav jeden Morgen meine Verhütungspille, auch wenn Deacons Arzt schwört, er hätte noch niemals erlebt, dass sich eine Vasektomie zweimal rückgängig macht.

Wenn es um die legendäre Fruchtbarkeit der Hunter-Männer geht, gehe ich kein Risiko ein.

»Wann kommen Emily und Beatrice?«, erkundigt sich Adriana, die sich mir anschließt, als ich Jacob und Bella über den Rasen zu den Hasen folge.

»Ich erwarte sie jede Minute«, sage ich und spähe zur Einfahrt des Parkplatzes hinüber. »Sie meinten, sie würden den Laden um die Mittagszeit schließen.« Meine ältesten Töchter haben im letzten Jahr in Santa Rosa ein Vintage-Kleidergeschäft eröffnet und haben solchen Erfolg, dass sie bereits überlegen, einen zweiten Laden in Healdsburg aufzumachen.

»Oh, gut«, meint Addie. »Ich kann es kaum erwarten, sie zu sehen. Ich habe ihnen etwas Kuchen zurückgelegt. Ich habe ihn in Tupperware in der Kühlbox versteckt, sodass Belle ihre Finger nicht hineinstecken kann.«

»Emily wird froh sein, das zu hören. Du weißt, wie sehr sie Zuckerglasur mag.«

Addie schnauft. »Oh, ich weiß. Ich habe ihr extra ein Stück vom Rand abgeschnitten.« Sie trinkt einen Schluck von ihrem Bier und seufzt glücklich, als Belle mit einem frohen Quietschen hinter den Hasen herläuft. »Ist das nicht ein perfekter Tag?«

»Ja«, stimme ich zu. Doch solche Tage habe ich seit Kurzem viele, nämlich seitdem meine Familie sich vergrößert und noch mehr Liebe und Licht eingelassen hat.

»Mama, sieh mal, was ich habe!« Delilah kommt zu mir gelaufen, unter jedem Arm eine Babyziege, und bringt Addie so heftig zum Lachen, dass sie Bier auf dem Rasen verschüttet.

»Unglaublich!« Ich knie mich hin, um die unerwartet zahmen Gefangenen meiner Tochter näher zu betrachten. »Ich glaube, du hast dir die liebsten aus der ganzen Herde ausgesucht.«

»Das habe ich. Ich werde sie mit nach Hause nehmen!« Delilah strahlt mich an, während Addie in vorwurfsvollem Ton murmelt: »Habe ich es dir nicht gesagt.«

»Was sagt denn Daddy dazu?«, erkundige ich mich und blicke zu Deacon auf, der hinter ihr steht.

Er hebt die Hände, die Handflächen gen Himmel gedreht. »Großvater hat erwähnt, dass er sich Ziegen anschaffen will. Jetzt, da Tristan seine geliebte Kuh zu seinem und Zoeys neuem Zuhause geholt hat.«

Ich ziehe eine Braue in die Höhe. »Hast du mit deinem Vater darüber gesprochen?«

»Warum sollte ich das?«, gibt Deacon zurück. »Warum nicht einfach ein paar Überraschungsziegen auf dem Rücksitz mitnehmen, sie freilassen und sehen, was geschieht?«

Ich stehe grinsend auf. »Du bist unmöglich, weißt du das?«

»Na, ich bin nur offen für aufregende neue Möglichkeiten. So wie du es mir beigebracht hast.«

»Dann hast du diese Lektion vielleicht ein bisschen zu sehr verinnerlicht«, necke ich ihn, aber ich meine es nicht so. Ich liebe seinen offenen Geist und sein offenes Herz.

Und seine offenen Arme liebe ich vielleicht am meisten.

Ich lehne mich an ihn und küsse ihn auf die Wange, während er mich fest in seine Arme zieht. »Ich liebe dich.«

»Trotz der Überraschungsziegen und so?«

»Trotz alledem«, gestehe ich und dann küsse ich ihn. Und ich höre nicht mehr auf, ihn zu küssen, selbst als Delilah verkündet, wir wären »albern« und Addie ihrer kleinen Schwester zustimmt, indem sie hinzufügt: »Alte Leute sollten nicht so viel herumknutschen. Das ist nicht gut für ihre Gesundheit.«

Aber ich fühle mich nicht alt. Niemals habe ich mich besser gefühlt, gesünder, glücklicher oder vollständiger als jetzt mit meinem Überraschungsbaby und meinem Überraschungsehemann und ja, auch mit den Überraschungsziegen, die mit uns im Pritschenwagen zur Farm fahren werden, nachdem die Party vorbei ist.

BIOGRAFIE

USA Today Bestsellerautorin Lili Valente ist bekannt für ihre unglaublich heißen und sexy Happy Ends. Angefangen bei süßen, erotischen Liebeskomödien bis hin zu dunklen, wilden Abenteuern huldigen Lilis Geschichten der Liebe, der Romantik und der formgebenden Kraft des menschlichen Herzens.

Zurzeit lebt sie mit ihrer Familie in einem Haus auf dem Land und verbringt ihre Freizeit gern damit, die Wälder zu durchkämmen, auf der Suche nach Feen und brandneuen Ideen für ihre Geschichten.

Besuchen Sie Lili im Netz!
www.lilivalente.com
facebook.com/AuthorLiliValente
twitter.com/lili_valente_ro

BÜCHER VON LILI VALENTE

Bücher von Lili Valente

Die Hunter-Brüder:

Ein Baby für Dylan (Buch 1)

Eine Chance für Rafe (Buch 2)

Eine Braut für Tristan (Buch 3)

Eine Familie für Deacon (Buch 4)

Und auch die folgenden Bücher von Lili Valente werden in Kürze auf Deutsch erhältlich sein:

Aus der »Sexy Flirty Dirty«-Reihe:

Magnificent Bastard (Buch 1)

Spectacular Rascal (Buch 2)

Incredible You (Buch 3)

Meant For You (Buch 4)

Printed in Germany
by Amazon Distribution
GmbH, Leipzig